스토리 오브 스토리

다 알고 또 모르는 이야기

스토리 오브 스토리 다 알고 또 모르는 이야기

초판인쇄 2020년 9월 22일 **초판발행** 2020년 9월 30일

글쓴이 박상준 **펴낸이** 박성모 **펴낸곳** 소명출판 **출판등록** 제13-522호

주소 서울시 서초구 서초중앙로6길 15, 2층

전화 02-585-7840 **팩스** 02-585-7848

전자우편 somyungbooks@daum.net **홈페이지** www.somyong.co.kr

값 16,000원

ISBN 979-11-5905-557-7 03810

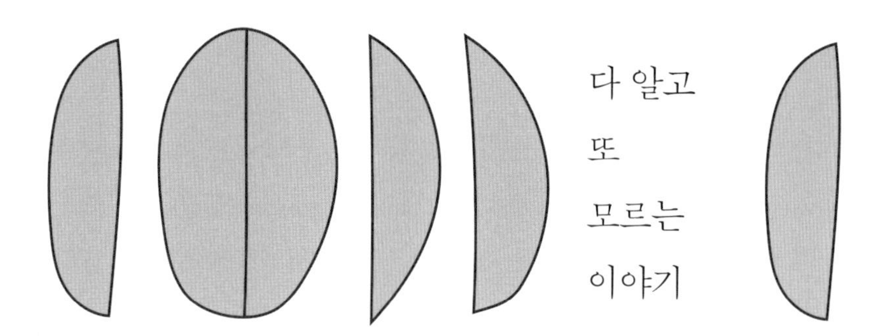

다 알고
또
모르는
이야기

스토리 오브 스토리

박상준

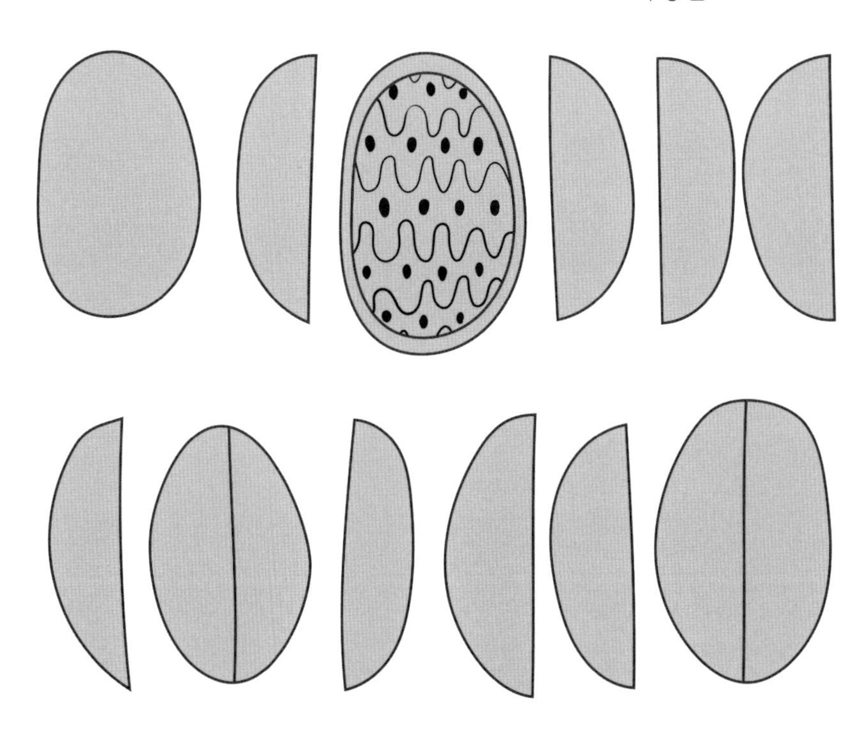

이야기는 인간의 본성이다. 우리는 수많은 이야기 속에서 생활하며 우리의 삶 또한 이야기를 이룬다. 이런 이야기들 중에서 가장 오래되고 잘 다듬어진 것이 바로 문학이다. 2020년대에도 여전히 이러한 문학을 통해서 얻게 되는 소중한 가치와 의의가 있다고 나는 믿는다.

인터넷과 SNS, 텔레비전의 연예 오락물 등이 쏟아내는 이야기들과 달리, 문학 이야기는 공들여 만들어진 완결되고 자율적인 세계를 통해 우리와 우리의 삶에 이어진다. 문학의 이야기는 실로 풍성한데, 작품이 자기의 이야기를 가짐과 동시에 인간과 사회, 역사에 이어지면서 작품 바깥의 맥락에서 또 하나의 이야기를 만들어 내는 까닭이다.

이게 무슨 말인가. 이 책에서 다룬 톨스토이의 『전쟁과 평화』를 예로 들어 본다. 다 알다시피 『전쟁과 평화』는 한 편의 소설로서 자신의 이야기story를 갖는다. 그런데 우리가 이 소설을 읽을 때 얻는 이야기는 그러한 스토리에 그치지 않는다. 이 소설의 스토리에서 생각이 뻗어 나와 우리의 생활이나 인간의 삶, 우리 사회의 상황과 우리나라의 역사 등을 새롭게 바라보게 되는 것이다. 생각의 확산이라고 할 이러한 작용은 각각의 문학작품이 요청하는 것인데, 작품의 요청을 잘 살리면서 읽게 되면 한 편의 소설 읽기가 매우 풍요로워진다.

대학생들에게 30년간 문학을 가르치며 내가 행해 온 이러한 '풍요로운 문학 읽기'의 최근 결과가 이 책 『스토리 오브 스토리』이다. 책의 제목을 왜 '스토리 오브 스토리'로 했는지 짐작이 가실 것이다. 작품 자체의 스토리와 더불어 그 스토리가 책을 읽는 우리와 우리가 놓인 상황에 맞물릴 때 만들어지는 또 하나의 이야기까지, 두 가닥의 이야기를 읽고 생각하며 쓴 글들이기 때문이다.

사정이 이러해서, 이 책이 직접 다루는 문학작품은 30여 편이지만 그와 더불어 언급되는 작가와 작품, 문학 이외 각 분야의 책 들은 300여 항목을 훌쩍 넘는다. 이런 책의 내용이 문학작품과 작가의 설명에 그치지 않음은 물론이다. 몇몇 고전과 더불어 최근 작품 들에 대한 안내 역할도 하지만, 그보다는, 문학작품 및 그와 관련된 텍스트들을 통해 우리 시대의 삶과 사회 상황을 돌아보는 인문학자의 시선을 보이는 데 중점을 두었다. 따라서 이 책은 순수한(?) 문학비평서나 문학 해설서가 아니라, 문학을 창으로 하여 인간과 세상을 바라본 인문학 교양서에 해당된다.

물론 『스토리 오브 스토리』는 문학 관련 책이다. 풍경 자체가 아니라 풍경 사진을 찍는 구도가 중요하듯이, 이 책에서도 중요한 것은 문학작품의 시선이다. 작품들의 시선이 의미하는 것을 오늘의 상황에 비추어 다시 풀어 낸 것이 내가 한 일이다. 어떠한 문학작품이 인간을 탐구하거나 인간을 둘러싼 사회나 역사를 말하면 그러한 말에 적합하게, 또 다른 작품이 미의 구현 이야기를 품고 있으면 또한 그에 맞게, 혹은 어떤 작품이 읽는 재미를 주는 데로 초점을 맞추고 있으면 역시 그에 따라서, 각각의 작품들이 보이는 그러한 지향들을 꼼꼼히 밝히고 그것이 오늘 우리에게 갖는 의미를 차분히 생각해 보았다.

작품의 지향을 밝히는 데는 문학 연구자로서 그간 해 온 공부가, 그 의미를 생각하는 데 있어서는 세상의 일을 인문학자답게 이해하는 데 필요한 책들을 읽어 온 독서가 힘이 되었다. 이러한 공부와 독서를 독자 여러분과 나누고자, 앞에 말한 대로 이 작은 책이 참조하고 언급한 저자와 책들이 300여 항목이 된 것이다. 사회로 나아가는 청년이나 세상사를 바라보는 인문학자의 독서 편력을 엿보고자 하는 사람이라면, 『스토리 오브 스토리』를 거쳐 더 넓고 깊은 문학, 인문학, 사회과학의 장을 열어 나갈 수 있을 것이다.

이 책의 구성에 대해서도 약간 설명을 해 둔다. 1부는 말 그대로 동서고금의 문학작품들을 다루고 있다. 세계문학의 고전으로 간주되는 작품에서부터 우리 시대의 대중문학까지 국내외를 가리지 않았다. 2부는 문학작품을 읽고 즐기는 데 필요한 몇몇 이야기를 한편에 두고1장, 문학을 둘러싼 우리 사회의 논의들에 대한 이야기와2장 시와 예술에 대한 단상3장으로 이루어졌다.

1부를 이루는 네 개 장을 지금처럼 나눈 이유를, 각각의 문학작품이 지향하는 데 따른 문학의 갈래를 설명하면서 밝혀 둔다. 작품의 지향에 따른 문학 갈래는 세 가지로 이야기할 수 있다.

오랜 역사 내내 문학이 해 온 주된 기능은 재미를 주는 것이었다. 사람들의 입을 통해 전해지던 설화와 민담이 대표적인 예다. 기록된 문학도 다르지 않다. 신분제가 있던 전통 사회에서 책은 지배 계층의 전유물로서 학문과 출세의 통로였지만, 대중이 글을 읽게 된 이후 독서는 오락의 기능까지 갖게 되었다. 오락으로서의 독서의 주요 대상은 문학이었다. 문화 산업의 각종 산물들이 우리의 여가 시간을 독차지하는 것처럼 보이지만, 문학을 통한 오락은 여전히 막강한 힘을 행사한다. 전 세계 대중문화를 주름잡는 영화의 상당수가 문학작품을 원작으로 한다는 사실만 봐도 사정을 알 수 있다.

한편 현대의 주류 문학은 인간과 세계에 대한 탐구를 특징으로 해 왔다. 신분제가 있던 시대는 물론이고 모두가 보편인이라 간주되는 우리 시대에도 '인간이란 이러저러한 존재'라는 생각이 있어 왔다. 그러한 생각이 조금 강화되면 '인간이라면 당연히 이러저러해야 한다'는 강제가 된다. 인간에 대한 이해가 강제가 될 때 우리의 자유가 억압되는데, 이러한 상황에 맞서 우리를 자유롭게 해 준 것이 현대문학의 주된 줄기이다. 우리 모두에 내재하고 있는 예외적이고 문제적인 인간성을 그림으로써, 그것을 인정하지 않는 인간관이란 사회적으로 강제된 한낱 관습이나 통념에 불과하다는 것을 폭로해 온 것이다.

또 한편 문학은 다른 예술과 마찬가지로 미를 표현하는 기능을 해 오기도 했다. 물론 음악이나 미술과 달리 문학이 그 자체로 미를 구현하지는 않는다. 글로 만들어진 문학이 글이라는 재료의 아름다움을 구현하는 것은 아니라는 말이다. 그 대신 문학은 미를 추구하는 예술가를 그리거나 미와 예술 작품에 대한 추구가 가지는 의미를 알려 준다. 돈을 버는 일만이 가치가 있다는 자본주의 현실의 논리와는 거리를 두고, 인간이 인간으로서 추구하고 누릴 수 있는 인간만의 가치가 있다는 점을 보여 줌으로써 우리의 감정을 고양시키며 심미적 즐거움을 준다.

이러한 세 가지 효과 곧 재미를 주거나 인간과 사회에 대한 이해를 넓히거나 미를 구현하는 세 가지 효과는 하나의 작품에서 모두 발견되지만, 대부분의 작품은 이 중 어느 하나가 지배적인 양상을 띤다. 이에 따라 문학을 그 기능 면에서 세 가지로 갈라 볼 수 있다.

인간과 사회의 탐구를 통해 우리를 자유롭게 하고 사회 상황을 발전시키고자 노력하는 경우가 '운동으로서의 문학'이요, 미의 창조를 통해 스스로가 목적이 되는 유일무이한 존재를 지향하는 것이 '작품으로서의 문학'이고, 독서의 즐거움을 제공하는 텍스트이고자 하는 경우가 '유흥으로서의 문학'이다.

이 세 가지 유형 모두가 나름의 의미를 갖지만, 오늘 우리가 그 부흥을 바라는 것은 첫째 '운동으로서의 문학'이다. '작품으로서의 문학'의 효과는 음악이나 미술과 같은 다른 예술에서 더 잘 성취되는 것이며, '유흥으로서의 문학'의 기능은 여타 문화 산업의 산물들이 이미 충분히 행하고 있기 때문이다. 해서 『스토리 오브 스토리』의 1부는 대체로 인간과 사회를 탐구하는 문학을 대상으로 한다. 물론 다 그런 것은 아니다. 읽는 재미를 주는 유흥으로서의 문학에 대한 이야기를 1장에 담았고, 미를 구현하는 데 초점을 맞추는 작품들에 대한 이야기는 1부 3장과 2부 1장에 적절히 나누어 실었다.

1부 2~4장은 다시 21세기 우리 사회의 주요 이슈인 성차별이나 성 소수자 문제를 조명하거나 인간의 본성인 성에 닿아 있는 작품들에 대한 이야기[2장], 실로 다채로운 사람들의 삶의 결을 세심하게 바라보는 작가의 시선에 초점을 맞춘 이야기[3장], 사회와 역사의 탐구에 중점을 둔 작품들에 대한 이야기[4장]로 나누었다. 장을 나누었지만 여기서 다루어지는 작품들은 모두 인간과 사회에 대한 탐구라는 면에서 공통된다.

인간과 사회에 대한 문학작품의 탐구와 그러한 탐구가 우리의 삶과 이어지면서 생겨나는 이야기, 이러한 '스토리 오브 스토리'는 두 가지 의의를 갖는다.

하나는 우리를 관대하게 만든다는 데 있다. 문학의 탐구는 답을 제시하는 것이 아니라 문제를 찾아내어 밝히는 식으로 전개된다. 문학작품은, 일상의 감각에서는 봐도 보지 못한 채 간과하게 되는 것, 문제임에도 문제라 여기지 않게 되는 것 들에 주목한다. 여기서 중요한 것은 그렇게 밝혀진 문제들보다는 문제를 그렇게 밝혀내는 문학의 시선이다. 바로 그러한 시선이 우리를 관대하게 만들어 주기 때문이다.

사소해 보이는 것에 깃든 의미, 아무것도 아닌 듯 버려지는 것들의 소중함, 자명해 보이는 것의 허구성, 견고해 보이는 것의 허망함 등을 밝히는 문학작품을 통해서 우리는, 사태의 겉모습에 현혹되지 않고 한 걸음 물러서서 찬찬히 바라보는 너그러운 마음을 얻게 된다. 이 책을 쓰는 나의 이야기가 얼마나 너그러운지는 내가 말할 수 있는 것이 아니지만, 여기서 다룬 작품들이 그렇다는 점은 분명하고 그것을 읽기 위해 노력했다는 점만은 말해 둘 수 있겠다.

문학의 탐구가 우리에게 주는 또 하나는 자유이다. 운동으로서의 문학이 수행해 온 인간과 사회에 대한 탐구는 통념에 대한 저항을 특징으로 한다. 중세의 신분제에 따른 차별적 인간관을 근대문학이 해체하고 사회의 민주화를 촉구하는 최전선에 문학이 함께 해 온 것은 세계 여러 나라의 문학사에서 두루 확인된다. 우리 시대의 완고한 윤리나 규범에 때로는 도발적일 만큼 생산적인 문제 제기를 수행하는 것도 바로 문학이다. 문학의 이러한 노력에 의해, 인간의 참모습이 폭넓게 인정받게 되고 사회의 실상이 보다 많은 사람들에게 공유되면서, 우리의 자유가 좀 더 원활하게 신장되어 온 것이다.

이러한 문학, 사회를 좀 더 좋게 만들고자 하는 행위로서의 '운동'에 속하는 이 문학의 가치는 현재 우리나라에서 더욱 절실하다. 돈을 유일무이한 척도로 삼는 경제 제일주의의 흐름이 사회를 지배해 온 한편, 말과 실제가 일치하지 않고 책임과 짝을 이루지 않는 권한이 기승을 부리는 상황이 심해지면서, 우리들 시민의 자유가 위축되고 개개인의 인성 또한 피폐해져 온 까닭이다.

따라서 작품 감상을 통해 심미안을 높이거나 이야기의 즐거움에 빠지는 것도 필요하고 좋은 일이지만, 문학의 탐구 정신을 통해 우리 자신과 사회를 대면해 보는 일이 좀 더 주목될 필요가 있다. 이러한 필요에 부응하여, 『스토리 오브 스토리』는 우리들의 삶에 주목하는 작품들에 보다 많은 지면을 할애했다.

한 권의 책을 내는 일은 언제나 주위 사람들의 도움에 힘입는다. 함께 근무하면서 기회 되는 대로 칼럼 쓰기를 응원해 주신 송호근 선생님과, 초고를 읽고 코멘트를 해 주신 이미정 선생님과 황윤진, 최용석 선생에게 고마운 마음을 전한다. 그 외에도 원고를 읽어 주신 분들이 계신데, 이 자리를 빌려 감사의 말씀을 드린다.

『스토리 오브 스토리』에 실은 모든 글의 최초의 독자로서, 읽기 쉽게 쓰라고, 문체를 부드럽고 간명하게 풀라고 계속 잔소리(!)를 해 준 아내가 없었다면 지금보다 훨씬 더 빡빡한 글이 되었을 것이다. 분량은 제한되어 있고 경우에 따라서는 내용이 복잡하여 글을 뜻대로 풀어 쓰지 못했지만, 독자를 배려하는 자세를 갖추려고 나름대로는 끊임없이 노력한 데 아내의 힘이 컸다. 고맙다. 길고 긴 공부 길 앞에 선 정환이와 코로나 19로 어수선한 때 고3 수험생이 된 지현이, 사랑하는 두 아이들이 가끔씩이나마 밝혀 준 소감도 힘이 되었다. 또한 고맙다.

이 책을 펴 들 미지의 독자 분들께도 감사의 인사를 드린다. 당신들의 독서가 인문학자의 외로운 글쓰기에 큰 힘이 된다. 책을 낼 때마다 말할 수밖에 없을 만큼 항상적인 것이지만, 출판계의 어려움을 돌보지 않고 이 책을 선뜻 출간해 주신 소명출판 박성모 선생님과 편집에 애쓰신 윤소연 편집자께 마음속 깊은 감사를 드린다.

2020년 여름, 포스텍에서

박상준 쓰다

차례

02 문학을 둘러싼 이야기

03 시와 예술에 대한 단상

1부

소설의 빛깔, 서른다섯의 이야기

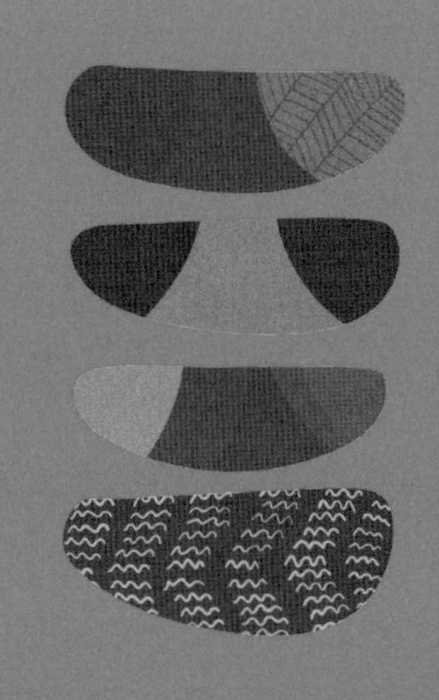

01

상상 그 이상을 향하는 즐거움

국적 없는 소설의 명암

무라카미 하루키의 『색채가 없는 다자키 쓰쿠루와 그가 순례를 떠난 해』

오랜만에 하루키의 소설을 읽었다. 『색채가 없는 다자키 쓰쿠루와 그가 순례를 떠난 해』민음사, 2013, 이하 『다자키 쓰쿠루』라는 긴 제목의 작품이다. 내 소감의 핵심은 '역시 하루키구나' 하는 것이다. 이러한 생각은 다음 몇 가지를 포함한다.

번역임에도 불구하고 문체의 유려함이 느껴질 만큼 그만의 간명한 문체가 의식되면서 잘 읽힌다는 것이 첫째다. 자신의 모국어인 일본어 감각으로 쓰지 않고 영어를 번역하듯이 쓴다는 하루키 자신의 말대로, 이 소설 또한 한국어 번역문이 번역이라는 느낌 없이 매우 자연스럽다. 역자의 능력도 있겠지만 작가의 글쓰기 전략이 가져다 준 성과라 하겠다.

둘째는, 다른 작품들에서도 그랬듯이 여기에서도 다른 문화예술 작품이 하나의 키워드처럼 등장한다는 사실이다. 이번에는 리스트의 〈르 말 뒤 페이〉다. 리스트가 40여 년에 걸쳐 완성했다는 피아노곡 〈순례의 해〉 중 첫째 해 '스위스' 편의 여덟 번째 곡으로서 일반적으로 〈향수〉로 번역된다. 하루키는 이 제목의 의미를 나름대로 섬세하게 설명하고, 다른 작품들에서와 마찬가지로 연주 앨범에 따른 차이까지 지적하며 반복적으로 활용하고 있다.

셋째는 선명한 성적 묘사가 등장한다는 점이다. 여기서도 '역시 하루키군' 하는 느낌이 드는 것은, 이러한 묘사가 제시된 이유나 그것이 주는 내용적인 효과, 이 장면이 꼭 있어야 할 이유를 알기 어렵기 때문이다. 애초에 이러한 설정 자체가 없는 것이 낫지 않을까 생각이 들 만큼, '시로'와 '구로' 외에 '하이다'까지 얽혀 있는 이 부분은 그 자체 독립적으로 과장되어 있다. 역시, 하루키다.

이와 유사하게, 독자의 추측만 남기면서 의미가 불명확한 채로 삽입되는 에피소드가 있다는 점이 넷째다. 인간 개개인의 색깔을 보는 대가로 죽음을 선택한 재즈 피아니스트 '미도리카와'의 이야기가 그것이다. 그가 연주할 때 피아노 위에 올려놓은 작은 천 주머니 속의 물건에 대한 호기심이 강조되고 부추겨지는 것이, 이러한 에피소드의 정체불명 상태를 한층 강화한다. 이 모두는, 작품의 전체적인 의미 효과가 일목요연하게 정리되는 것을 작가 자신이 꺼렸기 때문에 나온 결과라 할 만하다.

이러한 특징들은 하루키의 명성을 드높인 『노르웨이의 숲』1987으로부터 최근의 『기사단장 죽이기』2017까지 그의 소설 전반에서 두루 확인된다. 편의상 순서를 매기면서 하루키 소설의 특징을 『다자키 쓰쿠루』를 통해 열거하고 있지만, 이러한 순서가 의미를 갖지는 않는다.

이 소설에서도 역시 확인되는, 하루키 소설의 가장 중요한 특징을 꼽자면 '국적이 없다는 사실'이다. 무국적성이야말로 하루키의 거의 모든 소설들이 일관되게 보이는 대표적인 특징이라고 할 수 있다. 이에 대해서는 좀 더 상세한 설명이 필요하다.

『다자키 쓰쿠루』를 읽어 본 사람이라면 그의 소설에 국적이 없다는 말에 다소 의아해 할 수도 있다. 이 소설의 주된 배경은 일본이고, 특히 나고야의 지역적 특성이 이야기되고 있는 까닭이다. 나고야에서 사업을 하는 '아카'의 말에서 보이듯 도쿄와도 다른 나고야의 특색이 언급되고 그러한 특징 위에서 아카가 사업을 유지하고 있는 것이다. 그렇지만 중요한 것은, 일본이든 나고야든 그러한 소설의 공간적 배경이 중심인물들의 운명에 현실적인 영향력을 행사하지는 않는다는 사실이다.

나고야나 도쿄라는 현실이 쓰쿠루의 운명에 어떤 의미도 갖지 않음은 분명하다. 주인공 쓰쿠루가 핀란드를 방문하지만 일본과는 다른 핀란드의 현실이 어떠한 의미를 갖지 않는 것과 마찬가지로, 일본도 나고야도 다른 곳이 아닌 바로 일본이자 나고야이기 때문에 인물들의 삶과 운명에 어떠한 영향을 끼치지는 않는다. 주인공 쓰쿠루와 네 명의 친구가 만든 '하나의 완벽한 공동체'로서의 그룹 또한 나고야라는 배경을 필요로 하는 것이 아니다. 그들의 그룹은 어느 지역에서나 찾을 수 있을 어린 시절 친구들 사이에서의 유대 관계일 뿐이다.

『다자키 쓰쿠루』를 포함하여 하루키의 소설들이 국적을 갖지 않는다는 사실은, 그의 소설을 읽는 각국의 독자들이 저마다 자신의 이야기를 보듯이 작품을 읽(을 수 있)는 데서도 간접적으로 확인된다. 『노르웨이의 숲』의 공간적 배경이 일본이며 시간적으로는 전공투가 나서던 1960년대의 극심한 혼란기라는 사실은 독자들이 이 작품을 감상하는 데 별다른 의미를 지니지 않는다. 그러한 시공간적 현실이 중심인물들의 관계와 각각의 인생행로에 어떠한 의미 있는 영향도 끼치지 않고 있기 때문이다. 『세계의 끝과 하드보일드 원더랜드』나 『1Q84』처럼 환상적인 공간 배경을 갖는 소설이, 배경이 실제 현실이 아니기 때문에 그의 작품들 중에서 특이한 것이 되지는 않는다는 사실도 이를 증명해 준다.

무라카미 하루키의 소설이 국적이 없다는 점, 현실에 뿌리를 두고 있지 않다는 사실은 전문가들의 눈에 매우 자명하다. 이에 대한 해석에서만 입장이 갈릴 뿐이다. 일본 소피아대학의 매튜 스트레처 교수는 자신이 편한 『무라카미 하루키—도전하는 작가들』Sense Publishers, 2016에서 하루키를 코스모폴리탄적인 작가, 전 세계적인 이야기꾼storyteller으로 규정한다. 스트레처 교수는 하루키가 가와바타 야스나리나 오에 겐자부로와 달리 '일본'문학의 대변자가 아니라는 점을 명확히 하면서 그를 긍정적으로 평가한다. 그는 하루키가 모든 문화들이 솟아나오는 신비적이고 형이상학적인 공간에서 신화적, 보편적인 주제를 다룬다고 본다. 그럼으로써, 이야기의 핵심이 문화의 경계를 넘어 세계 여러 나라의 독자들에게 다가가는 글로벌 작가가 되었다는 것이다.

위와 같은 해석이 하루키의 소설에 대해 알려주는 사실이 있지만, 내가 보기에 더 중요한 진실은 하루키의 소설이야말로 세련되게 잘 만들어진 문화상품이라는 점이다. 앞에서 열거한 다섯 가지 특징이 이러한 판단의 근거이다. 요컨대 그의 소설은 문장을 다듬듯이 정신 또한 다듬은 성과로 보이지는 않는다. 문학이 정신을 다듬는 자리란 고유의 역사 전통과 문화적 특성을 갖춘 구체적인 현실과의 상관 관계 속에서인데, 바로 이러한 현실이 그의 소설에서는 휘발되어 있기 때문이다.

하루키가 소설가로서의 자신의 작업을 스스로 설명한 『직업으로서의 소설가』현대문학, 2016도 위와 같은 판단의 근거가 된다. 이 책의 가장 큰 특징은 '어떻게'만 있을 뿐 '무엇을'과 '왜'는 없다는 사실이다. 소설을 쓰는 방법과 그렇게 쓴 것을 보다 넓은 문학 시장에 내놓으려고 노력한 방식만을 말할 뿐, 소설을 쓰는 이유나 목적을 말하지는 않는다. 일본의 문단과는 거리를 둔 채 전 세계의 독자들이 두루 좋아할 만한 잘 만들어진 읽을거리를 제공하려고 노력해 온 것을 알려주는 이 책이야말로 문화 산업적인 전략의 한 가지 사례라 할 만하다.

이렇게 말한다고 해서 내가 모든 문학이 사회와 역사, 인간의 삶에 대한 탐구여야 한다고 주장하는 것은 아니다. 당연히도,

문화상품으로서의 서사문학 또한 그 자체로 존재 의의를 가지기 때문이다. 다만, 하루키의 소설을 두고 노벨문학상 운운하며 문학에 대한 일반인의 이해를 오도하는 상업주의를 경계하기 위해 한마디 하는 것일 뿐이다. 『태백산맥』이나 『토지』 등과 종류가 완전히 다른 서사물이라는 분명한 사실을 호도하는 문학 상업주의가 하루키 소설을 축으로 해서 계속 횡행하는 현실을 한 번쯤은 경계하고자 이런 말을 하는 것이다.

거리 두기의 미학, '대부Godfather'의 성공 비결

마리오 푸조의 『대부』와 프랜시스 포드 코폴라의 〈대부〉

마리오 푸조의 소설 『대부』는 1969년에 출간되어 무려 67주 동안 『뉴욕타임즈』 베스트셀러에 올랐다. 판매 부수 또한 전 세계적으로 2천 1백만 부 이상이 된다니 우리 시대의 고전이라고 할 만하다. 프랜시스 포드 코폴라 감독에 의해 영화로 제작된 것은 1972년이고, 아카데미 작품상과 각본상을 수상했다. 이 작품이 전 세계 영화사에 남는 고전의 자리를 차지하고 있음은 두말할 필요도 없는데, 여기서 그 이유를 생각해 본다.

소설과 영화 모두 대중들의 사랑을 받고 작가와 감독 또한 최고의 지위에 오르는 영예를 누렸지만, 아이러니하게도 이들은 자기 작품에 긍지를 가지지 않았다. 소설 말미에 붙어 있는 피터 바트의 해설 「대부-숨겨진 이야기들」에서 이러한 사실이 확인된다. 아카데미상을 수상한 코폴라 감독은 기자들에게 "〈대부〉의 성공으로 이제 '진정으로 만들고 싶은' 영화를 만들 수 있게 되었다"라고 말했다. 원작자인 마리오 푸조가 이 말을 전해 듣게 되었는데 그때 그가 보인 반응은 다음과 같았다. "서른두 살 먹은 어린애는 내가 마흔다섯 살이 되어서야 깨닫게 된 것을 벌써 알고 있더군! 우린 둘 다 원하는 것을 마음대로 할 수 있는 자유를 얻기 위해 『대부』를 이용해 먹은 거네."이은정 역, 『대부』, 늘봄, 2003, 717~718쪽 이렇게 작가와 감독 모두 자신들의 명성을 이루어 준 작품을 자랑스러워하지 않았다. 이유는 자명하다. 마피아를 다루고 있는 작품의 내용이 떳떳하지 않다고 생각했기 때문일 터이다.

일견 아이러니하다고 할 수 있는 이러한 상황이 보여 주는 것은 무엇인가. 정당성을 의심받으면서 막대한 인명과 물자를 소진시키던 베트남전에 대한 반대 여론이 거셌던 1960년대 말 미국의 분위기를 염두에 두고 결론을 당겨 말하자면, 작가도 감독도 다소 과한 겸양의 태도를 보였다고 하겠다. 정작 작품은 훌륭한데, 그것을 자랑하고 자부심을 가질 마음가짐이 그들에게 없었던 것이다.

사정을 명확히 하기 위해 다소 전문적이지만 미학의 이야기를 조금 해 보자. 마피아와 같이 윤리적으로 문제가 있는 내용을 다루면 작품의 예술적인 가치가 확보될 수 없는가. 이러한 일반적인 질문에 대한 답은 명확하다. '아니오'가 그것. 예술적인 가치의 핵심을 이루는 아름다움이란 추한 대상, 악한 대상을 다루면서도 구현될 수 있기 때문이다.

예술의 아름다움은 대상으로부터 직접 나오는 것이 아니다. 형상화의 대상과 예술 작품 사이에는 거리가 전제된다. 이는 아름다움이라는 감정의 심리적인 특성에서 유래한다. 전 세계적으로 유명한 소설 『장미의 이름』의 저자 움베르토 에코에 따를 때 아름답다는 것은, 어떤 행위나 사물에 대해 그것을 직접 행하거나 소유하려는 욕망은 없는 상태에서 그것을 선하다고 생각하거나 그것을 바라보는 일 자체를 즐기는 감정이다. 이현경 역, 『미의 역사』, 열린책들, 2005 소유욕과는 거리를 둔 채 주체적인 심미 행위를 할 수 있을 때의 감정이 아름다움이라는 말이다.

요컨대, 자체로 아름다운 것을 다루든 악하거나 추한 것을 다루든 간에 소재나 내용이 예술 작품의 성립 여부나 질을 직접 좌우하지는 않는다는 것이 미학의 대답이다. 이러한 점을 고려하면, 『대부』가 마피아 이야기를 다루었다는 사실과 관련하여 작가와 감독이 역사에 남게 된 자신의 작품을 자랑스러워하지 않는 아이러니한 모습을 보인 것은 잘못이라 할 것이다.

사실 '대부'는 소설이나 영화로서 자신의 장점을 한껏 발휘하고 있다. 소설 『대부』는 가족의 중요성, 가족에 대한 남성 가부장의 책임감, 대부가 보여 주는 탁월한 리더십, 배울 여지가 있다고 여겨지는 생존경쟁 전략 등 우리들 일반에게 깊고 큰 울림을 주는 내용을 잘 담고 있다. 보편적 호소력을 갖고 있는 것이다. 이에 더하여 소설 『대부』는 사회가 운영되는 데 있어서 범죄 또한 어느 정도 긍정적인 역할을 한다는 사실을 보여 준다. 범죄의 필요악적인 측면을 알려 주는 성숙하고도 냉정한 시선을 바탕에 깔고 있는 것이다.

영화 〈대부〉 또한 영화라는 장르의 특성을 십분 활용하여 작품 효과를 예술의 경지로 끌어올리고 있다. 저 유명한 주제곡과 더불어 시작되는 영화 초반의 대위법적인 구성을 보자. 장의사 보나세라가 딸의 불행을 이야기하는 대부 사무실의 어두운 무거움과 남녀노소가 모두 모여 노래 부르고 춤추는 결혼식의 흥겨운 명랑함이 대조적으로 전개되고 있다. 이러한 시퀀스는 이 작품의 내용이 인간의 삶 일반을 다루는 폭을 갖추고 있다는 사실을 명확히 하면서, 각 장면의 빼어난 촬영 기법과 인물들의 생동감 넘치는 개성적인 연기로 인해 예술적인 효과를 획득한다. 작품 전체도 그러하다. 말런 브랜도가 멋지게 연기해 낸 대부의 언행이 보이는 권위와 사려 깊음, 말과 표정을 아끼면서 그를 보좌하는 톰이 보이는 절도, 큰아들 소니가 보이는 격정, 인생 굴곡의 불가피함을 따르는 막내 마이클의 운명적인 변신 등은 스토리의 진정성을 크게 강화한다. 고든 윌리스가 촬영한 화면의 구성과 니노 로타의 음악이 주는 효과가 작품의 예술적인 분위기를 한층 강화해 준은 물론이다. 이러한 기법을 통해 내용의 잔혹함이 그리 돌출적이지 않게 된다는 점에서 이는 크게 강조할 만하다.

'대부'가 소설로서, 영화로서 각각의 장점을 갖추었다는 사실은 영화화 과정에서 삭제되고 추가된 것을 통해서도 확인된다. 영화는 대부의 젊은 시절 곧 비토 코를레오네가 '돈Don 보스, 대부 코클레오네'가 되는 과정을 보여 주지 않는다(이 부분은 1974년에 나온 영화 〈대부 2〉에서 그려진다). 미국 정착 초기 그가 겪은 곤궁함과, 살인과 절도라는 범죄를 직접 저지른 범죄자라는 부정적인 사실을 부각하지 않고 대부의 이미지를 긍정적으로 가져가기 위해서이다. 범죄에 대한 변호로도 읽힐 법한 서술자의 판단이나 가부장 및 여성(의 몸)에 대한 남성주의적인 서술 등을 뺀 것 또한 동일한 효과를 낳는다. 이에 더하여, 영화에 새롭게 삽입된 것도 지적해 두자. 돈 코를레오네가 자상한 할아버지로서 손자와 놀아 주다가 사망하는 장면이 대표적인데, 이는 대부의 인간적인 면모를 한껏 강화해 준다.

이상은 소설 『대부』와 영화 〈대부〉가 마피아 이야기라는 내용이 던지는 문제를 넘어서기 위해 장르의 특성을 각각 어떻게 활용하고 있는지 보여 준다. 여기에 가장 중요한 한 가지를 덧붙여 강조할 필요가 있다.

영화 〈대부〉가 관객들에게서 윤리적 법적 판단의 부담을 덜어주는 방식이다. 영화를 종결짓는 멋진 장면에서 이러한 메커니즘이 잘 드러난다. 매형까지 포함하여 정적들을 모두 제거하고 새로운 대부가 된 마이클의 냉혹함이 방 밖에서 그를 바라보는 케이의 눈빛에 어리는 당혹감과 병치되는 이 장면에서, 우리는 마이클과 마피아에 대한 현실적인 판단을 케이에게 위탁하고 그 둘을 보는 제3자의 자리로 물러나게 된다. 그럼으로써 자신의 판단을 직접 수행하지 않을 수 있게 된다. 이렇게, 작품에서 벌어지는 사건에 대한 윤리적 법적 판단을 영화 속의 인물에게 맡김으로써 판관의 부담을 지지 않은 채 작품을 관조할 수 있게 되는 것이다. 영화의 전반부에서는 마이클이, 뒤에서는 케이가 그러한 역할을 수행해 준다.

소설과 영화 '대부'는 마피아 이야기를 다루되 장르의 미학을 십분 활용하여 스스로 예술의 경지에 오른다. 이것으로도 부족한 듯 영화 〈대부〉는 직접적인 윤리적 판단이라는 부담으로부터 관객이 한 발 물러나 있게 해 준다. 이러한 거리감이 사태를 호도하는 것이 아니라 세상의 진실을 긴 안목으로 새롭게 바라보게 한다는 점이야말로, 영화 〈대부〉가 마피아를 다루면서도 고전의 반열에 오를 수 있었던 비결이다.

알고도 몰랐던 SF, 우리 곁의 SF

SF를 우리말로 어떻게 부르는가에 따라 사람들을 두 종류로 나눌 수 있다. '공상과학소설'이라고 부른다면 당신은 구세대다. 나이가 많다는 사실에 더해 SF에 대해 잘 모른다는 의미까지 포함해서 그렇게 말할 수 있다. SF를 알고 아마도 나이도 젊은 사람들은 SF를 '과학소설'이라고 부른다. 사실 이들의 경우 그냥 SF라고 부르는 걸 선호한다.

과학과 소설을 뜻하는 말을 합친 'Science Fiction'을 줄인 SF를 공상과학소설이라 부르게 된 데는 역사적인 이유가 있는 듯하다. 필자와 이름이 같은 서울 SF 아카이브 대표 박상준 선생의 의견을 따르면, 일본에서 판타지와 SF를 함께 싣는 잡지가 판타지 즉 공상소설과 SF 곧 과학소설의 두 장르를 함께 드러내는 제목으로 '공상과학소설'이라는 제호를 잡았는데, 이 잡지가 우리나라에 소개되면서 SF를 공상과학소설로 지칭하는 오해가 생겼다 한다. 이런 연유를 알았든 몰랐든, 이러한 오해가 풀려서 지금은 SF를 과학소설로 번역하는 것이 일반적이다.

SF에 대해 잘 알든 모르든 우리나라 사람들은 SF를 사랑한다. 이 구절을 읽는 많은 분들이 의아하게 생각할 수 있겠지만, 이는 엄연한 사실이다. 근거를 제시해 보자.

우리나라에서 개봉되는 영화의 박스오피스Box Office 순위를 보면 상위 10위 내에 SF영화가 3~4편씩 올라와 있는 것이 확인된다. 스타 워즈나 스타 트랙, 매트릭스, 터미네이터, 에일리언, 쥬라기 공원, 혹성 탈출 등 미래를 배경으로 하는 시리즈나 슈퍼맨, 배트맨, 아이언맨, 어벤저스, 판타스틱 4, 로보캅 같은 히어로물 시리즈 등은 물론이요, 007이나, 미션 임파서블, 킹스맨 등 첩보물 시리즈 또한 SF다. 〈A.I.〉나 〈아바타〉, 〈엣지 오브 투모로우〉, 〈인셉션〉, 〈그래비티〉, 〈마션〉, 〈인디펜던스 데이〉 등이 SF임은 물론이다. 이런 SF영화들이 관객들의 사랑을 받는 것은 지난 20여 년간 꾸준히 확인된다.

우리나라 사람들이 SF영화를 좋아한다는 사실에 더해 한 가지를 더 지적해 두자. 문화생활에서 영화 관람이 차지하는 비중이 그것이다. 우리나라 가구가 문화예술과 관련하여 지출하는 비용 중에 영화 관람이 차지하는 비중이 2012년 이후 80%를 넘고 있다. 이것이 가리키는 사실은 이렇다. 한국인의 문화생활에 있어 절대적인 지위를 차지하는 것이 영화 관람이고, 그러한 영화 중 30~40%가 SF이므로, 본인이 SF에 대해 잘 안다고 생각하든 아니든 우리나라 사람들 상당수가 이미 SF를 사랑하고 있다는 것이다.

물론 이들 SF영화 애호가들이 SF문학까지 잘 안다고는 하기 어렵다. 더 좁혀서 우리나라 작가가 창작한 SF 즉 한국 창작 SF소설을 얼마나 읽었을까 하면 어떤 의미에서도 긍정적인 답을 내릴 수 없다. 적지 않은 작가가 SF를 쓰지만 한국 창작 SF 작품집들이 출판 시장에서 차지하는 비중은 측정하기 어려울 만큼 작기 때문이다.

사정을 요약하면 이렇게 된다. SF에 대한 우리나라 사람들의 애호는 분명하며 따라서 한국 창작 SF에 대한 잠재적 수요 또한 적지 않다 하겠지만, 우리나라 작가들이 쓴 SF에 대한 대중들의 관심과 사랑은 아직까지 대단히 미미한 편이라고 말이다.

사정이 이러했는데, 최근 들어 이러한 상황에 변화의 조짐이 보이고 있다. 상징적인 사건은 김초엽의 SF소설집 『우리가 빛의 속도로 갈 수 없다면』허블, 2019이 2019 한국일보문학상 본심 대상작 10편 중의 하나로 선정된 일이다. 김초엽은 이공계 연구중심대학 포스텍에서 학부와 석사를 마친 이공계 인재로서, 2017년 「관내분실」로 제2회 한국과학문학상에서 중단편 부문 대상을 받으며 등단한 신예 작가다. 한국 창작 SF의 상황 변화를 알리는 한 가지 사건이 더 있다. 『82년생 김지영』민음사, 2016으로 국내외의 폭넓은 사랑을 받는 조남주가 장편 『사하맨션』민음사, 2019으로 SF를 선보인 것이다. 일찍이 박민규가 두 권짜리 소설집 『더블』창비, 2010을 펴내며 작품의 반을 SF로 채운 적은 있지만, 일반 문단에서 활동하는 작가가 SF를 쓰는 경우는 여전히 흔치 않은 일이다.

김초엽과 조남주가 보여준 상징적인 사건이 평지돌출식으로 생겨난 것은 아니다. 대중들에게 널리 알려지지는 못했어도 한국 창작 SF를 써내는 작가들이 그동안 꾸준히 노력해 왔고, 그러한 노력을 뒷받침하는 여건의 변화 역시 마련되어 왔다.

2000년대 초까지만 해도 SF를 써서 원고료를 받고 작품을 게재할 수 있는 매체가 거의 없었으며 SF 관련 문학상도 없었다. SF를 쓰는 작가들이 모여 '환상문학 웹진 거울'과 같은 동인을 이루거나 'HAPPY SF' 같은 웹사이트에서 활동하며 동인 작품집을 스스로 출간하는 정도였다. 이들 작가를 지원하는 문학상이라 해야 한국과학문화재단과 동아일보사가 주관하여 2004~2006년간 세 차례 진행한 '과학기술 창작 문예'가 유일했다.

이러한 상황에서 2005년 10월 이후 현재까지 아태이론물리센터의 월간 웹진 『크로스로드』가 한국 창작 SF 작품에 제대로 된 고료를 주며 월 1회씩 작품을 게재해 오고 있으며, 월간에서 계간으로 다시 웹진으로 변하는 등의 우여곡절을 겪으며 2007년부터 2012년까지 SF 중심의 장르문학 전문지 『판타스틱』이 작가들의 숨통을 틔워 준 바 있다. 근래에는 여기에 더하여, 소설은 물론이요 영상과 만화, 웹툰 등을 대상으로 하는 'SF 어워드', 적지 않은 상금으로 중단편 및 장편소설을 선정하는 '한국과학문학상', 청소년 SF를 발굴하는 '한낙원 과학소설상' 등이 4~6년째 지속되고 있다.

한국 창작 SF가 맞은 최근의 상황은 가히 르네상스라고 할 만하다. 2000년대 초까지 복거일과 듀나밖에 없다시피 했던 작가군에, 김보영, 김창규, 박성환, 배명훈 등이 가세하여 SF문학계의 틀을 갖춘 뒤, 지금은 헤아리기 어려울 만큼의 작가들이 활발히 활동하고 있다. 여러 출판사들이 다양한 엔솔로지는 물론이요 단편집과 장편소설 등을 꾸준히 출간하여, 한국 창작 장르문학 중 오직 SF만이 지속적인 발전을 이루고 있다. 사정이 이러하니, 할리우드에서 만들어진 SF 블록버스터를 사랑하는 사람이라면, 우리나라의 작가들이 발표하는 창작 SF에도 관심을 기울여 볼 일이다.

한국 창작 SF의 세계는 실로 다채롭다. 우주를 배경으로 하거나 과학적 탐구 맥락이 강한 정통 하드 SF에서부터 인간의 심리를 섬세하게 파헤쳐 나감으로써 일반문학과의 차이를 말하기 어려운 경우까지 폭이 넓다. 순수하게 SF적인 소설도 있지만, 판타지나 좀비 등 인접 장르와 결합된 SF도 풍요롭다. 숨가쁘게 읽어 나가는 재미를 주는 SF와 2010년대 한국 사회의 문제를 천착하는 묵직한 SF가 공존하고 있다. 문학 일반이 그러하듯, 재미를 주는 작품과 인간과 사회를 탐구하는 작품들이 함께 한다.

따라서, 굳이 SF라 해서 가까이 하거나 멀리 할 일이 아니다. 좋은 작품은 훌륭하기 때문에 좋은 것이지 일반문학이라 해서 혹은 SF라 해서 좋은 것이 아닌데, 한국 창작 SF의 경우도 정확히 이러하다.

한국 창작 SF의 이러한 특성을 보여주는 한 가지 사례로, 앞에서 언급한 두 작품 김초엽의 『우리가 빛의 속도로 갈 수 없다면』과 조남주의 『사하맨션』을 간략히 언급하며 글을 맺는다.

김초엽의 소설은 기술의 발달로 인해 고향으로 가족에게로 돌아갈 수 없게 된 역설적인 상황을 대하는 인간의 모습을 보여준다. 우주 공간에서 죽음을 맞이할 것이 뻔한 줄 알면서도 자신의 바람을 실천해 내는 주인공을 통해, 인간의 진실을 제시하고 있다.

조남주의 『사하맨션』은 기업이 지배하는 도시국가라는 디스토피아적인 상상력을 펼쳐 보인다. 어쩌면 이미 와 있다고도 할 수 있는 사회 상황을 보여주면서 그 속에서 이류, 삼류로 살아가는 사람들의 모습을 통해 더불어 사는 인간 삶의 진정한 모습을 환기하고 있다.

굳이 SF라고 전제할 필요가 없는 이러한 좋은 소설들이 바로, 우리 곁에 있는 한국 창작 SF의 한 특징을 보여 준다.

저널리즘과 소설의 거리

박해울의 『기파』

미디어는 콘텐츠다. 현대 미디어학을 수립한 마샬 맥루한의 말이다. 그의 주장에 따르면, 어떤 콘텐츠가 있을 때 그것이 아무런 변화 없이 이런 저런 미디어를 통해 유통된다기보다 특정 미디어에 맞추어 콘텐츠가 선택되고 가공되기 마련이다. 텔레비전은 책과 달리 텔레비전에 적합한 콘텐츠만을 골라서 전달하며, 대부분의 경우 자신에 적합한 형식으로 콘텐츠를 가공한 뒤에 그렇게 한다. 종이 신문과 인터넷 신문이 다루는 기사의 종류에 차이가 있고 같은 뉴스거리라고 해도 다루는 내용과 방식이 달라지는 것도 맥루한의 말을 증명한다. 이렇게 각각의 미디어는 자신에 적합한 콘텐츠를 골라 자신의 특성에 맞추어 가공한다.

사정이 이러해서 '저널리즘이 사회문제다'라고 말할 수 있다. 저널리즘이라는 매체가 사회에 문제를 일으킨다는 말이 아니다. '기레기'라는 말이 알려주듯 그런 경우가 적지는 않지만, 여기서는 저널리즘이 사회문제를 사회문제로 만들어 내는 경우를 주목한다. 사회가 돌아가는 데 있어서 바람직하지 않은 일도 저널리즘이 다루지 않으면 사회문제가 아니게 되고, 그와는 반대로 사회적으로 그리 큰일이 아니어도 저널리즘이 대대적으로 보도하며 문제로 부각하면 사회문제가 된다는 것, 이런 사정을 가리키는 것이다.

위의 두 가지를 관련시켜 보자. 저널리즘을 이루는 미디어들이 자신에 맞는 콘텐츠를 골라 강조함으로써 사회문제를 만들어 낸다. 어떠한 콘텐츠를 골라 사회문제로 부각할 것인가 하는 문제에서 미디어의 특성만 개입하는 것이 아니라 그런 미디어를 다루는 저널리스트들의 의도와 그들을 관리하는 언론사 사주, 그리고 이들과 관계되어 있는 사회 특권층의 이해관계 등도 영향력을 행사하고 때로는 이런 영향력이 훨씬 큰 것이 사실이지만, 그럼에도 불구하고, 미디어의 특성이 '자신에 맞는 사회문제'를 만들어 낸다는 점은 변하지 않는다. 정치나 경제의 권력자들은 '화무십일홍'이라는 말이 있듯이 언제까지고 자신들의 세력을 유지하지는 못하지만, 물질로 이루어진 미디어는 없어지는 것이 아니기 때문에 자기 영향력을 계속 발휘한다. 이런 면에서, 미디어가 콘텐츠며 저널리즘이 사회문제라는 사실은 변치 않으며 권력자들보다 더 지속적으로 권력을 행사한다 하겠다.

텔레비전이나 신문, SNS 등의 미디어가 서로 자신들의 권력을 행사하면서 공론장에서 각축을 벌이는 것이 우리의 상황이다. 여론이 조작되거나, 생각이 맞는 사람들끼리 뭉쳐 자신들만의 생각을 여론이라고 착각하고 주장하는 것이 이러한 상황의 문제다. 해서 각각의 문제의식은 날카로워졌지만 여러 문제의식들이 충돌하면서 정작 진짜 문제가 무엇인지는 알기 어려운 사태가 전개되고 있다. 문제 진단과 해결책 제시의 혼란, 이것이 우리 시대의 진짜 문제라고 할 만하다.

이러한 상황에 맞서는 길은 무엇일까. 책이라는 미디어를 활성화하는 것이 답이다. 더불어 사는 사회에 대한 인식을 강화하고 실제의 문제를 처리할 수 있는 지혜를 길러 주는 독서 교육을 시행하는 길이 근본적인 해결 방안이다. 궁극적이고 근본적인 방식인데다 국민의 절반이 일 년 동안 단 한 권의 책도 읽지 않는 상태이니 어느 세월에 가능할지 막연한 것이 탈인데, 이를 보완해 줄 좀 더 직접적인 해결책이 없지 않다. 읽는 재미도 갖추며 문제를 문제로 조명하여 깊이 있게 제시하되 섣부르게 해결책을 제시하지는 않는 책을 가까이 하는 것이다. 이러한 책이 바로 소설이다.

우리 사회가 안고 있는 문제를 강력하게 환기할 뿐 섣부른 해결책 제시는 삼가는, 요즈음 보기 드문 소설이 나와 이런 생각을 하게 되었다. 2018년 한국과학문학상 장편 대상 작품인 박해울의 『기파』허블, 2019가 그것이다. 한국과학문학상이라니, 맞다, SF다. 2070년 전후를 시간 배경으로 하는 소설 『기파』는 SF의 재미를 한껏 갖추면서 현재와 미래의 여러 사회문제를 담는다.

『기파』의 무대는 지구 최초의 우주 크루즈 '오르카 호'다. 골

드서클사에서 개발한 이 우주선은 길이 250미터, 폭 40미터 크기에 승객 500명과 승무원 350명을 태우고 달에서 출발하여 2년에 걸쳐 목성까지 왕복한다. 오르카 호의 우주 크루즈는 '사람의 온기'를 제공하며 '인류 최고의 과학 시설'을 즐길 수 있게 한다고 선전하면서 "완벽한 인간 승무원이 당신의 여행을 책임집니다"라는 캐치프레이즈를 내걸고 있다. 최고의 음식과 다양한 유흥, 최상의 서비스가 제공되고, 여정 내내 우주를 바라볼 수 있는 데다가 목성과 그 위성이 일렬로 늘어서는 장관이 클라이맥스로 기다리는 것이니, 오르카 호는 그 자체로 유토피아라 할 만하다.

그러나 이 유토피아는 동시에 디스토피아이기도 하다. 승객들의 특권에도 위계가 있고 승무원들에게는 심각한 계층화가 강제되기 때문이다. 오르카 호는 객실을 1, 2, 3등급으로 나누어 서비스에 차별을 둔다. 승객 모두가 로봇이 일상화되어 있는 시대에 로봇이 아니라 인간 승무원의 서비스를 받는 특권 계층이지만, 그 속에서도 다시 등급이 나뉘는 것이다.

인간의 등급을 나누는 것은 승무원 사이에 더 심각하다. 완벽한 인간 승무원과 그렇지 않은 인간 승무원의 두 계층이 확연히 분리되어 있다. 오르카 호는 겉으로 선전하는 것과는 달리 완벽하지 않은 인간 승무원 즉 신체 일부를 기계로 대체한 승무원을 승객들의 눈에 띄지 않게 배치하고 있다. 우주선을 관리하는 데 필요한 실무 인력으로 쓰기 위해서다. '섀도 크루'라 불리는 이들은 경제적 비용을 보전하기 위해 '우주선을 돌아가게 하는 부품'으로 활용되는 하류 노동자다.

이와 같은 설정을 통해 『기파』는 계층 분리가 명확한 현재 우리나라의 사회상을 제시한다. 오르카 호의 모습이 우리 사회의 모습이라는 것은, 노동자의 36.4%에 이르는 비정규직이나 3D 업종에 종사하는 외국인 노동자들의 존재를 생각할 때 자명한 사실이다. 은유의 『알지 못하는 아이의 죽음』돌베개, 2019을 통해 세상에 알려진, 끊임없이 죽음으로 내몰리는 현장 실습생들 또한 『기파』의 설정이 우리 현실의 재현에 해당함을 말해 준다.

사회의 문제를 조명하는 『기파』의 촉수는 여기에 그치지 않고 소설의 사건을 따라 여러 갈래로 퍼진다. 이 작품의 중심 사건은 소행성 충돌로 오르카 호가 난파된 상황에서 치명적인 바이러스가 퍼져 사람들이 죽어 나가는 것이다. 이 와중에 의무실장 기파가 사람들을 헌신적으로 치료하는데, 이 소식이 지구에 전해져 그가 '오르카 호의 성자'로 칭송된다.

『기파』의 묘미는 이 모든 것이 실제와는 다르다는 점에 있다. 기파는 세상에 알려진 것과는 거리가 먼 인물이고, 그의 영웅적인 행위는 그를 대신한 로봇 이언의 임무 수행에 불과하다. 외부와 단절된 오르카 호에 퍼진 바이러스란 무엇인가. 우주 크루즈 산업의 경제성 제고를 목적으로, 승객들의 식재료로 쓸 고기를 신속하게 배양하는 연구를 위해 회사에서 몰래 반입시킨 것이다.

이러한 설정을 통해서 『기파』는, 이윤의 추구가 인간의 생명을 경시하는 풍조를 비판하고 영웅적인 인물이라는 식의 사회의 평판이 실제와 괴리될 수 있음을 극명하게 보여 준다. 『기파』의 이러한 고발이 젊은 긱gig 노동자들의 연이은 죽음과 도덕성을 훈장처럼 자랑해 온 '강남 좌파'의 배신에 닿아 있다는 것은, 세상과 담을 쌓고 사는 사람이 아니라면 누구나 알 수 있다.

기파와 이언의 스토리와 관련하여 두 가지를 더 지적하자. 이 스토리가 '재주는 곰이 부리고 돈은 떼놈이 버는' 식의 실제적인 문제를 환기한다는 점이 하나다. 다른 하나는 실제와는 반대로 기파가 영웅이 되는 지구의 상황이야말로, 이 글의 허두에서 지적한 대로, 저널리즘이 사회문제를 만드는 상황을 그대로 보여주고 있다는 사실이다. 이러한 점을 작품 전체로 표현하고 섣부른 해결책을 내세우지 않는 것이 『기파』가 소설로서 갖는 미덕이다. 문제 진단과 해결책 제시의 혼란상 속에서 진짜 문제를 문제로서 환기하는 데 그치는 이러한 미덕이야말로 우리 시대에 소설이 갖는 의의를 말해 준다.

추리소설을 읽는 즐거움

알렉스 마이클리디스의 『사일런트 페이션트』

추리소설의 묘미는 대체로 범인을 찾는 데 있다. 범인처럼 보이는 인물들 중에서 누가 범인인지를 맞히려고 작가와 두뇌 싸움을 벌이는 것이 추리소설 읽기의 즐거움이기 마련이다. 작가와의 두뇌 싸움이라 했는데, 사실 이것은 범인 맞히기의 최고 단계에서 누리게 되는 즐거움이다.

그보다 전 단계에서는 어떠한가. 셜록 홈즈나 앨러리 퀸, 매그레 반장, 미스 마플이나 탐정 푸아로와 같이 세계 추리소설계의 성좌를 이루는 쟁쟁한 탐정들과 자신을 동일시하면서 그들의 추리를 따라가는 데서 재미를 느끼게 마련이다. 어린 시절의 추리소설 독서 경험을 떠올리면 대개들 이럴 것이다. 한 가지 더 추가하자. 잠시 잠시 책장을 넘기지 않고 범인을 알아내고자 노력해도 끝내 맞히지는 못했다는 점을.

해서, 추리소설을 좀 더 주의깊게 읽고자 했던 사람이라면, 자신이 맞히는 데 실패한 범인이 범인이라는 단서가 어디에 있었는지 확인하려고 소설책의 앞부분을 다시 살펴보기도 했을 것이다. 다 읽고 나서 책을 다시 뒤지는 이런 행위의 목적은 우리를 따돌리고 혼자 범인을 밝혀 낸 저 유명한 탐정들의 추리 과정을 재구성해 보는 것이지만, 이러한 작업을 반복하다 보면 부지불식간에 탐정이 아니라 작가의 기법에 주목하게 된다. 그 결과로 우리는, 독자인 우리를 제쳐 두고 탐정만이 진실을 향해 가게 만든 작가의 소설 구성 방식을 의식하면서 그 수완에서 즐거움을 찾는 수준에 이른다. 이것이 바로 탐정이 아니라 작가와의 두뇌 싸움 단계다.

물론 추리소설의 재미가 범인 맞히기에 그치지는 않는다. 범죄의 동기와 과정 자체가 주는 재미도 있는 까닭이다. 애초부터 범인이 드러나 있거나 소설 중간에 범인이 밝혀지고도 계속 전개되는 추리소설은 이러한 즐거움을 장점으로 갖는다. 범인이 누구인지가 아니라 그 범인이 왜 범죄를 저지르는지 그리고 어떻게 그것을 수행하는지가 흥미진진한 재미를 주는 것이다. 앞의 경우는 우리나라의 초기 추리문학을 수립한 김내성의 『마인』1939이나 아가사 크리스티의 『오리엔트 특급 살인』1934, 뒤의 경우는 괴도 아르센 뤼팽 시리즈나 히가시노 게이고의 『용의자 X의 헌신』2006 등이 대표적인 예가 된다.

추리소설의 걸작으로 남은 작품들의 경우에는 사회상의 반영이나 인간에 대한 탐구 면에서도 작품 읽기의 즐거움을 준다. 코난 도일의 셜록 홈즈 시리즈는 20세기 전환기 사회의 어두운 모습을 어느 정도 반영하고 있으며, 모리스 르 블랑의 아르센 뤼팽 시리즈는 뤼팽의 면모를 통해서 자유로운 인간성의 빛과 그림자를 보게도 해 준다. 단행본도 들어 두자. 우리 시대의 고전이라 할 움베르토 에코의 『장미의 이름』1980이 이 면에서 대표적인데, 14세기 중세 수도원을 배경으로 해서 인간 일반의 본성에 대한 깊이 있는 성찰을 보여 주었다. 추리 기법으로 작품의 뼈대가 갖춰져 있는 경우로 한 편 더 들자면, 인간주의의 등장에 대한 문화사적인 통찰을 보인 오르한 파묵의 『내 이름은 빨강』1988도 빼놓을 수 없다.

추리소설 읽기의 재미를 세 단계로 나누어 말했지만, 무어니 무어니 해도 사실 직접적인 재미는 범인을 맞히는 데 있다. 이 과정이 없거나 약하다면 소설의 줄기가 추리로 이루어졌다 해도 추리소설이라고 하지 않을 정도로, 범인 맞히기야말로 추리소설의 핵심이라 할 만하다.

이러한 면에서 근래 눈에 띄는 경우가 알렉스 마이클리디스의 『사일런트 페이션트』남명성 역, 해냄, 2019다. 책의 띠지를 보면 이 책의 인기가 한눈에 들어온다. '출간 즉시 20주 연속 아마존 종합 베스트셀러'에 올랐다는 사실과 '전 세계 42개국 판권 계약' 및 '브래드 피트 제작사 영화 계약'이란 광고에 더해 아마존과 『피플』, 『타임』, 『뉴욕타임즈』에 베스트셀러로 선정되었다는 점이 눈에 띈다. 추리문학사를 수놓은 세계적인 명작 대열에 낄 것 같지는 않지만, 지구촌 시대의 대표적인 문화 산업인 영화로 각색되어 보다 널리 감상되리라는 점은 분명해 보인다.

『사일런트 페이션트』는 반전이 돋보이는 추리소설이다. 스토리의 반전 하면 맨앞에 나서는 나이트 샤말란 감독의 1999년 영화 〈식스 센스〉에 못지않은 반전이 『사일런트 페이션트』 읽기의 즐거움을 극대화한다. 스포일러의 위험을 다소 누그러뜨리기 위해 간접적으로(!) 말하자면, 반전이라는 면에서 이 소설은 아가사 크리스티의 『애크로이드 살인 사건』1926에 이어지는 경우라 하겠다. 이 작품의 반전은 그러한 반전이 필수불가결하다는 점에서도 멋지다. 반전 자체가 일반적으로 주는 독서의 즐거움 외에, 스토리 내내 주인공이 보이는 집착에 가까운 행동을 합리적으로 만드는 데 반전의 기능이 있기 때문이다.

『사일런트 페이션트』의 재미는 범인 맞히기에서의 반전 외에 두 가지 원천을 더 갖는다. 하나는 심리 상담에 관해 많은 것을 알려 준다는 점이다. 정신분석학적인 지식이 동원되기도 하는 심리 상담 관련 정보가 적지 않아서, 무언가 새로운 것을 알게 될 때의 즐거움을 독자에게 선사한다. 여기서 중요한 것은, 주인공이 보이는 심리 상담 장면들과 그 과정에서 주의를 기울여야 하는 사항들 등이 실제처럼 그려졌다는 사실이다. 그 결과 어떤 정보나 지식을 자랑하듯 알려 주는 교설적인 느낌은 거의 없이, 우리가 잘 모르는 분야를 엿보는 듯한 호기심 차원의 재미가 한껏 커졌다.

알렉스 마이클리디스가 자신의 첫 소설 『사일런트 페이션트』의 재미를 깊게 하고 세상의 관심을 받게 된 데는 또 다른 원천이 있다. 고전과의 상호텍스트적인 연관이 그것이다. 이 소설의 여주인공인 화가 앨리사 베런슨은 어느 날 얼굴에 총을 쏴 남편을 살해한 뒤 자해를 하고 입을 다물어 버린다. 그녀가 병원에서 퇴원해 재판을 앞두고 집에 구금되었을 때 자화상을 그리는데 작품의 제목이 바로 〈알케스티스〉이다. 소설이 알려 주는 대로 『알케스티스』는 고대 그리스의 에우리피데스가 쓴 비극이며, 아폴론과 아드메토스, 알케스티스가 얽힌 신화를 바탕으로 한다.

페라이의 왕 아드메토스는 제우스의 벌로 1년간 자신의 노예가 된 아폴론을 잘 대해줌으로써 아폴론으로부터 큰 선물을 받는다. 그의 생명이 다할 때 그를 대신해서 죽어 줄 사람이 있으면 다시 한번 이승의 삶을 살게 해 주겠다고 아폴론이 약속한 것이다. 죽음을 앞둔 아드메토스가 자기 대신 죽어 달라는 청을 했을 때 이를 수락한 사람은 그의 아내 알케스티스밖에 없었다. 결국 그는 다시 생명을 얻고 그의 아내는 죽게 되는데, 이를 알게 된 아폴론이 알케스티스를 명부로부터 이승으로 데려와 준다. 아폴론이 되살려 낸 알케스티스를 보고 아드메토스는 감격해 하지만, 그녀는 아무 말도 하지 않고 침묵을 지킨다.

소설 『사일런트 페이션트』는 신화 속 알케스티스의 침묵에 대한 알렉스 마이클리디스의 심리 분석적 해석에 해당한다. 앨리사 베런슨이 침묵을 지키는 이유가 알케스티스 신화와 연관되면서, 우리는 그녀의 살해 동기를 이해하고 자신은 남편을 죽이지 않았다는 그녀의 주장에 공감하는 데까지 이르게도 된다. 이러한 의미 맥락이 이 소설의 주제효과를 풍성하게 하고 재미를 한층 더 증대시킴은 물론이다.

독자 여러분들의 읽는 재미를 해치지 않기 위해 소설의 내용을 감추며 에둘러 말해 왔지만, 『사일런트 페이션트』가 흥미진진한 이야기 보따리라는 사실은 충분히 밝힌 듯싶다.

한편으로는 심리 상담을 따라가면서 범인 맞히기의 재미를 만끽하고 다른 한편으로는 알케스티스의 신화를 음미하면서 소설 읽기의 즐거움을 누리다가, 〈식스 센스〉 못지않은 반전에 놀라며 책장을 덮게 될 것이라고 장담한다. 사정이 이러하니, 번잡한 세상사로부터 잠시 거리를 두고 유흥으로서의 소설 읽기를 즐기고자 한다면 기꺼이 『사일런트 페이션트』를 펴 볼 일이다. 400여 페이지 분량의 이야기가 언제 끝났는지 모를 만큼 재미있다. 후회하지 않는다.

대중문학에 부치는 편지

베르나르 베르베르의 『죽음』을 읽고

1991년 『개미』를 발표하며 전 세계 독자들의 사랑을 받게 된 프랑스 작가 베르나르 베르베르의 신작 『죽음』전미연 역, 열린책들, 2019을 읽고 착잡해졌다. 판매 순위 상위에 있는 재미있는 소설임에 틀림없고 나 또한 적지 않은 재미를 느끼며 읽었지만, 재미의 요소만 설명하며 소개하기에는 켕기는 것이 적지 않기 때문이다.

『죽음』은 대중의 사랑을 받던 소설가 주인공이 뜻하지 않은 죽음을 맞이한 후 떠돌이 영혼으로서 자신의 살해범을 찾아 나서는 줄거리를 보인다. 사후의 영혼이 벌이는 추리가 작품의 뼈대를 이루는 것인데, 이 추리 과정은 주인공을 돕는 인물이 영계에서는 셜록 홈즈의 작가 코난 도일이고 현실에서는 절세 미모의 젊은 여성 영매로 설정되어 한층 재미있게 되었다. 베르나르 베르베르 특유의 소설적 장치인 『상대적이며 절대적인 지식의 백과사전』이 지속적으로 펼쳐지며 잡학의 즐거움을 주는 것도 흥미를 배가해 준다. 주인공의 살해범이 확인되는 과정이 단테의 『신곡』을 흉내 낸 설정이라는 점도 눈에 띄는 재미 요소이다.

이렇게 재미있는 소설임에도 『죽음』은 나를 불편하게 했다. 죽음의 문제를 다루는 이 소설의 방식이 삶에 대한 성찰과는 거리가 멀다는 사실이나, 잡학의 즐거움을 주는 장치가 소설 서사의 연속성을 깨기도 한다는 점, 주요 인물들의 소개가 작위적인 방식으로 이루어진다는 것 등은 모두 부차적이다. 말석이나마 평단의 한 자리를 차지한 내게 가장 걸리는 이 소설의 껄끄러운 요소는, 프랑스 문단에 대한 단순한 비판이나 1권 192쪽, 2권 97쪽 현재 사회의 문학 상황에 대한 작가의 경직된 진단이다. 주인공을 인기 작가로 설정하면서 베르베르는 본격문학과 대중문학의 이분법을 명확히 하고, 장르문학을 옹호하며 본격문학을 비판하는 데로 나아간다. 결론은 대중들의 독서 진작을 위해 본격문학과 대중문학 모두 노력하자는 말로 내려지지만, 2권 260쪽 거기에 이르는 데 과거의 문인들을 모두 소환하다시피 해서 본격문학과 장르문학 사이의 대전쟁을 벌이기까지 한다. 2권 245~257쪽 대표적인 평론가 장 무아지가 대단히 비윤리적인 인물이며 생전의 주인공을 대하는 데 있어 너무도 심한 비난을 일삼는 것으로 설정된 것 또한 같은 기능을 한다. 이로써 본격문학에 대한 전방위적인 비판이 『죽음』의 한 가지 주제가 된다.

장르문학 작가가 장르문학을 자랑스러워하는 것은 당연한 일이지만, 그러한 자부심이 본격문학에 대한 비난에 가까운 비판으로 이어지는 것은 유감스럽다. 현재의 문학 시장에서 본격문학에 비해 장르문학, 대중문학이 훨씬 큰 비중을 차지하고 있는 상황을 고려하면 더욱 그렇다. 장르문학에 대한 본격문학 진영의 무시와 냉대가 뿌리 깊고 역사가 오랜 일임은 분명하지만, 그렇다고 해서 본격문학에 대한 장르문학의 비난이 정당화될 수는 없다. 원리적으로 봐도, 장르문학이나 본격문학이나 각기 제 몫을 가지는 것이지 서로 배척하는 것일 수 없기에 나의 유감은 쉬이 스러지지 않는다.

이러한 유감스러운 상황이 다소 완화되기를 바라는 마음에서, 다른 예술과 달리 문학이 보이는 특성에 대해 생각해 본다. 문학의 반半예술semi-art적인 성격이 그것이다. 세미 아트란 말은 온전하지 못한 반쪽짜리 예술이라는 뜻이다. 반예술로서의 문학이라는 말이 가리키는 것은, 다른 예술과 달리 문학에서는 작품처럼 보이지만 예술 작품다운 작품은 아닌 경우들이 적지 않다는 것이다. 예술로서의 문학작품과 문학작품처럼 보이기는 하지만 예술은 못 되는 경우가 섞여 있는 것이 문학이고 그래서 문학은 반쪽짜리 예술이라는 말인데, 이렇게 되는 이유는 간단하다. 전문 작가가 아닌 누구라도 문학작품처럼 보이는 글을 쓸 수 있기 때문이다.

다른 예술의 경우와 비교해 보면 이러한 사정이 명확해진다. 음악이나 미술, 조각 등은 아무나 할 수 있는 것이 아닌데, 넘어서기 어려운 문턱이 여러 차례 있기 때문이다. 첫째는 질료다. 그림을 배워 본 사람이라면 다 알 듯이 수채화가 됐든 유화가 됐든 물감을 어떻게 다루어야 하는지를 배우는 것부터가 일이다. 음악의 질료인 음이나, 조각의 질료인 돌 혹은 금속 등을 다루는 방법을 익히는 일이 얼마나 힘이 들지는 누구나 짐작할 수 있다. 둘째 문턱은 도구인데 이것도 만만찮다. 피아노를 배우기 위해 초급 단계에서 거쳐야 하는 바이엘, 체르니 등을 떠올려 보면 더 이상 설명이 필요치 않겠다. 이렇게 대부분의 예술은 그 질료나 도구를 익숙하게 다룰 수 있게 될 때까지의 고된 훈련이 문턱으로 작용해서 아무나 덤벼 볼 수 있는 것이 아니다.

문학은 어떠한가. 정반대에 가깝다. 문학의 질료는 글인데, 우리가 다 알 듯이, 모국어 글쓰기는 초등학교에 들어가기 전부터 다들 할 수 있는 일이다. 문학의 경우는 질료와 구분되는 도구가 따로 있지도 않다. 문학의 도구 또한 언어다. 태어나서 불과 몇 년이면 익히게 되는 언어가 질료이자 도구여서, 문학의 경우는 다른 예술들에서 진입장벽으로 작용하는 문턱이 전혀 없다. 해서, 누구라도, 해 볼 의향만 있으면 시나 소설을 써 볼 수 있게 된다. 결과는 무엇인가. 문학 전문가가 보기에는 작품이라고 할 수 없는 그런 작품들, 문학과 비슷해 보이지만 실제는 아닌 문학 곧 '사이비문학'이 생겨나는 것이다. 문학을 반예술이라고 하는 말은 이렇게 본격적인 작품과 사이비문학 작품이 공존하기 쉬운 문학의 특성을 가리킨다. 문학과 사이비문학의 경계가 고정된 것이 아님은 따로 말할 필요가 없는데, 이 둘 사이의 스펙트럼 속에 본격문학도 장르문학도 제 자리를 갖는다.

문학의 기능도 생각해 볼 필요가 있다. 러시아의 문예학자 미하일 바흐찐이 알려 주듯이 고대로부터 현재에 이르기까지 문학의 주요 기능은 즐거움을 주는 것이며, 그러한 기능을 해 온 과거의 문학은 대체로 가담항설街談巷說 수준의 민중문학이었다. 사람들이 즐겁자고 주고받는 이야기가 서사문학의 원형이요 줄기며, 민중들이 일하며 쉬며 흥얼거리던 노래가 서정문학의 근원이자 씨앗인 셈이다. 근대 자본주의 시대에 들어 장편소설이 서사문학의 대표적인 장르가 되고 사회와 인간에 대한 탐구를 본령으로 삼게 되면서 사태가 좀 복잡해졌지만, 그렇다고 해서 즐거움을 주는 문학예술의 기능이 없어진 것은 전혀 아니다. 그러한 기능이 보다 특화되어 유흥으로서의 문학에 해당하는 대중문학과 장르문학으로 분화되고 대중의 사랑을 담뿍 받는 상황이 전개되고 있는 것이다.

따라서 본격문학과 대중문학을 나누는 이분법은 시장에서 시대착오적일 뿐 아니라 문예학에서 보아도 잘못된 것이라 하겠다. 사실 문학예술의 형세를 전체적으로 보면 문화 산업의 산물들이 전 세계적인 지배력을 강화하는 현상을 우려해야 할 판이다. 문화의 다양한 발전이 저해되는 까닭이다. 사정이 이러하니, 2017년에 발표된 『죽음』이 본격문학에 대해 보이는 원한에 가까운 비판은 지나친 것이라 하지 않을 수 없다. 착잡하고 안타깝다. 프랑스의 문화가 재미의 가치를 그 자체로 인정하지 못하게 하지는 않는

것 같은데 소설 '죽음'에서 확인되는 베르베르의 이러한 강팍함은 어디서 왔을까

02

금기에 도전하는 목소리

말을 잃은 여성들을 기리며

조남주의 『82년생 김지영』

2018년 말 즈음 조남주의 소설 『82년생 김지영』민음사, 2016이 밀리언셀러가 되었다. 이 소설은 베스트셀러가 될 만한 요건을 두루 갖추었다고 할 만하다. 두 가지가 선명하다. '미투Me Too'운동이 뜨거운 이슈가 되며 하나의 흐름을 이룬 요즘 시대에 나온 페미니즘소설이라는 점이 하나다. 다른 하나는 책이 매우 잘 읽힌다는 사실이다.

『82년생 김지영』은 주인공 김지영의 삶을 담백하게 제시할 뿐 서술자-작가가 어깨에 힘을 주고 나서서 의미를 부여하거나 해설을 늘어놓거나 하지 않는다. 남녀 차별이라는 주제를 다루지만, 현상에 대한 비판이든 성평등 관련 주장이든, 선동적이거나 교설적인 언급이 전혀 없다. 이렇게 독자가 불편해하거나 비판적으로 몸을 사릴 여지를 주지 않는 상태에서 실제 사태를 객관적으로 제시할 뿐이다. 이러한 서술 전략은 시사교양 프로그램의 작가로 10여 년간 활동한 작가 조남주의 관록에 따른 것으로 보인다.

『82년생 김지영』의 소설 형식상의 특징은 참신하고 매우 효과적이다. 주인공 김지영이 어느 날 갑자기 다른 사람 곧 자신의 친정어머니나 남편의 전 애인으로 빙의하는 증상을 보이게 되었다는 것이다. 그런 김지영이 정신과 상담을 받으며 자신의 삶을 이야기한 내용을 의사가 소개하는 형식으로 작품이 짜인다. 정신과 의사가 서술자로 되어 있는 것인데, 그 결과 이 소설은 건조하고 객관적인 진술 형식 속에서 사태의 사실성을 확보한다.

이러한 방식은 페미니즘소설의 선구적인 작품 중 하나인 게르드 브란튼베르그의 『이갈리아의 딸들』1977 만큼 과격하지 않으면서도 성차별의 상황을 효과적으로 제시해 준다. 『이갈리아의 딸들』의 경우 남녀 양성에 대한 의식이나 성 역할 분담 체계를 실제 사회와 정반대로 설정하여 대단히 근본적이고 그만큼 급진적인 느낌을 준다. 이와는 달리 『82년생 김지영』은 여성들이라면 누구나 고개를 끄덕이지 않을 수 없는, 남성들 또한 '그랬구나' 하고 동의하지 않을 수 없는, 일상 깊숙이 스며들어 있는 자잘한 성차별들을 구체적인 에피소드들을 통해 리얼하게 제시한다. 근래 나온 엘레오노르 포리아트 감독의 미러링 영화 〈거꾸로 가는 남자I am not an easy man〉2018와 마찬가지다.

예컨대 이런 식이다. 명절맞이 가족 모임이 남자 쪽 집안에서만 이루어지는 상황에 대해 친정어머니로 빙의된 김지영이 "그 댁 따님이 집에 오면, 저희 딸은 저희 집으로 보내 주셔야죠"18쪽라고 시어머니에게 말하는 대목. 명절에 친정에 가지 못하는 이 땅의 며느리 치고 이 말에 백 프로 공감하지 않을 사람이 있기나 할까 싶다.

김지영의 일생 내내 확인되는 남녀 차별들은 구체적이고 보편적이다. 장남인 남동생에 대한 할머니와 고모들의 선호에 따르는 남녀 차별, 학창 시절에 여자 아이가 여자이기 때문에 겪게 되는 괴롭힘이나 행실 관련 꾸짖음, 대학에서 횡행하는 여성 비하적인 언행, 직장에서의 성희롱적인 상황들, 신혼 시절 임신을 앞둔 고민에서 보이는 부부간의 의식 차이와 여성이 잃을 것이 많은 상황에서 확인되는 실제적인 차별 등이 그러하다.

『82년생 김지영』이 드러내는 이러한 성차별적인 상황은 어떤 의미에서도 지난 시대의 것이 아니다. 1950, 1960년대 생은 물론이고 1990년대 생도, 2000년대 생도 공감하지 않을 수 없는 현재 진행형의 사례들이라 할 수 있다.

과거에 비해 우리 사회의 양성평등 의식이 적지 않게 향상되었다고 할 수 있지만, 사정을 들여다보면 개선해야 할 것이 한둘이 아니다. 2018년 12월 25일 자 JTBC 뉴스 '교육현장 속 성차별'이 알려 주는 내용을 보자. 대구 지역 교사들을 위한 성교육 직무연수에서는 양성평등 의식에 어울리지 않게 성 역할을 구분 짓고 성희롱 발생 책임을 여성에게 전가하는 내용을 담았다가 문제가 되었으며, 서울시의 청년 대상 일자리 교육 교재는 여성을 대상으로 액세서리나 립스틱 색상이 적합한지를 묻는 체크리스트를 제시했다가 물의를 빚었다. 경기도의 한 고등학교에서는 간호사와 물리

치료사 직업인 특강에 여학생들만 신청하도록 제한하여 성차별에 대한 무감각을 보이기도 했다. 같은 해 『인천일보』의 12월 27일 뉴스에 따르면 경기도 교육청의 경우 교직원 대상 성·인권 교육 담당 부서가 부재하고 별도의 연수 프로그램도 없다 한다. 교육 현장이 이러하니 사회 일반이야 오죽하랴 싶다.

사정이 이러한데도 불구하고 일각에서는 마치 우리나라가 성평등 국가이며 우리 사회에 성차별은 없다는 듯이 주장하고 있다. 오세라비의 『그 페미니즘은 틀렸다』좁쌀한알, 2018가 근래의 대표적인 예다.

이 책은 급진적 페미니즘에 대한 비판을 전면에 내세우면서 '남성 혐오를 앞세우는 페미니즘'이 아니라 '남성과의 연대에 바탕을 두는 여성주의'를 표방하고 있다. 이러한 취지는 괜찮아 보이지만 책의 실제 내용은 전혀 그렇지 않다. 이 책의 줄기는 다음 두 가지다.

'한국 페미니즘=급진적 페미니즘=워마드식의 남성 혐오, 여성 우월주의'라는 등식이 하나고, 유엔 개발계획UNDP이 발표한 대로 대한민국은 여성 차별이 없는 성 평등 국가라는 주장이 다른 하나다. 앞의 등식은 '한국의 보수주의자=일베'라는 주장만큼 폭력적인 난센스여서 따로 논할 여지가 없다. 우리나라가 성평등 국가라면서 세계경제포럼WEF 즉 다보스포럼의 '세계 젠더(성) 격차 보고서'를 부정하고 유엔 개발계획의 보고만 주목하는 문제를 따져보자.

유엔 개발계획은 각국 여성들의 생식 건강출산 10만 명당 사망하는 여성의 수, 여성 권한중등교육 이상의 교육을 받은 여성 비율, 노동 참여여성 경제활동 참여율를 측정한다. 요컨대 '여성에 대한 문명화의 정도'를 국가 간에 비교하는 것인데, 우리나라는 세계 10위에 해당한다. 오세라비는 이 수치를 보고 대한민국이 성평등 실현 국가라고 판단하고, 여성들이 세계 최상위 수준의 교육을 받고 경제활동도 하므로 남녀 차별 같은 말은 하지 말라고 한다.

이런 주장은 성립될 수 없다. 성평등이나 남녀 차별의 상황이 어떠한가는 여성과 남성의 상황을 비교할 때 확인되는 것이지 여성의 상황만 보고 판단될 수 있는 것이 아니기 때문이다. 예를 들어, 여성의 경제활동 참여율이라는 수치 자체가 아니라 그렇게 경제활동에 참여하는 많은 여성들이 바로 그 경제 부문에서 남성과 비교하여 어떻게 대우받는지를 따져야 마땅한 것이다.

바로 이런 점, 남녀의 격차를 확인하는 것이 다보스포럼의 보고서다. 여기서는 경제 참여·기회, 교육 성과, 보건, 정치 권한 등 4개 부문에서 '성별 격차'를 수치화하여 국가들의 등급을 매긴다. 그 결과는 어떠한가. 우리나라의 순위는 2018년의 경우 149개국 중 115위이고, 2017년과 2016년에는 144개국 중 각각 118위, 116위였다. 남녀의 격차 면에서 세계 평균에도 못 미친다는 것을 알 수 있다.연합뉴스, 2018.12.18 각국의 남녀가 갖는 질적 수준이 고려되지 않는다는 비판도 있지만, 그러한 지적이, 우리나라의 남녀 차별이 심각한 상황임을 이 보고서가 알려준다는 사실을 부정하는 것일 수는 없다.

대한민국의 이러한 남녀 차별적인 상황이 『82년생 김지영』이 해를 넘겨 가면서 밀리언셀러가 될 수 있었던 사회적 배경이다. 딸이 살아갈 세상이 자신이 살아온 세상보다 더 나은 곳이 되어야 하고 될 거라 믿으며 이를 위해 노력하겠다는 작가 조남주의 말이 넓고 긴 울림을 갖는 이유이기도 하다. 모쪼록 이 소설이 좀 더 널리 읽혀, 우리 사회에 성평등이 실현되는 데 의미 있게 기여하기를 바란다.

경제의 시간과 문화의 시간

김혜진의 『딸에 대하여』

김혜진의 소설 『딸에 대하여』민음사, 2017를 읽고 시대착오적인 현실을 생각하게 되었다. 이 소설의 주인공은 60을 넘긴 나이에 요양보호사 일을 하는 여인이다. 죽은 남편이 남겨 둔 집 한 채가 있지만 스스로 일을 하지 않고는 살 수 없는 형편이다. 막막한 대로 꾸준히 일을 하는 것이 그녀가 살아가는 방법이다. 노동해서 먹고 사는 사람들 모두의 숙명, 아무도 자신을 고된 노동에서 구해 줄 수 없다는 사실을 그녀 또한 묵묵히 받아들이고 있다.

요양보호사로서 그녀는 '젠'이라 불리는 치매 노인 이제희의 수발을 들고 있다. 보호자가 전혀 없는 젠은 왕년의 인권운동가이다. 해외 입양아나 외국인 이주민 들을 위해 인생을 바쳐 나름대로 저명했던 인물이다. 평생을 다른 사람의 인권을 위해 싸우며 살았지만, 현재의 그녀는 제정신을 찾는 순간이 거의 없이 어린아이 수준으로 퇴행한 중증 치매 환자일 뿐이다. 대소변조차 가리지 못하고 그대로 흘리며, 매일같이 수발을 들어 주는 보호사도 알아보지 못하는 늙은 육체, 욕창으로 엉덩이가 썩어 들어가는 고깃덩어리

일 뿐이다. 이러한 사실이 두드러지도록, 주인공이 젠을 돌보는 과정의 묘사는 매우 핍진하다. 늙고 병이 든다는 것, 정신을 놓는다는 것이 어떠한 양상으로 전개되는지를 김혜진은 객관적으로 냉정하게 그려 보인다.

노년의 삶, 병을 안고 세상의 한 귀퉁이에서 쓸쓸하게 시간을 보내는 노경의 삶에 대한 문학적 형상화로 우리는 김원일의 연작장편 『슬픈 시간의 기억』2001이나 필립 로스의 경장편 『애브리맨』2006을 갖고 있다. 치매 노인을 다룬 경우로는 저 멀리 박완서의 「집 보기는 그렇게 끝났다」1978에서부터 신경숙의 『엄마를 부탁해』2008와 박민규의 「낮잠」2008, 전성태의 「이야기를 돌려드리다」2010 등까지 적지 않은 작품을 보아 왔다. 이들 소설은 '노망'이 '치매'로 변화되면서 가족 내 봉양의 대상이었던 노인이 치료 시설의 격리 대상으로 바뀌게 된 사회 및 의식의 변화 속에서, 의식적이든 아니든 그에 저항하는 내용을 보였다. 노인에게도 삶이 있으며 치매 환자에게도 그에게 주어지거나 그로부터 흘러나올 소중한 기억이 있다는 맥락에서 말이다.

김혜진의 『딸에 대하여』는 이러한 흐름에서 다소 벗어나 있다. 치매 노인의 하루하루란 육체가 썩어가는 과정에 다름 아니며 그의 여생이란 자본의 논리에 지배되는 시설들 속에서 죽음으로 내몰리는 것이라는 사실, 이 엄정한 현실을 응시하는 까닭이다.

물론 『딸에 대하여』가 그러한 보고로만 그치지는 않는다. 아무런 연고가 없는 젠이 손발이 꽁꽁 묶인 채 수면제 처방을 받아 죽음으로 내몰리는 시설로 옮겨졌을 때 주인공이 제 집으로 데려와 정성껏 간호하는 실로 '대책 없는' 이야기가 전개되고 있다. 하지만 이러한 설정에도 불구하고 노년의 삶 그것도 정신을 잃은 비참한 삶을 이 소설은 전혀 미화하지 않는다. 이렇게 냉정한 시선으로 병든 노년을 다루었다는 사실만으로도 『딸에 대하여』는 우리 문단에서 자기의 몫을 확보한다.

젠과 주인공의 스토리라인이 보여 주는 노년의 삶이 작품 전편에 걸쳐 의미 있게 전개되고 주인공 자신이 겪는 육체의 쇠약도 사실적으로 그려지지만, 『딸에 대하여』가 노인 문제를 중심으로 하는 소설은 아니다. 제목이 알려 주듯 이 작품의 초점은 주인공과 딸의 문제에 놓여 있다.

남들과 같은 일상을 지키는 것, 남의 눈에 띄지 않고 평온한 삶을 사는 것이 주인공의 바람이다. 그런데 이것이 가능하지 않다. 대학 시간강사로 일하는 딸이 경제적인 문제로 집에 들어오게 되었는데, 혼자가 아니라 '레인'이라는 또래 여자와 함께 왔기 때문이다.

7년이나 함께 살아 온 그들의 관계를 주인공은 인정할 수 없다. 그들을 지칭하는 언어조차 떠올릴 수 없다. '그 애'가 아니라면 자신의 딸이 남들처럼 결혼해서 자식도 낳고 평범한 삶을 살 수 있으리라는 기대가 그녀의 마음에 있고, 자신이 그런 기대를 놓는 순간 딸애에 대한 어미로서의 책임까지 놓게 되는 것이라고 생각하기 때문이다. 해서 주인공은 딸애를 현재 모습 그대로 인정하지 못하고 레인에게 냉정하게 대한다. '다 자란 자식이 이렇게 비정상적으로 사는 걸 봐야 하는 기분'68쪽에 사로잡혀 있는 까닭이다.

이들 모녀의 관계는 어떻게 풀리는가. 소설의 독자로서 우리가 가지게 마련인 이러한 질문에 작가는 답을 주지 않는다. 답이 있다면 풀리지 않는다는 것이다. 젠을 함께 돌보는 동안 모녀의 문제가 유보될 뿐이다. 주인공의 딸 '그린'은 성 소수자로서 현재 모습 그대로 '그냥 나'일 뿐인데,107~108쪽 젠의 장례를 치르는 작품의 말미에 이르기까지 주인공은 그런 딸애를 자신이 어떻게 대하게 될지 알지 못해 고민한다.

모녀의 관계를 자의적으로 푸는 대신 『딸에 대하여』는, 성 소수자의 삶이 이 사회에서 어떻게 거부되는지를 보여 준다. 동성애자라는 사실 때문에 대학 강단에서 쫓겨나는 이들이 있다. 그런 동료를 위해 나서는 바람에 주인공의 딸은 경제적 자립을 이루지 못하고, 시위 도중에 군중에게 몰매를 맞기까지 한다. 레인이 제 돈을 내고서도 주인공에게 '없는 사람'처럼 괄시를 받는 것 또한 스토리 차원에서 명백하다. 여기서 그치지 않는다. 딸이 잘 살기를 바라는 주인공이 "나는 그 애의 엄마라는 걸 부끄러워하는 내가 싫어요. 그 애는 왜 나로 하여금 그 애를 부정하게 하고 나조차 부정하게 하고 내가 살아온 시간 모두를 부정하게 만드는 걸까요."84쪽라고 독백하는 데서 보이듯 성 소수자에 대한 부정적인 인식이 모성을 억압할 만큼 강고하다는 점을 보여 주는 것이다.

바로 이러한 맹목의 시선으로 작품 전체가 서술된다는 사실에 『딸에 대하여』의 또 한 가지 미덕이 있다. 누구도 아무것도 쉽게 변치 않는다는 것을 작가는 안다. 그래서, 성 소수자에 대한 우리 사회의 편협하고도 잘못된 인식이 얼마나 강고한지를 무시하지 않고 이러한 상황을 그대로 내용과 형식 양면에서 작품화한 것이다. 이러한 처리 방식이 2010년대가 다해 가는 한국 사회에서 여전히 필요하다고 판단했기 때문일 터이다.

작가의 이러한 처리 방식은, 경제적 선진국을 표방하는 대한민국의 문화적 후진성을 증명한다. 미국 연방 대법원이 미국 전역에서의 동성결혼을 합헌이라고 결정한 것이 2015년 6월이다. 그 전까지도 36개 주에서는 합법이었다. 이런 미국도 늦은 편이다. 네덜란드는 2001년에 동성결혼을 합법화했다. 그 이후 스페인, 캐나다, 프랑스, 독일 등이 같은 결정을 내렸다. 현재 남아프리카공화국, 아르헨티나, 대만 등을 포함하여 40개국 가까이가 동성결혼을 인정하고 있다.

동성결혼이 인정되는 나라에서 『딸에 대하여』와 설정이 비슷한 소설이 나왔다면 어떻게 읽힐까. 딸 개인의 타고난 성적 정체성을 인정하지 않는 늙은 어머니의 구시대적인 걱정을 노년의 문제와 더불어 묘파한 작품으로 간주되지 않을까 싶다. 물론 작가가 다른 나라에서 썼다면 그만큼 달리 썼겠지만, 이렇게 전혀 달리 읽힐 수도 있다는 점을 나는 외면할 수 없다. 이 글이 노년의 문제와 성 소수자 이야기가 『딸에 대하여』에서 분리된 것인 양 나누어 말한 것도 이러한 사정에 닿아 있다. 세계에서 일곱 번째로 '30-50 클럽'에 가입했으면서도 문화적으로는 선진적이지 못한 나라에 산다는 시대착오적인 현실이, 한 편의 소설과 그것을 읽고 평하는 일 모두를 삐딱하게 만들고 있다.

사랑 이야기를 통해 확인하는 우리 사회의 자화상

박상영의 「우럭 한 점 우주의 맛」과 앤드루 숀 그리어의 『레스』

2018년 한 해 미국 중부의 작은 도시에 살았다. 사방으로 끝도 없이 펼쳐진 옥수수밭 한가운데 있어 도시라기보다는 시골이라 할 만한 곳이었다. 그곳의 공공도서관을 자주 이용했는데, 하루는 남들의 시선을 아랑곳하지 않고 휴대폰으로 사진을 찍었다. 도서관에서 정기적으로 여는 주제 도서 전시 안내와 책들이 눈에 띄었기 때문이었다. 그때의 주제는 'LGBTQ'였다.

어린아이에서 노인들까지 도시의 주민들이 사랑방처럼 이용하는 공공도서관의 책 전시 주제가 'LGBTQ'라니, 놀라지 않을 수 없었다. 'LGBTQ'가 뭔가. 여성 동성애자Lesbian, 남성 동성애자Gay, 양성애자Bisexual, 성전환자Transgender에 성 정체성이 고정되지 않은 사람Queer을 통틀어 가리키는 말이다. 요컨대 이성애자가 아닌 사람들 곧 성 소수자 전체가 'LGBTQ'이다. 성 정체성의 다양성을 사람들 간의 차이로 인정하고 성 소수자의 인권에 나름 관심을 기울여 왔지만, 가족들이 무시로 드나드는 도서관의 출입구에 'LGBTQ'를 주제로 하여 책들이 전시된 것을 보니 적지 아니 놀라웠다. 주로 아이와 함께 드나들던 도서관이었으니, 부모 자식 간에 성애sexual love를 화제로 삼게 된 듯한 데서 온 당혹감도 한몫했던 것 같다.

이미 2015년에 동성결혼을 합법화한 미국이니 시골에 가까운 소도시의 공공도서관에서 'LGBTQ'를 주제로 한 책들을 전시하는 것도 자연스러웠으리라. 하지만 한국에서 50여 년을 살다 잠시 들른 타국에서 그러한 장면을 볼 때, 그 인상은 충격에 가까운 것이었다. 이런 기억을 새삼 일깨워 준 최근의 소설 두 편이 있다. 박상영의 중편소설 「우럭 한 점 우주의 맛」과 앤드루 숀 그리어의 『레스』은행나무, 2019이다.

이 두 작품은 공통점과 더불어 차이를 갖는다. 둘 다 문학상 수상작이라는 것이 첫째 공통점이다. 「우럭 한 점 우주의 맛」은 2019년에 10회째를 맞은 문학동네 젊은작가상 대상 수상작이다. 『레스』는 저널리즘상으로 전 세계에 유명한 퓰리처상의 2018년 픽션 부문 수상작이다. 둘째 공통점은, 짐작하는 대로 두 작품이 그려내는 주인공이 성 소수자라는 점이다. 정확히는 남성 동성애자, 게이다. 차이점 또한 두 가지를 들 수 있다. 작품의 배경이 한국과 미국이라는 것이 하나고, 남성 동성애자가 그려지는 방식이 현격히 다르다는 점이 다른 하나다. 이 마지막 사항, 게이를 다루는 소설이라는 사실은 같지만 주인공의 형상화나 작품의 주제 등에서는 큰 차이가 있다는 점이 이 글을 쓰게 했다.

「우럭 한 점 우주의 맛」의 주인공은 고등학교 일학년 때 선배와 키스를 하다 엄마에게 들켜 정신병원 폐쇄병동에 강제로 입원된 적이 있는 게이이다. 독실한 기독교인인 모친의 그런 처사에 깊은 상처를 안고 있는 상태로, 인턴 사원이었다가 정규직에 탈락해 실직 상태에 처한 이십 대 중반의 주인공이 암 환자인 엄마를 간호하게 된다. 그러던 중 인문학 교양과정을 수강하다 '그'를 만나 사랑에 빠진다. 학생회장을 지내는 등 과거 운동권이었다가 지금은 출판사 편집자로 외주 작업을 하는 열두 살 연상의 그에게 눈이 먼 것이다.

주인공의 상태는, 우리가 익히 아는 대로, 사랑의 열병에 사로잡힌 사람의 그것이다. 잠든 엄마를 병실에 내버려둔 채 정신없이 택시를 잡아타고 새벽마다 그를 찾을 만큼 '완전히 미쳐'41쪽 있었으며, "그를 만나는 시간은 새벽의 몇 시간에 불과했으나 나의 하루는 그 짧은 시간으로 말미암아 완벽히 재편되었다"46쪽라고 할 정도가 된다. 우리 또한 경험했듯이, 말 그대로 사랑에 빠진 것이다. 우리와 다른 점은 그 상대가 이성이 아니라 동성이라는 것뿐이다.

주인공이 사랑한 그가 사람들의 시선을 예민하게 의식하는 데서 두 사람의 관계에 균열이 발생한다. 그의 경우 대낮의 길에서나 공원에서 주인공과 함께 걷는 것을 몹시 불편해한다. 그들이 함께 있다가 누군가 아는 사람을 만나게 되면 상황은 더욱 불편해진다. 주인공은 그와 함께 파스타를 먹고 싶어 하지만, 그는 '남자 둘이 파스타 먹는 거'68쪽가 이상하니 다른 것을 먹자 한다. 사랑이 이끄는 대로 행동하고자 하는 주인공과 세상의 잣대를 의식하는 그의 차이가 차차 두드러지면서 둘은 결국 헤어지게 되고, 주인공은 농약을 마시고 자살을 시도한다.

이 소설이 보여 주는 핵심이 여기 있다. 게이로 태어나서 자기 자신으로 사는 것을 원했을 뿐인데 그것이 가능하지 않은 것, 모든 사람들이 그렇듯이 자신의 행복을 추구하고자 하나 그럴 수 없는 것, 우리 모두와 마찬가지로 사랑에 빠지지만 상대가 동성이라는 이유 때문에 끝내 자살을 시도해야 하는 것, 이러한 상황 속에 이 땅의 성 소수자가 있다는 사실을 「우럭 한 점 우주의 맛」이 보여 주고 있다.

간명히 말하자면, 자기 자신으로 사는 것 외엔 별다른 바람도 욕심도 없는데 살기가 쉽지 않은 상황에 대한 비판이 이 소설의 주제이다. 이는 소설을 쓰는 현재의 주인공이 품는 바람에서 확인된다. 자신의 마음을 짓밟은 것에 대해서, 자신을 이런 형태로 낳고 이런 방식으로 길러 놓은 뒤 그런 자신을 밀어내고 돌아오지 못할 곳에 놔두어 버린 엄마에게 사과를 좀 받고 싶은 바람 말이다.67·89쪽

앤드루 숀 그리어의 『레스』에는 이런 눈물겨운 바람이 존재하지 않는다. 이 소설의 주인공 아서 레스는 오십이 다 되어 한물간 군소 작가일 뿐이다. 그의 현재 상황은 좋지 않다. 나이 든 시인과 함께 살며 20대를 보냈던 그는, 친구 카를로스 펠로의 아들 프

레디에게 사랑을 느끼며 연인도 아니고 연인이 아닌 것도 아닌 상태로 최근 9년간을 지냈다. 작품의 주요 서사는, 다른 남자와 결혼하겠다는 프레디의 청첩장을 받았지만 그 결혼식을 피하고자 노력한 레스가 세계를 일주하는 여정으로 이루어진다.

자신의 사랑이 버려진 상태에서 어쩔 수 없이 프레디의 곁을 떠난 주인공의 행적을 따라가지만, 이 소설의 결말은 해피엔딩이다. 자신에 대한 레스의 사랑을 깨달은 프레디가 결혼 예정자와 헤어져 집으로 돌아와 레스를 기다리는 것이다. 문학 및 문화 관련 이벤트로 세계를 돌며 레스가 느끼고 겪는 일들이 살아가는 일의 진실을 보여 주기도 하고 문화예술 판의 속내를 알려 주기도 하지만, 이 소설의 주제는 정확히 사랑에 있다. 함께 있을 때는 깨닫지 못하다가 헤어지고 난 후에 절실히 알게 되는 참된 사랑을 회복하는 이야기, 이것이 『레스』의 주제다.

한국의 독자로서 놀라운 점은, 소설 『레스』의 어디에서도 자신들의 사랑이 게이의 사랑이기 때문에 고통받는 일은 없다는 사실이다. 주인공 아서 레스가 20대였을 때도 50을 눈앞에 둔 지금도, 그리고 레스의 주변 인물들 누구에게서도, 이른바 사회의 따가운 눈총 같은 것은 찾을 수 없다. 소설에 없으니 실제 현실에서도 없다고 단정한다면 텍스트에 맹목인 정신 나간 소리에 불과할 수도 있겠지만, 2018년에 이 소설을 발표한 앤드루 숀 그리어는 오로지 사랑에 집중할 뿐이다. 그 사랑을 '누가 하고 있는가'는 그의 관심사가 아니다. 사정이 이러하기에, 사랑의 주인공이 게이라는 사실에서 어떤 특별한 의미가 생기리라는 생각 자체를 하지 않고 썼다 할 만하다.

이러한 작품 양상의 차이가 미국과 한국 사회의 차이를 보여준다. 정확히 달리 말하자면, 달력상으로는 같은 시대를 살고 있지만 동성애와 관련한 문화에서는 현격한 차이를 보이는 두 나라의 차이가 이 두 작품의 양상을 결정하는 중요한 요소로 작동한다고 하겠다.

이러한 의미에서 『레스』와는 다른 동성애의 양상을 다룬 「우럭 한 점 우주의 맛」은 한국 사회의 현실에 대한 의미 있는 기록이 된다. 십 년 혹은 한 세대 후에 돌아볼 때 아쉬운 과거의 기록으로 간주될지라도 말이다. 물론 아쉬울 것도 부끄러울 것도 없다. 특정 시대의 양상을 형상화하여 영원의 자리에 올려놓는 것이 예술의 한 역할이라는 점에서, 「우럭 한 점 우주의 맛」은 제 몫을 다한 소설인 까닭이다.

고전의 향기가 그리운 시간

토마스 만의 『베니스에서의 죽음』

향기 있는 말이 그립다. 의도가 빤히 보이는 적나라한 말들이 거리를 가득 메우며 서로 부딪치는 상황이라 그럴 것이다. 말과 뜻이 분리된 채 프레임을 만들기 위해 반복되는 말들이 말의 기능과 가치를 손상시키고 있다. 같은 말이라도 아 다르고 어 다르니 주의 깊게 써야 한다는 옛말을 꺼낼 수조차 없을 만큼, 말들이 망가진 세상에 살고 있다. 말의 세련된 맛이나 말을 그렇게 함으로써 드러나는 사람의 품격 같은 것을 기대하기 어렵다. 이러한 갈증을 달래는 한 방편으로 소설을 읽는다. 토마스 만의 대표작 중 하나인 『베니스에서의 죽음』1912이다.

이 소설은 문제적이다. 20세기 초에 발표되었으면서, 단 두 명인 중심인물이 동성애 관계에 놓여 있는 까닭이다. 이 소설의 주인공은 나이 50에 이르기까지 고전적인 미를 구현한 작품을 발표하여 전 국가적 명성을 획득하고 사람들의 존경을 받는 작가 구스타프 아셴바하이다. 그는 휴양차 여행 온 베니스에서 우연히 만난 폴란드인 14세 소년 타치오의 아름다움에 매혹된다. 소년의 모습이 신의 구현이라고 생각하며 그 아름다움을 예찬하던 주인공은, 차차 태도를 바꾸어 미혹된 행태를 보이게 된다. 자신의 예술관을 바꾸어가면서 소년을 주시하다가, 마침내는 자신의 품위도 사람들의 시선도 의식하지 않는 채로 소년을 쫓아다니는 지경에까지 이르는 것이다. 이렇게 스토리만을 보면 중년의 남성이 소년을 쫓아다니며 사랑을 갈구하는 이야기를 보인다고 하겠다.

2020년대가 열린 현재의 시점에서 보면 이러한 스토리 자체가 문제될 것은 없다. 동성애가 잘못도 아닌데다, 남성 동성애를 다룬 문학작품이 두루 주목받기도 하는 상황인 까닭이다. 2018년 미국의 퓰리처상 픽션 부문은 앤드루 숀 그리어의 『레스』에 주어졌고 문학동네가 행하는 젊은작가상의 10주년 대상은 박상영의 「우럭 한 점 우주의 맛」에 돌아갔는데, 두 작품 모두 남성 동성애를 다루고 있다. 이들 소설이 남성 동성애자를 다뤘다는 사실 때문이 아니라 작품성으로 상을 받은 것은 물론이다. 어쨌든 이 두 작품은, 주인공을 게이로 설정하는 것 자체가 문제되지는 않는 상황에 우리가 살고 있음을 알려 준다.

하지만 1912년이라면 사정이 다르다. 『베니스에서의 죽음』이 발표될 무렵의 사회 상황은 어떠했을까. 이를 짐작해 볼 수 있는 좋은 방법이 있다. 영화 〈타이타닉〉을 떠올리면 된다. 타이나틱호가 침몰한 것이 1912년 4월이니 이 소설이 출간된 그해이다. 영화가 잘 보여주고 있듯이 1912년 시점에서 상류층 사람들은 귀족

의식이 매우 강한 면모를 띤다. 영화 여주인공의 어머니가 항상 생각하는 것은 딸의 혼사를 통해 몰락한 가문을 되살리는 것이다. 해서 그녀는 평민인 남주인공과 딸의 관계에 훼방을 놓는다. 20세기 초가 되었지만 봉건 시대의 신분제에 대한 향수가 짙은 것인데, 사실이 그러했을 것이다. 우리나라에서 족보를 따지고 양반 조상을 자랑하는 일이 1970년대까지도 일반적이었음을 생각해 보면 더욱 그렇다.

이렇게 상류 계층의 품위와 예절, 고상함을 중시하는 사회 분위기 속에서 동성애적인 설정을 보이는 『베니스에서의 죽음』은 문제적이었을 것이다. 이보다 20여 년 전에 『도리언 그레이의 초상』1899을 발표한 오스카 와일드가 동성애자로 고발되어 옥살이를 했으며, 1928년에 처음 나온 D. H. 로렌스의 『채털레이 부인의 사랑』은 나오자마자 금서가 되어 1960년에 가서야 정식으로 출판될 수 있었다. 헨리 밀러의 『북회귀선』1934과 블라디미르 나보코프의 『롤리타』1955 또한 출간 즉시 금서가 되었다가 후에 복권되었다. 성애를 다룬 작품들의 사정이 이러하니, 『베니스에서의 죽음』 또한 그러한 문제를 겪었으리라 추측하는 것이 자연스럽다.

하지만 그렇지 않았다. 어떻게 이런 일이 가능했을까. 이 작품의 주된 주제효과가 아름다움에 대한 찬사를 중심으로 하는 예술론으로 되었다는 점을 우선 꼽을 수 있다.

주인공 구스타프 아센바하는 부모로부터 상이한 경향을 물려받은 사람이다. 부계로부터는 엄격하고 단정하며 검약한 삶을 살며 성실한 정신력으로 소임을 다하는 태도를 이어받았다. 이러한 자세로 그는 도덕성을 내세우며 작가의 길을 걸어와 명성을 얻었다. 한편 모계로부터는 성마르고 육욕적인 핏줄을 이어받아 어둡고 열정적인 충동을 갖고 있었다. 이러한 특성이 도덕성에 의해 억눌려 있다가 베니스에서 분출된 것인데, 이 과정이 예술에 대한 인식 변화로 개진된다.

미소년 타치오에게 매혹되면서 주인공은, 아름다움만이, 인간이 감각적으로 받아들이고 견딜 수 있는 유일한 정신적 형태라는 점을 깨닫는다. 아름다움이란 정신적인 것에 이르는 길이며 그 길을 밟아 나아가는 데 있어서는 굴욕 또한 찬사받을 만한 일이라 생각하게 된다. 이 위에서 그는 예술가 기질의 본질을 규율과 무절제의 오묘한 본능적 결합에서 찾으며,안삼환 외역, 『토니오 크뢰거·트리스탄·베니스에서의 죽음』, 민음사, 1998, 485쪽 예술가란 지혜로울 수도 품위가 있을 수도 없다고 주장하게 된다. 오로지 에로스의 안내를 통해서 감각적인 것을 통과해야만 정신적인 데 이를 수 있기에 예술가는 필연적으로 방종해지고 감정의 모험에 빠지기 마련이라는 것이다.525쪽 주인공의 죽음에 이르기까지 이러한 심도 있는 사색이 지속되어, 『베니스에서의 죽음』은 예술과 예술가에 대한 탐구라는 면에서 제 몫을 확고히 가지는 기념비적인 작품이 되었다.

『베니스에서의 죽음』이 보이는 동성애적인 코드가 문제되지 않을 수 있었던 또 다른 요인은 주인공에 대한 서술자의 태도에서 찾아진다. 전체적으로 전지적 시점을 취하는 이 소설에서 서술자는 처음에 주인공에 대해 우호적인 태도를 보인다.[1절] 그의 성실함과 도덕성, 위대한 성과를 서술함으로써 자연스럽게 그를 상찬하는 면모를 띠는 것이다. 하지만 뒤로 오면서 서술자와 주인공 사이의 거리가 벌어진다. 관찰하는 시점을 취하면서 '이 작가는', '그는' 식으로 기술한다.[2~3절] 4절에 이르면 3인칭 시점만큼 거리를 벌리면서 '그 늙어가는 예술가', '그 열광한 자', '그 외로운 사람', '매혹당한 남자'와 같은 표현을 쓴다. 그럼으로써 서술자 자신과의 동일시를 불가능하게 만들고 있다. 마지막 5절은 더욱 냉정하다. 주인공의 행위가 '악령의 지시'를 따른다고 평가하거나 그의 바람이 '가당치도 않은 희망'이라고 규정하는 식이다.

『베니스에서의 죽음』은 이렇게 서술자와 주인공의 거리를 점차 확대함으로써 주인공의 행태에 대해 있을 수도 있는 윤리적 비판으로부터 자신을 보호할 수 있게 되었다.

물론 더 중요한 것은 이 소설의 주제효과다. 아름다움의 의미에 대한 천착, 낭만적 열정에 대한 상이한 태도로 변별되는 예술의 갈래와 각 지향이 갖는 의미의 포착, 예술가의 존재 유형에 대한 통찰 등이 이 작품의 의미망을 이룬다.

이렇게 『베니스에서의 죽음』은 예술론적인 주제를 거리를 두는 방식으로 표현해 냄으로써 세계소설사에서 자신의 자리를 얻게 된 것이다. 인간의 삶에 대한 귀족주의적인 편견과 완고함이 팽배했던 1912년의 시점에 동성애 코드를 구사하면서도 『베니스에서의 죽음』이 별다른 문제 없이 출판되어 두루 읽히게 된 데는 이상의 두 가지 특징이 작용하고 있다. 스토리 자체는 문제될 만한 것으로 설정해도, 그와 관련된 깊이 있는 상념이 문제의 소지를 상쇄시키고 그 스토리를 말하는 자세가 문제를 예방하도록 호흡을 길게 만든 것이 필화를 없앤 셈이다.

거짓된 말이 사태를 호도하고 거친 말이 상황을 악화시키는 오늘, 『베니스에서의 죽음』이 보이는 이러한 특징이 시사하는 바가 크다. 이 소설이 성취해 낸 태도 곧 거리를 두고 말하는 방식과 섣부른 해석을 경계하는 깊은 사색이야말로, 문제적인 것을 두고 성마르게 흥분하는 우리의 세태를 돌아보게 해 준다. 이런 점을 들어 고전의 의미를 말하면 망발이겠지만, 이런 지적조차 아쉬운 세상이니 어쩔 수 없다.

서구의 절망과 성性

미셸 우엘벡의 소설 세계

프랑스에 이슬람 정권이 들어선다는 파격적인 설정으로 프랑스 언론을 달군 작품이 있다. SF처럼 가상 미래를 그린 것이 아니라 실재하는 프랑스 정치인들을 직접 거론하고 등장시키면서 이야기를 구성했기에 더욱 이슈가 되었다. 2015년에 출판되고 같은 해 우리나라에도 번역 소개된 미셸 우엘벡의 『복종』장소미 역, 문학동네 이야기다. 이 소설을 두고 언론이 주목한 것은 이슬람 세력의 잠재적인 위협이었지만, 작가의 전작들과 비교하며 작품의 내용을 살펴보면, 정치적인 판단과는 조금 다른 데 눈길이 간다. 유럽 문명에 대한 비관적인 진단과 그것이 주로 성性에 대한 주목으로 이루어진다는 사실이다.

현대 문명의 지속 가능성에 대한 절망과 성 문제에 대한 천착은 우엘벡의 두 번째 소설인 『소립자』1998에서부터 뚜렷했다. 주인공 미셸 제르진스키가 보기에 사회는 두 가지 경쟁으로 유지된다. 하나는 공간을 지배하려는 욕구의 은유인 경제적 경쟁이고, 다른 하나는 생식을 통해 시간을 지배하려는 욕구의 은유인 성적인 경쟁이다. 경제적 경쟁의 주요 목표가 부동산을 구입해 늘리는 데 있고 성적 경쟁이 멋진 배우자를 만나 행복을 누리며 대를 잇는 데로 향한다는 점을 생각할 때, 사회의 동력을 파악하는 우엘벡의 이러한 구도는 단순하기는 해도 큰 틀에서 설득력을 갖는다.

이 위에서 그는 서구 현대사회, 사회민주주의 정권이 낯설지 않고 성의 해방이 이루어진 지 오래된 사회의 문제를 진단한다. 부유하면서도 경제의 흐름이 통제되는 사회민주주의에서는 경제적 경쟁이 존재할 이유가 없어지고, 섹스와 생식의 분리가 완전히 실현되는 사회에서는 성적인 경쟁이 사라지게 마련이라 할 수 있다. 원리적으로는 이런데 실제 현실은 그렇지 않다. 스웨덴식 사회민주주의가 아니라 자유주의 경제가 지배적인 것이 현실이고, 성이 생식과 분리되기는 해 왔지만 쾌락의 원리가 아니라 자기 도취적인 차별화의 원리로 존속하게 되었기 때문이다. 두 가지 경쟁이 계속 이어지고 있는 것인데, 우엘벡이 보기에 이러한 상황의 바탕에는, 근대 과학이 야기한 형이상학적 돌연변이 곧 개인주의와 허영과 증오와 욕망의 증대라는 현상이 깔려 있다.이세욱 역, 열린책들, 2003, 174쪽 참조 이 문제는 브뤼노의 성적 편력과 파멸이 보여 주듯 개인이 어찌할 수 없을 만큼 심각하고, 개인 차원의 쾌락 및 행복 추구가 불가능하다고 판단한 미셸이 인류를 다른 종으로 대체하는 일에 나서지 않을 수 없을 만큼 절대적이다.

현대 문명이 지속 가능한 것이 아니며 그러한 문제의 주요 원인 중 하나가 자체로 독립된 성적 욕망이라는 이러한 파격적인 주장은 미셸 우엘벡의 소설 세계 전반을 꿰뚫는다. 1994년에 발표된 그의 첫 소설 『투쟁 영역의 확장』용경식 역, 열린책들, 2003에서도 현대 사회 상황 속의 삶의 문제가 성과 관련된다. 이 작품은, 규칙에 따라 사는 것만으로는 충분치 않은 세상이 되었으며 그 속의 개인에게는 친구나 애인이 없는 외로움이 절실한 문제가 된다는 진단 위에서 시작한다.16쪽 이러한 문제가 두드러지게 확인되는 것이 성이다. 성 본능은 그 자체로 사회적 위계 질서의 체계가 되어129쪽 개인들을 경쟁 관계에 밀어 넣는데 그 속에서 학창 시절의 브리지트 바르도나 현재의 동료인 티스랑처럼 성적 매력이 없는 자들은 냉정하게 외면되기 때문이다.

성적 경쟁에서 도태되지 않고 나름대로 관계를 이어가는 경우는 어떠한가. 『플랫폼』2001과 『어느 섬의 가능성』2005이 보여주듯이 이에 대한 우엘벡의 답 또한 절망적이다. 서구와 동남아의 성 경제를 배경으로 하는 『플랫폼』에서는 미셸과 발레리의 애정이 이슬람 세력의 테러에 의해 중단된다. 『어느 섬의 가능성』은 다니엘이 이자벨과 에스더와 각각 맺는 관계의 양상을 통해 몸의 노쇠와 안달 때문에 사랑이란 이루어질 수 없는 것이 되었음을 보여 준다. 『플랫폼』은 동남아 성 관광이라는 현실을 바탕에 둔 반면 『어느 섬의 가능성』은 『소립자』와 마찬가지로 SF적인 설정을 보이는 데서 확연하듯 이 두 작품의 양상은 크게 다르지만, 인간의 삶에 대한 전망이 스토리 차원에서 비관적이라는 점에서는 아무런 차이가 없다. 『플랫폼』은, 인간이란 일시적이고 덧없으며 잔인한 존재일 뿐이어서 즉시 누릴 수 있는 쾌락의 원천인 성적 기관이 주는 가벼운 보상이 없다면 삶 자체가 불가하리라는 비관적 전망김윤진 역, 문학동네, 2002, 280쪽 위에서, 원하는 것을 다 가졌지만 성적 만족만은 찾지 못하는 서양인들319쪽의 삶을 그려 보인다. 『어느 섬의 가능성』 또한 비슷하다. 인류의 유일한 계획은 번식을 통해 종을 지속시키는 것인데 그것은 불행의 조건들을 영속화시키고 자신의 무덤을 파는 행위에 불과하다는 인식이상해 역, 열린책들, 2007, 264쪽 위에서, 인류가 절멸하다시피 한 상황에서 통신으로만 연결되어 있는 복제인간인 신인류를 설정한 뒤, 고립을 넘어서게 할 사랑의 가능성에 대한 막연한 추구로 끝을 맺는 것이다.

이상 살핀 미셸 우엘벡의 소설 세계에는 이념이나 이데올로기가 없다. 역사의 법칙을 파악함으로써 바람직한 미래를 구현할 수 있다는 역사주의적인 신념도 없고, 사욕이 아니라 공동선을 앞세우는 이상적인 인간들이 만드는 유토피아적인 미래 사회의 가능성에 대한 일말의 기대도 없다. 사회 공동체의 이익을 위한 집단적 노력이 사라진 자리에 성을 통해 고독을 회피하려는 개인들만이 존재하고, 그들의 절망적인 성적 분투와는 거리를 둔 채 인류의 종말을 예견하고 준비하는 냉정한 이성의 소유자를 배치하는 것, 이것이 초기 우엘벡 소설 네 편의 기본 양상이다. 그만큼 현대 사회의 미래에 대한 작가의 전망이 비관적이라 할 것이다.

이러한 점은 2010년에 발표되어 콩쿠르상의 영예를 작가에게 안겨 준 『지도와 영토』에도 일관된다. 이전 작품들의 상당 부분을 차지하던 적나라한 성적 묘사가 사라졌다는 점에서만 차이를 보일 뿐, 인간 세계에 대한 비관은 다를 바가 없다. 무엇보다도, 올가의 사랑을 받아들이지 못하고 평생을 작품 창작에만 빠져 지내는 주인공 제드 마르탱의 삶 자체가 긍정적인 미래 전망을 불가능하게 한다. 주요 인물들이 보이는 바, 자본주의 이후 직업에 대한 명예심 즉 소명감이 사라져 버렸으며장소미 역, 문학동네, 2011, 264쪽 이제는 예술가도 문화상품이 되어 버렸다는 인식,205쪽 성이 더 이상 긍정적인 에너지도 화합을 증대시키는 결합의 원천도 아니며 모든 갈등과 대학살과 고통의 원천일 뿐이라는 생각363쪽 등 또한 인류에 대한 비관을 강화한다. 현재의 절망적인 상황과는 달랐던 과거에 대한 인식이 있어 앞의 작품들과 차이를 보이지만 그렇다고 미래 전망이 바뀌지는 않는다.

바로 이러한 흐름 위에 『복종』이 놓여 있다. 이 소설은 지속과 변화의 계기를 모두 갖는다. 현대 사회에 대한 우엘벡의 절망적인 전망이 여기서는 이슬람에 의한 서유럽 문화의 종언으로 변형되었지만, 종언은 종언이라는 점이 공통된다. 물론 차이가 보다 중요한데, 종언이라 해도 서유럽 문화의 종언일 뿐 인류의 종말은 아니라는 사실이 의미를 갖는다. 『복종』은 평균 서구인의 삶에 점철

된 고통과 근심의 총체에 저항하는 것이 역부족이라 느끼며 자살을 생각하는 지식인 주인공장소미 역, 문학동네, 2015, 251쪽을 제시하고, 유럽이 이미 자살을 감행했다는 진단311쪽 위에서, 새로운 세계가 이슬람에 의해 열리리라고 예견한다. 이슬람화된 소르본 대학에서 쫓겨났던 주인공이 교수직 복귀 제안을 수락하려는 마음을 가질 때 '부인의 수' 문제가 논의되는 방식으로355쪽 성의 문제 또한 해소된다. 이로써 여자의 복종과 선조에 대한 존경 등 여전히 자연적인 위계질서에 의해 지배되는 이슬람 문화의 유입이야말로 유럽이 가족적, 도덕적으로 재무장하며 새로운 황금 시대를 여는 역사적인 기회로 간주된다.336쪽

종교적인 편견을 가급적 배제한다 해도 피하기 어려운 이러한 충격적인 결말은 미셸 우엘벡의 소설 세계 전체가 보여 온 특징을 더욱 도드라지게 한다. 서구 사회의 미래를 진단하는 데 있어 성의 문제 외에는 통로가 없다는 실로 절망적인 의식이 그것이다. 이것이 절망적인 이유는 정치와 경제, 문화 등 사회 전체를 가로지르는 거대담론이 서유럽 문화의 전통에서는 철저히 부정되기 때문이다. 이러한 사회 진단이 우리나라에도 적용될 것 같지는 않지만, 예방 차원에서 우리가 잃지 말아야 할 것이 무엇인지를 생각하게 해 주는 의미를 강조하고 싶다. 그의 성 탐구 또한 성 문화의 부정적인 확산이 가속되는 현실을 바라보는 우리의 시야를 온전히 넓히는 의의를 가질 수 있을 듯하다. 포르노와도 성애소설과도 다

른 우엘벡 소설의 자리를 제대로 바라보는 한에서이긴 하지만 말이다. 우엘벡의 소설을 이렇게 반면교사로 읽을 수 있는 시공간에 우리가 있다는 사실을 새삼 깨닫게 된다면, 이 또한 소설 읽기의 한 가지 의의가 될 것이다

03

삶의 결을 찾는 시선

심연을 들여다보는 예술가의 시선

정찬의 『새의 시선』

정찬의 신작 소설집 『새의 시선』 문학과지성사, 2019은 세상을 보는 눈과 자신을 보는 눈이 하나가 된 경지를 보여 준다. 세상의 슬픔과 고통을 주목하여 그 슬픔과 고통을 오롯이 자신의 것으로 만듦으로써, 작가의 시선이 향하는 세상과 작가 자신 이 둘의 구분이 의미를 잃는 상태에 이르렀다는 말이다.

'작가의 말'에서 정찬 스스로 밝혀 두었듯이 이 작품집의 소설들은 '만장이 펄럭이는 세계'를 응시한 결과다. 수많은 만장들, 억울한 죽음을 기리는 깃발들이 사람들의 눈물 어린 시야를 가리고 막힌 가슴을 더욱 답답하게 했던 세상을 『새의 시선』의 작품들이 되살려 낸다. 이들 작품이 쓰인 시기는 2014년 늦봄에서 2017년 여름이다. 2014년 늦봄이라니, 4월 16일이 떠오르지 않을 수 없다.

『새의 시선』을 이루는 일곱 편의 세계에는 슬프고 불행한 죽음들이 미만해 있다. 수많은 억울한 죽음들이 살아남은 사람의 수명을 단축하거나, 잊었던 죽음들을 불러내어 슬픔과 죄의식에 빠져들게 하거나, 슬픔의 긴긴 길을 거쳐 절대자에게 호소하게 하는 것, 이것이 소설집 『새의 시선』이 풀어내는 세계다. 해서 이 소설집은 예기치 않게 닥친 억울한 죽음으로 중음을 떠돌 수밖에 없는 넋들을 되새겨 그들을 잃은 슬픔을 독자 모두의 슬픔으로 전화시키며 벌이는 진혼곡이라 할 만하다.

이 소설집이 기리는 억울한 죽음은 세월호를 가운데 두고 그로부터 과거로 더듬어 올라간다. 2014년 4월 16일은 이 소설집의 기원이다. 전 국민이 텔레비전 앞에서 자신들의 무력함과 어찌할 수 없는 안타까움, 국가에 대한 원망으로 가슴을 까맣게 태우던 그날 말이다. 우리들의 자식 우리들의 이웃이 억울한 수중고혼이 되어, 슬픔과 분노가 복받쳐 국가를 원망해야만 했던 남은 자들에게 길고 긴 상처와 죄책감을 남겨 놓은 그날이 이 소설집의 중심이다. 소설집 중간에 수록된 「사라지는 것들」, 「새들의 길」, 「등불」의 세 편이 세월호를 불러내고 있다. 여기서 시간을 거슬러 정찬은 2009년 용산 참사와 1986년 서울대생 김세진, 이재호의 분신 사건까지 끌어안는다. 두 번째에 수록된 표제작 「새의 시선」이 그렇다.

정찬이 사회적 죽음, 국가권력이 연루된 사건으로서의 죽음만 다루는 것은 아니다. 그는 죽음 자체에 육박한다. 스물다섯 살 대학생이 영영 실종되어 돌아오지 않자 그 슬픔에 어머니와 아버지도 차례차례 죽음의 길에 들어서는 이야기를 제시하거나, 「새들의 길」 1999년에 벌어진 화성 씨랜드 청소년수련원 화재 사건으로 유치원 아이들 19명이 숨진 안타까운 사건을 환기하기도 하며, 「등불」

백혈병을 앓던 아내와 사별한 뒤 교통사고로 아들을 잃어 슬픔에 빠진 아비를 그리기도 한다.「카일라스를 찾아서」

이렇게 국가 사회적 죽음뿐 아니라 일상에서 피할 수 없는 우연한 죽음들을 망라함으로써 이 소설집은 '운명을 알 수 없고, 죽음을 피할 수 없는 유한한 존재'196쪽인 우리의 이야기를 담는다. 따라서 우리 모두의 절대적인 운명인 죽음을 숙고하는 것이 『새의 시선』의 길이라 할 만하다. 이 길은 물론 낯설지 않다. 정찬의 소설을 읽어 온 독자들이라면 누구나 이 길이 작가가 밟아온 오랜 여정의 지속임을 안다.

1983년 「말의 탑」으로 등단한 정찬의 초기 소설세계는 밀도 있는 언어로 권력의 문제에 대한 치밀한 사유의 세계를 열어 우리 소설계에서 보기 드문 영역을 구축하였다. 이후 광주민주화운동에 대한 다각적인 소설화를 통해 중편소설 「슬픔의 노래」1995와 장편 『광야』2002를 낳았다. 한편으로 그는 종교의 문제, 인간의 숙명적인 고통과 절대자의 구원의 문제를 줄곧 다루어 장편 『세상의 저녁』1998과 『빌라도의 예수』2004 등을 펴냈다. 근래에는 환생의 서사를 통해 폭력과 전쟁의 역사를 다룬 『유랑자』2012나 국가 권력의 무자비한 폭력이 개인에게 남긴 길고 긴 슬픔을 환기하는 『길, 저쪽』2015 등을 통해 36년에 이르는 작가 이력 내내 그의 관심이 변하지 않았음을 알려 주었다. 역사와 국가의 폭력에 희생당하는 인간이 겪는 고통과 슬픔이 그것이다.

『새의 시선』은 이러한 정찬의 길이 2010년대 우리 사회의 비극을 끌어안고 풀어낸 결과이다. 다시 '작가의 말'을 끌어오자면, 만장이 펄럭이는 세계 속에서 넋을 피할 도리가 없어서, 보이지 않는 넋에게 육신을 부여하기 위해, 넋을 견디는 시간을 보낸 작가의 기록이 이 소설집이다. 이러한 점에 근거를 부여하는 것이 작품집의 처음과 끝에 실린 두 편 「양의 냄새」와 「플라톤의 동굴」이다.

「양의 냄새」는 스물여덟의 나이에 약물 과용으로 숨진 오스트레일리아 출신 영화배우 히스 레저의 이야기를 다룬다. 자신이 연기하는 인물을 깊이 탐구하고 동일시한 나머지 배우로서의 자신은 없어지고 영화 속 인물이 되어버린 배우의 비극을 그렸다. 히스 레저의 실제 작품들과 이력을 그대로 가지고 온 이 소설은 그 자체만 보면 우리의 고개를 갸우뚱하게도 만든다. 「양의 냄새」를 통해 작가가 말하고자 하는 바가 애매하기 때문이다. 이는 소설집의 끝 작품 「플라톤의 동굴」을 함께 생각할 때 또렷해진다.

「플라톤의 동굴」은 극작가인 서술자가 자신의 희곡을 설명하는 형식을 취한다. 세잔을 모델로 했다고 알려지는 에밀 졸라의 소설 『작품』을 바탕으로 쓴 희곡 〈예술가의 초상〉을 극작가가 무대에 올리게 되었는데, 『작품』의 주인공 클로드 역을 하게 된 친구 K가 연기를 위해 클로드에 몰입한 나머지 클로드처럼 자살해 버린다. 친구의 죽음을 막지 못했다는 생각에 머리에 가시가 박힌 듯해 하던 극작가는 그 가시를 뽑아내기 위해 새로운 희곡 〈플라톤의 동굴〉을 쓴다.

이 희곡의 주인공 또한 K인데, 파리에서의 유학을 접고 소설가의 길을 걷는다. 소설로 인간의 본성을 바꾸고 그로써 새로운 세상을 이룰 수 있으리라 믿은 까닭이다. 결과는 참담하다. 이혼을 하고 자살을 생각하는 데까지 몰린 것이다. 이때 졸라의 『작품』을 읽고는 주인공 클로드의 영혼을 이해하려 하는데, 그와의 동일시 속에서 세잔의 영혼을 보게 된다. 이 세잔의 영혼을 알기 위해 파리로 가서 그의 흔적을 좇지만 오리무중이던 차에 아이의 죽음 소식을 전처로부터 듣는다. 죽은 아이를 생각하고 그 환영을 보는 중에 그는 클로드를 거쳐 세잔의 영혼에 공감하게 된다. 세잔이 말한다. 자신은 졸라로부터, 모든 진정한 예술가가 그리워하지 않을 수 없는 어떤 것, 고통 없이는 들여다볼 수 없는 심연 속에 있는 그것을 들여다보는 힘을 얻었다고.

「플라톤의 동굴」의 K와 「양의 냄새」의 히스 레저가 보이는 공통점은 자명하다. 타인의 영혼과 일체가 되는 것, 그것이다. 작품집 『새의 선물』의 앞뒤에 배치된 두 소설의 주인공들이 보이는 이러한 모습이란 무엇일까. 바로 작가의 지향일밖에. 만장이 펄럭이는 세계의 넋들과 하나가 되려고 노력하는 정찬 말이다. 물론 이들 인물과 달리 작가는 억울한 죽음을 당한 이들의 넋 속으로 파고드는 모험을 감행하며 자살에 이르지는 않는다. 그 대신 그는, 세잔과 「플라톤의 동굴」의 극작가처럼, 심연을 들여다보는 고통을 감내하며 세월호와 용산 참사, 군사독재하의 죽음 그리고 우리 일상의 여러 죽음들을 작품화한다. 세간과 마찬가지로 심연을 들여다보는 고통을 묵묵히 견디면서 세상의 죽음과 그로 인한 슬픔을 자기 자신의 경우인 양 그리는 것이다.

이렇게 세상의 죽음을 들여다보며 자신의 고통 또한 보아 왔음을 소설집 앞뒤의 작품을 통해 드러냄으로써, 정찬의 『새의 시선』은 작품들을 모은 소설집이되 자체로 하나의 완결된 소설이기도 하다. 한편으로는 죽음과 고통의 이야기이면서 예술의 이야기이기도 하다.

이러한 성취는, 작가 생활 내내 세상의 고통을 주목해 온 정찬이 세상의 슬픔으로 소설을 쓴다는 사실에 대해서도 고통스러운 자기 응시를 계속해 왔음을 보여 준다. 세상과 자신에 대한 작가의 이러한 응시는, 타인의 슬픔에 공감하지 못하는 야만이 적지 않고 자신의 공감을 과시함으로써 진정성을 잃는 경우가 없지 않은 우리의 민낯을 일깨워 주기도 한다. 이것이 작가의 의도는 아니었겠지만 말이다.

너무도 겸손한 작가의 길 찾기

권여선의 『레몬』

사람살이에는 크고 작은 것이 있다. 인생의 목적이라는 행복에도 스케일이 큰 행복이 있고 작고 소소한 행복이 있다. 삶의 의미에도 큰 의미와 작은 의미가 있다. 이야기도 그렇다. 크고 거창한 이야기와 작고 세밀한 이야기가 있다.

크고 거창한 이야기란 세상을 대상으로 한다. 사회의 전체 모습이나 역사의 흐름에 대한 이야기다. 사회가 어떻게 이루어져 있고 그것이 시간의 흐름에 따라 어떻게 변화해 왔는가 하는 이야기, 곧 '사회구성체'에 대한 사회과학의 논의나 여러 종류의 역사 연구들이 그것이다. 이를 '거대담론'이라 한다. 작고 세밀한 이야기란 일상의 삶이나 개인의 감정, 내면에 대한 이야기다. 우리 주변에 가득 차 있는 여러 이야기들, 라디오 프로그램의 청취자 사연이나 텔레비전 프로그램을 채우는 각종 연예인 이야기와 드라마들의 이야기, SNS를 장식하는 대부분의 이야기들이 여기 해당된다.

21세기로 넘어오면서 거대담론이 힘을 잃었다. 세계 상황이 어떠했으며 (그래서) 지금은 어떻고 (그러니까) 앞으로는 어떻게 될

지에 대한 이야기가 실종되다시피 되었다. 괄호 속을 채울 인과관계에 대해 우리가 알 수는 없다는 불가지론적인 생각이 만연해졌다. 1990년 전후의 세계사적 변화와 근래의 과학기술 발달이 이러한 사태의 원인이다. 정보통신기술ICT의 급속한 발달로 4차 산업혁명이 운위될 만큼 세상이 너무도 빨리 변하고 있어서, 한 세대는 물론이고 불과 10년 뒤도 예측이 불가하다고들 한다. 인터넷의 상용화와 스마트폰의 발명, 소셜 미디어의 출현 각각의 전후를 생각해 보면 맞는 말이다.

맞기는 맞는 말인데, 따지고 보면, 기술로 인한 생활의 변화 측면에서 일차로 맞는 말일 뿐이다. 사람들이 먹고 사는 문제를 보면 천 년 전이나 지금이나 한결같은 측면이 있다. 사람들이 모여서 사는 사회의 구조와 기능 면에서도, 양상에 변화는 있어도 본질은 여전한 요소가 분명 존재한다. 자식을 얻고자 남녀가 결연을 맺는 일이나, 노동의 생산물을 분배하는 일 등이 그렇다. 따라서 사회와 역사에 대한 이야기, 거대담론은 언제 어디서든 시효가 만료되지 않는다.

사정이 이러함에도 불구하고, 어쨌든 우리는 작은 이야기의 시대에 살고 있다. 큰 이야기가 대상으로 하는 문제는 정부가 다 알아서 잘하리라 철석같이 믿는 듯이, 우리들의 일상은 작은 이야기들로 가득 채워져 있다. 각 개인이 국가 사회의 문제에도 관심을 갖는 시민 의식이 위축되었다고 우려할 만도 하지만, 사실 이렇다고 큰 문제가 있는 것은 아니다. 정부들이 잘해 왔을 수도 있고(믿지는 않아도 기대는 하자), 상황이 이렇게 된 데도 나름의 이유가 있는 까닭이다. 과거 상당 기간 큰 이야기가 앞세워지면서 우리들 각자의 삶의 진실과 소중함이 간과되고 무시되어 오지 않았던가!

상황을 좀 더 긍정적으로 볼 수 있게 하는 특별한 이야기가 있다는 점도 우리를 안심시킨다. 사회 전체적으로는 큰 이야기가 힘을 잃고 작고 소소한 이야기가 미만해 있는 상황이라 해도, 이 둘을 모두 생각하게 해 주는 특별한 이야기가 있는 것이다. 바로 소설이다. 이러한 점을 확인시켜 주는 최근의 성과가 권여선의 『레몬』창비, 2019이다.

『레몬』의 이야기는 간단하다. '미모의 여고생 살인사건'이 범인을 잡지 못한 채 종결된 뒤 피해자의 동생 김다언과 모친이 긴 세월 동안 고통을 겪는다는 것이 줄기를 이룬다. 범인으로 몰렸던 한만우의 비극적인 삶과, 범인으로 추정되는 신정준 및 그의 아내가 된 윤태림의 불행한 현재가 추가되고, 서술자인 상희의 생활이 살짝 언급된다. 이것이 전부다. 작은 판형의 201쪽짜리 경장편이라 해도 꽤 단출한 편인데, 그런 만큼 서술시의 상당 부분은 당연히 인물의 심리 묘사에 맞춰져 있다.

『레몬』의 특징이라면 그러한 심리 묘사가 사실상 김다언 한 명에게 집중되어 있다는 점이다. '절대적이고 압도적인 아름다움'을 타고났으며 '몸의 물질성에 대한 자의식이 느슨하고 희박'하여 비극적인 죽음을 맞이하는 김해언의 경우 내면이 텅 빈 인물로 설정되어 묘사될 만한 심리랄 것이 없는 형편이다. 정신과 상담 내용만이 기술되는 윤태림 또한 신정준이 범인이리라는 추정을 가능케 하는 역할에 머물러, 자신의 스토리를 부여받지 못하고 있다. 이러한 점은 한만우의 경우도 마찬가지다. 그와 적지 않은 대화를 나눈 김다언의 추론과 기억을 통해서만 그의 곡절 많은 삶의 내역이 밝혀지는 것이다. 신정준이나 다언 자매의 모친은 거론만 될 뿐 행위가 그려지지도 않는다. 이렇게 『레몬』은 사실상 김다언 한 사람의 심리와 생각을 서술하는 데 집중되어 있다.

그렇다고 김다언의 내면이란 것이 『레몬』을 빼어난 심리소설의 경지에 올려놓을 만한 것은 아니라는 점, 이것도 이 작품의 특징이다. 언니의 죽음이 주는 고통을 벗어나지 못해 학업을 쉬고 언니처럼 보이게 성형수술까지 받으며 세상으로부터 자신을 고립시켰을 때도, 한만우의 죽음을 거치며 언니를 애도하게 되고 자신의 아이까지 낳은 현재도, 김다언은 내적인 성숙을 보여 주지 못한다. 죽음이나 삶의 의미에 대한 그녀의 생각은 소박하다. '죽음은 죽은 자와 산 자들 사이에 명료한 선을 긋는 사건'이어서 살아남은 자를 '잡동사니 허섭스레기'이자 '나머지 존재'로 만든다는 생각 정도거나,[179쪽] '원한 적이 없는 삶에 무슨 의미가 있을까'[35쪽] 하며 "혹시라도 살아 있다는 것, 희열과 공포가 교차하고 평온과 위험이 뒤섞이는 생명 속에 있다는 것, 그것 자체가 의미일 수는 없을까"198쪽 질문하는 수준이다.

물론 이는 작가 권여선이 취한 전략에 따른 것이다. 상황을 설정하고 보여 주되 자신이 나서서 설명하지는 않는 것, 이러한 자세로 작가는 한 인간의 억울한 죽음이 남은 사람들의 삶을 어떻게 휘어잡고 흔드는지를 냉정하게 거리를 유지하면서 그렸다. 이러한 태도로, 살아남은 자들이 평생을 안고 가게 되는 고통이 그들을 성숙시키기는커녕 퇴행 상태에 오래오래 가둔다는 삶의 실상을 실상 그대로 묘파한 것이 바로 『레몬』이다.

작가의 전략은 이야기의 크기 면에서도 특징적이다. 『레몬』이 보이는 매우 아름다운 열아홉 여고생의 죽음은 일반적인 이야기 거리가 아니며 큰 이야기의 대상도 아니다. 그러한 죽음이 특별한 사회적 역사적 맥락을 띠지는 않는다는 말이다. 다언 모녀의 슬픔과 고통이나 신정준, 윤태림의 정신적 파탄 또한 마찬가지다. 그럼에도 불구하고 이 소설은 큰 이야기에도 닿아 있다. 신정준과 한만우의 극명한 대비가 알려 주는 엄연한 계층 분화, 한만우의 굴곡진 삶이 보여 주는 한국 사회의 제 문제가 뚜렷이 빛을 발하고 있는 까닭이다. 배운 것 없고 가진 것 없는 한만우 가족이 세상에 대해 품고 있는 두려움 또한 절실하며, 비정규직 연구자인 상희의 상황도 미래가 불투명한 만큼 사실적이다.

이렇게 한국 사회가 안고 있는 심각한 문제들을 확실히 반영하면서도 『레몬』은, 지금껏 말했듯이, 30대 후반이 되어서도 성숙한 면모를 보이지 못하는 인물의 고통과 의식에 초점을 맞추고 있다. 큰 이야깃거리는 작품의 설정 차원에서 끌어안고, 주된 내용은 특별할 것 없는 인물의 절절한 상처와 그에 따른 문제 곧 작은 이야기에 집중하는 것이다. 집중한다 했지만 보여 줄 뿐인 것도 『레몬』의 특징이다. 20여 년에 걸쳐 작품 활동을 해 온 50대 중반의 작가라면 으레 행할 법한 교설적인 해석을 삼가는 것이다.

이러한 태도에서, 큰 이야기로 작은 이야기를 덮어 버리지 않으려는 작가의 의도가 확인된다. 큰 이야기와 작은 이야기를 이런 식으로 한 작품에 공존시키는 것 이것이 『레몬』의 문학적 성취에 해당한다.

여기까지 오면 『레몬』에서 느낄 수도 있는 답답함, 파스칼 키냐르의 『세상의 모든 아침』이나 필립 로스의 『네메시스』가 인생에 대한 통찰 위에서 죽음과 병고의 문제를 유려하게 그려낸 데 비할 때 생기는 답답함 또한 『레몬』의 가치를 이룬다고 할 수 있게 된다. 이러한 답답함이야말로, '한 아이가 가난한 집에 태어나 늘 굶주리고 매를 맞고, 쓰레기장을 뒤지다 질병에 걸려 눈이 멀고, 열두 살 나이에 집단 강간을 당한 후 살해되어 자기가 뒤지던 쓰레기장에 버려지는 비극'185쪽이 이 지구상 어딘가에서 태연히 벌어진다는 것, '신의 섭리가 아니라 무지'187쪽를 말하지 않을 수 없는 이러한 상황을 작가가 의식한 데서 생긴 효과이자 동시에 그러한 의식을 확인시켜 주는 표지이기 때문이다.

이를 고려할 때, 너무도 겸손한 것은 아닌가 싶은 작가적 태도의 정체가 확실해진다. 그것은 큰 이야기와 작은 이야기의 공존을 통해서만 포착되는 삶의 실상을 향해 가는 좁고 긴 길이다.

법의 자리와 윤리의 자리

장강명의 「알바생 자르기」

윤리적으로 지탄받을 일이 한둘이 아니어도 법원의 최종 판결이 날 때까지 당당하게 행동하는 유명 인사들을 보면, 그들에게 법은 무엇인가 싶다. 법을 대하면 자신의 잘잘못을 돌아보게 마련인 대부분의 보통 사람들과 달리 그들에게 법은 활용의 대상이자 게임의 장인 것 같다. 문제가 되는 그들의 행위 자체가 법의 허점을 이용하거나 법의 한계 내에서 최대한 이익을 추구하다가 선을 넘은 것이니 말이다. 이렇게 법을 의식적으로 이용하는 자들은, 무언가 잘못을 하여 도덕적으로나 윤리적으로 마땅히 사과를 표명해야 할 경우에도 그러지 않는다. 그러한 사과의 말이 잘못을 인정하는 데로 이어져서 법적으로 처벌을 받게 될까 두려운 까닭이다. 이는 법의 활용 의식이 도덕과 윤리를 억누르는 것이니 어떻게 봐도 바람직하지 않다.

법을 악용하는 이러한 행태는 법 이전의 윤리를 해친다는 점에서 문제적이다. 윤리란 무엇인가. 넓게는 사회 구성원으로서 좁게는 특정 조직의 일원으로서 마땅히 지켜야 할 행동 준칙이나 규범을 말한다. 이러한 윤리가 한층 강화된 것이 내규나 지침 등이고 그중에서 중요하고 일반적인 것을 따로 정한 것이 법이라 하겠다. 이렇게 같은 맥락에서 생겨난 것이니 윤리와 법 사이에는 원리상 상호 충돌이 있을 법하지 않지만, 앞의 사례들이 보여 주듯이 실제는 그렇지 않다. 일부 유명 인사들에게서만 그러한 것도 아니다. 법을 활용하며 윤리를 흐리는 경우는 우리의 일상생활에서도 심심찮게 벌어진다.

법을 따지며 법에 의해 보호받는 행위를 하되, 함께 일하는 사람들에게 윤리적으로 문제를 일으키는 경우를 생각해 보자. 자신의 편의에 맞춰 규정과 법을 강조하는 사람이 그렇다. 이런 사람은 법과 규정이 어떻고 절차가 어떠니 지적하며 자신이 관계된 일마다 입바른 소리를 해 대면서도 정작 함께 일을 해야 할 때면 솔선수범은커녕 업무 협력에도 소극적이다. 직장에서는 물론이요 초중고 학창 시절에 여러분 주변에 그런 사람이 한두 명은 있었을 것이다. 법을 잘 알고 이를 활용하는 까닭에 이런 사람들이 규정이나 법에 저촉되는 경우는 별로 없지만, 동료 입장에서는 피곤하고 정이 떨어지게 마련이다. '우리'라는 연대감을 찾을 수 없기 때문이다. 결과는 조직 공동체의 윤리가 약화되는 것이다. 한 명의 이기적인 법 활용이 전체의 윤리를 해치는 상황이라 하겠다.

이러한 경우를 잘 보여 주는 소설이 있다. 장강명의 연작소설집 『산 자들』민음사, 2019의 맨 처음에 실린 「알바생 자르기」다. 이 소설은 '알바생'으로 일하다 권고 사직을 당하는 성혜미라는 젊은 여성의 이야기를 그녀의 관리자인 최은영 과장의 시선으로 보여준다. 함께 일하는 회사 직원들 모두가 보기에 성혜미는 영락없는 근태 불량자이다. 칼퇴근을 기본으로 하되 상습적으로 지각을 하고 근무시간에 병원에 다닌다. 원래 하루 업무량 자체가 반나절치 정도밖에 되지 않아 별로 하는 일 없이 인터넷 서핑이나 하고 있어도, 퉁명스러운 태도 때문에 다른 직원이 무엇을 부탁하기는커녕 말도 못 붙이는 형편이다. 최 과장 또한 일을 시키는 데 있어 어려움을 겪는다.

「알바생 자르기」의 성혜미는 조직에 동화되지 않은 채 최소한의 일만 하며 자신의 잇속을 챙기는 타입이다. 사장의 지적 때문에 최 과장이 '조직 생활을 하려면 붙임성이 있어야 한다'며 근무 태도와 관련하여 충고를 하자25쪽 눈물을 흘리며 동정심을 유발하던 혜미가, 근로 조건을 변경하자는 사장의 제안을 전해 듣고는 "여태까지 흘리던 눈물이 모두 연기였던 것 같은 인상"27쪽을 주면서 자신의 근태로 '트집을 잡으면 안 된다'고 냉정하게 주장하는 데서 이러한 점이 확인되기 시작한다. 급기야 사장이 해고를 결정하고, 최 과장이 그것을 통보하면서 밥을 사고 선물까지 주지만 사태는 예상치 못하게 흘러간다. 사장이나 최 과장이 몰랐던 관련 법규를 하나 하나 다 따져가며 성혜미가 자신의 권리는 물론이요 부수적인 혜택까지 모두 챙기는 것이다. 그녀가 그럴 수 있는 것은 노동자를 보호하기 위해 마련된 법 규정을 잘 알고 간교하게 활용했기 때문이다.

성혜미를 권고 사직시키는 일을 맡게 된 최 과장은 어떠한가. 일처리의 허점을 감추기 위해 보험 문제 관련 합의금을 자기 돈으로 물어 주게까지 된 그녀는, 가난한 알바생인 성혜미를 두둔하며 동정했던 자신의 행동이 순진함 이상이 되지 못하는 상황 전개에 충격을 받는다. "어떻게 그렇게 아군 적군도 구별을 못 해? 사장님이 자르라고 할 때 막아 준 게 누군데"29쪽라고 남편에게 푸념해 보지만 하릴없는 일이다. "사람들이 다 자기나 나 같지 않아. 어떤 사람들한테는 끊임없이 다른 사람이 동기를 부여해 주고 자세를 교정해 주고 질책을 해 줘야 돼. 자기는 알량한 동정심 때문에 그걸 안 한 거지"25쪽라는 남편의 말에서 확인되듯이, 따지고 보면 관리자로서의 역할을 제대로 못 한 자기 탓도 있으니 더욱 그렇다.

관리자로서의 잘못이 없지 않다고는 할 수 있지만 정말 최 과장은 그런 잘못의 대가로 충격을 받게 된 것일까. 소설을 찬찬히 읽으면 그렇지 않다는 것이 확인된다. 최은영이 충격을 받은 것은 150만 원의 생돈이 날아가서가 아니다. 성혜미를 잘 대해 주었던 자신의 태도가 배신을 당했다는 상황 인식이 충격을 주는 것이다. 객관적으로 말하자면, 사장이나 다른 직원들의 비판에 맞서 성혜미를 두둔해 왔던 자신이 암암리에 갖고 있던 '우리'라는 생각 즉 함께 일하는 직원이라는 공동체 윤리가 성혜미에게는 전혀 없었다는 사실이 최은영에게 충격적이었다고 하겠다.

장강명의 「알바생 자르기」는 이렇게 흔히 있을 법한 사건을 제시하면서 개인의 이기적인 법 활용이 조직의 윤리를 해치는 상황을 보여 준다. 이렇게 말한다고 해서 성혜미가 법적으로 문제될 만큼 무언가를 잘못했다고 말하는 것은 전혀 아니다. 사정은 반대다. 앞에서 소개한 대로 그녀만큼 법을 잘 아는 인물이 없지 않은가. 따라서 그녀는 그녀대로 절박한 상황에 몰려 법을 활용했을 뿐이라고 할 수 있다. 하지만 이 말이 성혜미에게 면죄부를 주는 것도 아니다. 최은영의 충격을 낳은 책임의 적어도 반은 그녀에게 있기 때문이다. 구체적으로 말하면, 함께 일하는 사람들과의 관계는 아랑곳하지 않고 규정을 이기적으로 활용해서 자신의 편의만 챙겨 온 그녀의 태도가 문제다. 자신이 속한 조직의 윤리를 개의치 않는 그녀의 이기적인 법 활용 태도 말이다.

성혜미가 사회적 약자라 해서 윤리 의식과 법 규정의 괴리를 빚는 그녀의 태도가 용서될 수는 없다. 그녀와 같은 태도가 만연하면 윤리의 자리가 붕괴되기 때문이다. 법의 활용 의식이 도덕과 윤리를 억누르는 사회에서 삶은 끔찍하게 각박해질 수밖에 없다. 우리가 한 배를 탄 존재라는 생각이 설 자리를 잃게 되면 사회는 동물의 왕국으로 전락한다. 이야말로 약육강식의 상황이 되는 것이므로, 이른바 갑을 관계라 할 사회적 지위의 차이를 이 국면에서 강조할 일이 아니다. 「알바생 자르기」가 보여 주듯이 강자의 갑질이 없는데 약자의 이기적인 법 활용이 강약 관계를 뒤집으면서 문제를 일으키는 경우가 절대 드물지 않기 때문이고, 그만큼 사회적 갑을 관계가 아니라 법과 윤리의 문제가 보다 근본적이기 때문이다.

메멘토 모리의 시공간

디아너 브룩호번의 『쥘과의 하루』

상을 치러 본 사람은 안다. 밀려드는 조문객들을 맞이하느라 얼마나 정신이 없는지. 상황에 따라서는 아무렇지도 않은 듯 밝은 표정을 지어도 보고, 망자에 대해 간략한 설명도 해야 하는 일이 얼마나 의례적인지. 상주가 되면, 상을 치르는 일이 말 그대로 일이란 것을 느끼지 않을 수 없다. 장례식장과 제단의 규모에서부터 수의, 음식상의 수준, 장지를 정하는 일 등이 모두 자본의 맥락에서 처리되기 때문이다.

두 번의 밤과 세 번의 낮에 걸친 이런 모든 일들을 해결하다 보면, 망자를 영영 만날 수 없다는 데서 오는 슬픔을 느끼기 어렵게까지 된다. 결혼식을 치르는 신혼부부가 여행지에 가서나 결혼했다는 사실을 느끼고 일상생활을 시작하면서야 부부가 되었음을 실감하는 것처럼, 상을 치르는 사람들 또한 장례가 끝난 뒤의 어느 날 불현듯 급습하는 절절한 슬픔에 몸을 떨 때에야 비로소 망자와 헤어져 이승에 따로 남겨졌다는 사실을 절감한다.

죽음을 죽음으로 제대로 겪지 못하는 이러한 상태는 우리 시대, 우리 사회의 상황에 강제된 것이다. 우리나라에서 죽음은 일련의 업무 과정을 거치면서 등록된다. 병원 장례식장과 상조회사, 화장장이나 묘역 같은 업체, 관공서 등을 거치면서 한 사람의 영원한 부재가 사망으로 기록된다. 며칠의 기간에 이러한 과정을 마치면, 일상으로 복귀해야 한다. 거기엔 죽음이 없다. 밀려드는 일들을 처리해 내고, 여러 사람들을 만나고, 음식을 섭취하고, 이곳저곳을 돌아다니는 생활, 이 똑같은 생활이 반복되는 삶의 물결이 있을 뿐이다. 이 물결에 휩쓸려서, 초상을 치른 일 또한 이미 끝낸 수많은 업무 중의 하나처럼 저 멀리로 밀려나기 십상이다.

어느 날 불현듯 예상치도 않았던 곳에서, 망자가 정말 내 곁에서 영원히 사라졌다는 사실이 불쑥 떠올라 잠시 슬픔과 전율을 주지만, 대부분의 경우는 그뿐이다. 열심히 경쟁하며 살아 내야 하는 현실이 우리의 감정의 문을 서둘러 닫는 까닭이다. 한두 해가 더 흐르면 그렇게 불쑥 찾아오던 기억도 아주 뜸해진다. 죽음은 이제 여러 기관의 아카이브 속의 한 항목으로 남게 된다. 아무도 들춰보지 않는 작은 정보로 말이다.

이러한 사정을 새삼 음미하게 해 주는 소설이 있다. 벨기에의 작가 디아너 브룩호번의 『쥘과의 하루』문학동네, 2010라는 경장편이다.

평소와 같은 어느 날 아침, 알리스는 남편 쥘이 식탁에 앉은 채 죽어 있는 것을 발견한다. 여느 때처럼 아침을 준비하고 있으려니 하며 몇 마디 말을 건 뒤 그의 옆에 앉아 몸을 기대고서야, 아무런 대꾸도 없는 그가 죽었음을 알게 된다. 노년의 하루하루를 편안하게 살아오던 그녀에게 죽음이 급작스럽게 다가온 것이다. 아들에게 전화할까, 의사에게 전화를 해야지 하면서도 그녀는 그러지 않는다. 그 대신 그녀는 죽은 남편과 하루를 더 보내기로 한다. 아직 그에게 못다 한 말이 너무 많았기 때문이기도 하지만 남편을 한 시간 만에 훌쩍 잃어버리고 싶지 않아서이기도 하다 : "의사, 이웃 혹은 장의사 들이 남편을 챙기기 시작하면, 그녀는 한 시간 안에 그를 잃어버릴 것이다. 영원히. 그러고 나면 그들은 한 시간 안에 그를 집에서 내갈 것이다. 그녀가 사진을 보고 고른 관에 담아. 그렇게 되도록 내버려둘 수는 없었다."27쪽 해서 알리스는, 둘만의 비밀 그리고 남편에 대한 그녀의 추억과 전하지 않았던 심정 등을 떠올리며 특별한 하루를 보낸다.

이 소설은 일견 매우 낯설고 충격적이지만 우리가 사는 세상을 돌아보게 한다는 점에서 음미할 가치가 있다. 알리스의 이야기는 가까운 사람의 죽음을 죽음으로 대할 수 없는 우리의 상황을 부각한다. 죽음이 일련의 신속한 업무의 대상으로 다루어지는 사회, 해서 죽음이 사물이 되어 버리며 사라진 시대에 우리가 살고 있음을 알게 해 준다.

1초에 1.1명의 대한민국 국민이 사망하여 전국의 장례식장에 사람의 발길이 끊어지는 순간은 상상도 할 수 없지만, 우리의 생활에 죽음이 한 자리를 차지하고 있지는 않다. 각종 사망 사고나 살인 사건이 뉴스의 한 꼭지를 차지하고는 있어도, 그것은 수많은 뉴스 중의 한 요소일 뿐이어서 우리의 눈에 잘 들어오지 않는다. 그나마 사실 자체가 주목되는 경우에도 그 의미가 공유되지는 않기 십상이다.

이러한 사실은 세월호 유가족들에 대한 인간 이하의 막말이 터져 나왔던 사태에서도 극명하게 확인된다. 도무지 이해할 수 없는 이유로 구조라 할 만한 구조가 전혀 이루어지지 않아, 무려 304명의 사람이 우리가 텔레비전을 통해 바라보고 있던 배 안에서 목숨을 잃은, 상상할 수도 없고 여전히 믿기지 않는 이 비극을 두고, 사랑하는 가족, 생때같은 자식을 잃은 유가족들에게 그간 행해진 무관심과 냉대, 모욕, 조롱, 유언비어 들도 그렇다. 이러한 만행들은, 우리 사회가 죽음을 얼마나 외면하는지, 죽음이 초래하는 슬픔과 상실감에 대해 얼마나 무감한지, 가족의 죽음 지인의 죽음으로 슬퍼하는 사람들에 대한 공감 능력이 얼마나 미약한지를 보여 준다.

죽음을 외면하는 사회가 비인간화되는 만큼, 죽음을 망각한 삶은 공허해진다. 969년을 살았다는 므두셀라도 불로초를 구하려던 진시황도 피하지 못한 죽음이야말로 우리의 삶을 성찰하게 해 주는 보편적인 기준이기 때문이다.

삶에 대한 성찰 생에 대한 우리의 사랑은, 우리가 필사의 존재라는 사실에서 유래한다. 언젠가는 반드시 죽게 마련인 까닭에 오늘의 삶이 소중한 것이 된다. 젊음을 기쁘게 향유하고 늙어 아름답게 회상하는 것이나, 자식들의 기억에 남을 시간을 생각하고 추억 쌓기를 소중히 하는 것 모두, 죽음에 대한 인식으로 인해 가능해진다.

죽음을 죽음으로 의식할 수 있을 때 스스로를 규율하고 현실을 긍정하는 힘이 배가된다. 사후를 약속하는 종교에 따라 욕망을 통제하는 신자나 영겁회귀를 깨닫고 묵묵히 현실을 긍정하는 니체의 초인이 대표적인 예가 된다. 물론 우리 같은 보통 사람은 그렇게 살기 어렵다. 삶의 기쁨을 맛보는 순간에는 더욱 그렇다. 삶에 대한 성찰은커녕 죽음과 그에 이르는 노화 자체도 생각지 않는다. 성형으로 노화를 가리고 금전으로 삶의 의미를 꾸미는 사회 풍조가 이러한 태도를 강화한다. 하지만, 죽음을 이기려는 듯한 우리 사회의 교만함은 눈에 띄지 않는 것은 존재하지 않는다고 생각하는 바보의 만용에 불과하다.

이러한 어리석음을 넘어 어떤 지혜를 구해야 할까. 고대 로마의 사례가 좋은 참조가 된다. 인생의 정점에서도 더 높은 단계를 꿈꾸기 마련인 인간에게 죽음을 환기하여 준 로마의 지혜를 구해야 한다.

로마에 수많은 군중이 운집해 있다. 열광하는 사람들 가운데로 황제를 향해 난 길을 따라 개선 행렬이 지나간다. 행렬의 선두는 개선장군이 탄 마차인데, 그 마차에는 장군 외에 한 사람이 더

타고 있다. 자신을 맞이하는 수많은 사람들의 환호 속에서 세상을 다 얻은 듯이 기뻐하며 향후 펼쳐질 더 찬란한 미래에 부풀어 있는 개선장군에게 '메멘토 모리Memento Mori'라고 계속 말하게 되어 있는 노예다. 메멘토 모리란 무슨 뜻인가. '그대는 이윽고 죽어야 할 운명임을 상기하라' 곧 죽음을 기억하라는 말이다. 인생의 정점에 있는 이가 생에 대한 겸손을 잃지 않도록 죽음을 환기해 주는 노예를 붙여 둔 것이야말로 고대 로마인의 지혜를 말해 준다.

메멘토 모리, 이 말이 우리 사회에서도 살아 있게 해야 한다. 두 가지 방안이 있다.

새로운 꽃이 피고 신록이 빛을 자랑하는 4월과 5월, 6월에 죽음을 기리는 공동의 행사를 여는 것이 하나다. 제주의 4·3에서 세월호의 4·16, 광주의 5·18 그리고 6월의 한국전쟁까지, 우리는 그 응어리가 못다 풀어진 커다란 죽음들을 안고 있다. 석탄일이나 크리스마스 못지않게 이 죽음을 기억하고 슬픔을 나누는 공동체의 이벤트가 필요하다.

다른 하나는 도시가 묘지를 품게 하는 것이다. 누구라도 쉽게 찾아가 생활의 경쟁으로부터 한 발 물러서 삶을 돌아볼 수 있는 안식과 상념의 공간으로 '묘지이자 공원인 조용한 도시'를 도심 곳곳에 세울 필요가 있다.

메멘토 모리를 일깨우는 이러한 시공간 장치를 통해 죽음이 우리 모두의 것이라는 자명한 사실을 환기해 줄 때, 상처받은 자들을 욕보이며 공동체를 망가뜨리는 망언들도 가라앉고, 삶의 기쁨에 대한 겸허한 감사의 염이 우리들 생활의 한 축을 이룰 것이다.

아버지도 사람이다

박범신의 『소금』

아버지들이 보이지 않는다. 아버지란 자식들의 아버지인데, 자식들이 있는 가정에서 아버지가 보이지 않는다. 대부분의 아버지들은 집 안에 없다. 그들은 하루의 대부분을 직장에서 직장인으로 살고, 자영업장에서 사장님으로 살 뿐이다. 해서 아버지가 되기 어렵다. 아이들이 있는 집에 들어가야 아버지가 되는데, 그들이 집에 들어갔을 때 그를 아버지로 불러 줄 아이들이 없기 십상이다. 어린 아이들이라면 아버지의 늦은 귀가를 기다리지 못하고 잠자리에 들었을 테고, 입시를 준비하는 고등학생 아이들이라면 학교와 학원을 다니느라 늦고, 대학생 아이들이라면 아예 나가 살거나 친구들 만나느라 집을 비우기 일쑤다. 해서 아버지들은 늦게 귀가하는 집에서 아버지가 되기 어렵다.

이렇게 지워진 아버지는, 다만 지갑이나 통장으로만 기능한다. 가정생활을 가능케 하는 수입원일 뿐이다. 그나마도 평범한 일상이 지속될 때는 그 존재조차 의식되지 않는다. 아버지가 실직을 하거나 수입이 줄어 가계를 꾸리는 데 문제가 생길 때에야 비로소

'무능한 아버지'로 눈에 띌 뿐이다. 그렇지 않은 경우 아버지는 아이들의 안중에 없다. 아이들도 바쁘다. 해야 할 공부나 연애, 취업 준비와 직장 때문에 그들은 자기 앞가림만 하는 데도 정신이 없다. 이렇게 아이들도 바쁘고 생활에 지쳐서, 어쩌다 아버지와 함께 집에 있어도 말 한마디 나누려 들지 않는다. 아버지란, 가외의 용돈이 필요할 때 손을 내밀면 되는 존재일 뿐이다. 그래서 아버지는 지갑 혹은 통장이다. 집에 있는 ATM, 돈을 벌어오는 기계나 다름없다.

아버지와 아이가 서로 얼굴을 맞대고 함께 밥을 먹는 일 자체가 별로 없는 요즈음, 아버지가 아버지가 못 되는 것은 어찌 보면 당연한 일이다. 2019년 4월부터 공공기관과 상시 근로자 300인 이상 사업장에서 주 52시간 근무제가 시행되었지만 사정이 얼마나 바뀌었는지는 의문이다. 그 외 사업장의 직원이나 자영업자들에게는 그마저도 아직 적용되지 않고 있으니, 국가 전체로는 큰 변화가 있을 수 없다. 직장생활이 근로시간에 한정되지 않는 현실도 고려해야 한다. 2004년부터 주 5일 근무제가 시행되어 그 전보다 상황이 나아진 것은 분명한데, 아버지를 아버지로 불러 줄 아이들이 바쁜 것은 그때나 지금이나 똑같다. 해서 상당수 대한민국의 가정에는 아버지가 없다.

따져 보면, 아버지가 없는 상황은 역사적이다. 우리나라 현대사 전체에 걸치고도 남을 만큼 오래된 일이다. 식민지 시대의 한국문학이 보이는 가장 일반적인 특징 하나가 '고아 의식'이다. 소설의 주인공들을 보면 고아인 경우가 적지 않다. 기대고 의지할 아버지는 물론이요 지갑 역할이라도 해 줄 아버지가 아예 없는 것이다. 아버지가 있는 경우도 상황이 별로 다르지 않다. 경제적으로 무능한 아버지, 건강이 안 좋은 아버지, 배운 것 없이 고생만 하는 아버지, 술을 먹고 가정폭력을 휘두르는 아버지 정도에 불과해서, 기대고 의지할 수도 경제적으로 지원을 받을 수도 없는 아버지들뿐이다. 해서 소설의 주인공들은 진짜 고아가 아닌 경우에도 고아의식을 갖는다. 아버지가 아예 없거나 아버지다운 아버지가 없기 때문이다. 해방 이후 현재에 이르기까지도 우리나라 문학의 상황은 크게 다르지 않다. 어머니는 여러 모습으로 한국문학에 존재하지만 아버지는 대체로 지워져 있다.

왜 그럴까. 백 년이 넘는 역사 내내 한국 사회에서 아버지들이 '아버지다운 아버지'가 될 수 없었기 때문이다. 이때의 사정은 이 글 첫 부분에서 말한 것과 또 다르다. 식민지와 한국전쟁, 군사독재의 정치 상황과 그 기간 내내 크게 변하지 않은 지독한 가난 때문에, 우리나라의 아버지들은 아버지다울 수 없었다. 남에게 굽실거리는 아버지, 따뜻한 밥은커녕 세 끼니를 제대로 이어 주지 못하는 아버지란 아버지이기 어렵다. 이런 무능한 아버지들은 자식들이 아버지에게 바라는 든든함과 위엄을 갖출 수 없었다. 아버지들의 무능함이 시대와 상황의 탓인 건 분명하지만, 어린 자식들은 그런 것을 헤아리지 않는다. 해서 한국현대사 내내 우리의 아버지들은 아버지다운 아버지가 될 수 없었다.

이러한 사정을 박범신의 소설 『소금』한겨레출판, 2013에서 확인해 볼 수 있다. 이 작품에 그려지는 아버지는 다섯이다. 1951년생 주인공 선명우가 첫째. 회사의 상무이사로 직장과 집밖에 몰라 별명이 '통근 버스'이고, 집안에서는 '있으나 없으나 한, 흐릿한 사람'36쪽으로서 숙맥을 모른다고 '쑥 아빠'로 불리며 아내와 세 딸의 뒷바라지로 평생을 살아온 아버지다. 둘째는 그의 부친 선기철. 극심한 가난 속에서 아들 하나를 대학생으로 만드는 데 목숨을 건 불쌍한 아버지다. 선기철의 부친이자 선명우의 조부가 셋째. 자신은 고된 일을 하지만 자식은 출세하라고 대처로 보내는 아버지다. 선기철도 이러하고 사실 우리 시대의 많은 아버지들이 또한 이러하다. 우리나라의 전형적인 아버지이다. 넷째는 서술자인 박 시인의 아버지. 가난한 농사꾼이었다가 아이 공부시키자는 아내의 말에 군산에 와서 부두의 일용직 노동자가 되어 '치사해'라는 말을 입에 달고 지내다 사고사로 생을 마감한 무능력한 아버지이다. 이 또한 서민들의 초상. 다섯째는 다른 유형이다. 군인 출신으로 군사 정권하에서 권력과 부를 차지하고, 아들을 못 얻은 분을 딸에게 풀어 딸을 불구로 만든 윤선미의 아버지. 드물지만 어엿이 존재하는 성공한(!) 아버지다.

물론 『소금』의 의도가 우리나라 아버지들의 유형을 보여 주는 데 있는 것은 아니다. 주인공 선명우가 불현듯 가족을 버리고 야인이 되어 자기 자신의 삶을 살게 되는 이야기가 이 소설의 뼈대다.

그가 가족을 떠나게 된 데는 이유가 있다. 자신을 위해 인생을 버리고 끝내 염전에서 일을 하다 숨진 부친의 기억, 기업의 임원이 되기까지 스스로 지워버렸던 아버지의 기억이 우연히 환기된 까닭이다. 피가 섞이지 않은 이들과 기묘한 가족을 이뤄 떠돌이 생활을 하는 선명우의 이후 삶은, 그런 자기 아버지에 대한 속죄의 길을 걷는 것이자, 이전의 가족에서 지워졌던 자기 자신의 삶을 새롭게 사는 것이다. 그의 막내딸 선시우가 늦게 깨닫는 대로 "아버지가 아버지이기 이전에 그냥 사람이었다는 것"209쪽을 증명이라도 하듯 말이다.

선명우의 이러한 행적을 통해, 그리고 앞서 열거한 아버지들의 삶을 통해서 박범신은 자본주의 사회를 비판한다. 아버지가 아버지일 수 없게 만드는 소비 자본주의 사회, 가족 구성원들이 아버지에게 '빨대'를 꽂고 그를 착취하다가 경제적 능력이 없어지면 요양원으로 보내 버리는 '철저히 불공정한 비윤리적 거래'333쪽가 만연한 사회, 끝을 모르는 소비문화가 아버지와 아이들을 이간질하는 사회에 대한 비판이 소설 『소금』의 중심 주제다. 그 비판의 대안은? '자본주의적 체계의 정교하고 잔인한 프로그램에서 놓여난 삶',224쪽 과도한 소비 풍조와 거리를 두고 살아가는 데 꼭 필요한 만큼의 일을 하며 사는 삶이 『소금』이 보여 주는 대안이다.

이 소설을 통해 박범신이 동의를 구하는 것은, 돈만 좇고 소비생활을 앞세우는 우리들의 잘못된 삶의 질서야말로 아버지다운 아버지가 존재할 수 없게 된 주된 이유라는 사실이다. 안 해도 좋을 과도한 소비가 만연한 사회 풍조 때문에, 각 가정의 아버지가 돈 버는 기계가 되어 집 바깥에서 인생을 소진하고 집안에서는 그림자가 될 수밖에 없는 현실을 폭로하고 비판하는 것이다. 아버지들도 자신의 인생을 살고자 하는 사람이라는 것, 이 당연한 사실을 새삼스럽게 강조하는 것이 박범신의 『소금』이다.

이를 두고 뜬금없다 할 것인가. 성차별이 여전한 현실과 동떨어진 망발이라 할 것인가. 그렇게 말할 수도 있지만, 그런 말 때문에 『소금』의 말이 지워질 수 없는 것도 엄연한 사실이다. 1970년대 이래 한국소설에서 어머니가 발굴되었듯이, 아버지도 발굴될 필요가 있다. 2019년이라니, 늦어도 한참 늦었다.

돈을 다루는 우리 시대 문학의 출발점

정광모의 『마지막 감식』

모든 예술 작품이 꿈꾸는 것은 예외가 되는 것이다. 기존의 예술이 보인 적 없는 새로운 면모를 구현해 내는 것, 이것이 고전의 반열에 오른 모든 예술의 목표라 할 수 있다. 물론 시대에 따른 차이는 있다. 과거 예술 작품들이 전통적인 흐름에서 완벽을 추구하는 것으로 새로운 경지를 구현코자 했다면, 현대예술의 경우는 전통이나 기존의 것과는 다른 방식으로 자신을 드러내는 길을 찾아 새로움을 추구한다. 크게 보아 이러한 차이가 있어도, 새로움이 새로움으로 드러나는 것이 대체로 형식에서라는 점은 공통된다.

여기에서도 예외적인 경우가 있다. 형식상의 새로움이 아니라 내용상의 새로움으로 자기만의 몫을 만들고자 하는 작품이 그렇다. 물론 이런 문학작품도 문학사를 훑어볼 때 흔하다면 흔한 것이다. 주류 문학이 다루지 않는 이야기를 다루는 경우들 즉 하위문학이나 대중문학, 장르문학 등의 일부 갈래가 처음 생겨날 때에는 내용상의 새로움으로 자신을 치장하게 마련이었던 까닭이다. 고급문학과 대중문학의 경계에 위치하는 중간문학Middlebrow fiction도 마찬가지이고, 젊은 직장 여성의 새로운 취향을 보이는 칙릿chick-lit이나 법의학 소설 같은 것처럼 최근에 들어 보이는 장르문학 내의 세분화도 이러한 경우에 속한다.

여기서 이야기할 대상은 한국소설의 흐름에 비춰볼 때 내용상 새로운 지점을 차지한 작품에 해당하는 정광모의 장편소설 『마지막 감식』강, 2019이다. 이 소설은 돈을 이야기한다는 점에서 새롭다. 정확히 말하자면 화폐 시스템의 문제를 다룸으로써 자기만의 고유성을 획득한다.

돈이야 고대에서부터 사용된 것이니 전혀 새로울 것이 없지만, 따지고 보면 돈이 사용되는 사회 원리를 전면적으로 다룬 문학작품이 국내외적으로 거의 없는 것도 사실이다. 돈과 부유함에 대한 욕망, 돈이 없어 고통을 겪는 사람들의 온갖 문제, 돈을 쓰는 각종 행태의 의미 등을 다룬 작품은 많지만, 통화 시스템 자체를 문제시한 경우는 찾기 어렵다. 우리나라에서 보자면 장현도의 『돈』새움, 2013과 『골드 스캔들』새움, 2015 정도가 이에 해당될 텐데, 이들은 할리우드 영화 같은 이야기 전개의 매끄러움은 있지만 곰곰 생각해야 할 의미 탐구는 약해서 아쉬운 경우였다.

정광모의 『마지막 감식』은 다르다. 사건의 극적인 설정이 다소 지나치고 인물들이 유형화되어 있으며 주인공의 변모가 설득력이 약해 보편성을 얻기 어려운 경우라 생각될 수도 있지만, 작품의 탐구 의지에 비춰보면 이 모두가 다 용납될 만하다. 사실 세상의 일 중에는 소설보다 더 소설적인 것들이 적지 않아서, 세상사를 작품화하려는 경우라면 사건 설정의 보편성에 얽매이지 않고자 할 수도 있다. 보편성이란 어떤 의미에서도 창작의 굴레가 아니고 깊이 있는 탐구의 결과로서 자연스럽게 획득되는 좋은 작품의 지표지만, 탐구의 열정이 앞설 때 기대하기는 쉽지 않은 특성이므로 매 작품마다 그것을 들이밀 것은 아니다. 『마지막 감식』은 우리들 모두가 언제나 중요한 것으로 대하며 그렇게 대하는 것이 자연스러운 듯이 생각하는 돈, 화폐의 문제를 집중적으로 탐구한다는 점에서 개별성에 머물러 있되 특별한 의미를 갖는다.

『마지막 감식』의 주요 인물은 한남수와 공미선, 양원진, 허태곤 4인이다. 허태곤은 이 소설의 주요 사건을 일으키는 인물이다. 저축은행 지점장이었다가 지금은 길거리의 걸인 행세를 하면서 위조지폐를 만들어 조금씩 배포한다. 말도 안 되는 설정이라 할 만한 이러한 일을 하는 데는 가족사의 비극이 깔려 있다. 경영진이 저지른 비리와 부실로 은행이 경영 정지를 당했을 때, 원양어선을 타며 평생 모은 돈 몇 억을 노후자금으로 쓰려고 투자했던 인물이 그의 집에 숨어들어와 집에 있는 상패로 딸의 머리를 집중 폭행하고 도망쳐 자살하는 사건이 벌어졌다. 딸이 심각한 후유증으로 정신병원에 있다가 자살하자, 그 충격으로 식음을 전폐하던 아내도 두 달 후 쓰러져 사망하였다. 돈이라는 괴물이 남자를 미치게 만들었고 딸과 아내를 차례로 집어삼킨 이 사건 이후, 허태곤은 이 괴물을 차단하고자 노력한다. 그가 선택한 것은 위조지폐를 만들어 화폐 시스템에 균열을 내는 길이다. 괴물 같은 돈이 아니라 '기부와 증여로 돌아가는 세상'125쪽을 꿈꾸면서, 구걸하여 번 돈에 자기 돈 아홉 배를 더하여 어려운 사람들에게 기부하는 것이 그의 또 다른 일이다.

허태곤이 만든 위조지폐의 유포를 돕는 인물이 이 소설의 주인공 한남수이다. 그는 사모투자펀드를 운용하는 MT삼조회사의 비서였다가 대표의 뜻에 이의를 제기하여 해고된 뒤 허태곤과 행동을 같이 한다. 허태권의 기부 행위에 동조하기 때문이기도 하고, '금융권이 경제를 망치는 악당 천지'인 현실에서 유통되는 화폐액수 180조에 만 원 위조지폐 몇 장을 더하는 것은 문제가 안 되리라는 생각도 없지 않은 까닭이다. 이와 동시에 그는 '일종의 컴퓨터화폐 시스템인 반두'를 사용하는 공동체201~202쪽에서 목공과 인테리어 일을 한다. 자본주의적 생활 방식의 대안적인 삶에 발을 담그는 것이다.

공미선은 이 공동체에서 한남수와 인연을 맺는 인물이다. 약사인 그녀는 '돈이 힘을 제법 잃어버리는 세상'265쪽을 바라는 마음에 반두마을에 관여하지만, 공동체적인 삶이 개인의 자유를 빼앗는 단점을 경계하여 반두를 쓰는 20퍼센트의 삶만 지역화폐와 공동체적인 마을 활동에 투입한다. 이러한 지혜 혹은 균형감각을 가지고 그녀는, '화폐라는 괴물과 싸우는 게릴라'는 위폐가 아니라 지역화폐라는 설득력 있는 주장으로 한남수를 교정하는 역할을 한다.

끝으로 언급할 인물은 국립과학수사연구소 디지털분석과 감식실에서 일하는 양원진이다. 위조지폐를 감식하는 임무를 맡고 경찰의 수사에도 관여하던 그는 한남수를 통해 위폐를 만드는 일의 의미와 허태곤의 이야기를 듣게 된다. 사태에 대한 그의 태도는, 수사망이 좁혀진 것을 한남수에게 알려 허태곤이 위조지폐 제작소를 불태우고 잠적할 수 있게 한 데서 확인된다.

이상의 소개를 통해 확인되듯이 『마지막 감식』은 우리가 살고 있는 사회의 화폐 시스템이 갖는 문제와 해결 방안을 모색한다. 짐멜의 『돈의 철학』 같은 역작이 보이는 심도 있는 탐구를 기대할 것은 아니지만, 현대 사회가 돈이 지배하는 세상이라는 사실을 확실히 드러내고 대안적인 삶에 대한 지향을 명확히 한다는 데서 자기 몫을 얻는다. 위조지폐라는 것이 '우리 사회의 토대를 갉는 범죄'로서 살인과는 비교가 안 될 정도로 가장 무서운 것이며,[138쪽] 위조보다 치밀한 배포가 목적일 때[151쪽] 위폐범은 지구를 삼킨 자본주의에 저항하는 전투를 치르고 있는 것[228쪽]이라는 생각이 이 소설의 바탕을 이룬다. 이러한 생각에 동의하지 않는 독자를 끌어안는 방식으로, 허태곤 가족의 비극과 공미선의 균형 잡힌 모색, 양원진의 실질적인 동조를 설정해 두었다. 돈을 좇아 살 수밖에 없기에 돈에 휘둘리게 되는 일상이 만들어내는 끔찍한 비극을 환기하면서, 그로부터 거리를 두기 위해 할 수 있고 해야 할 일을 제시해 주는 것이다.

돈과 소설은 전통적으로 가까운 사이가 아니다. 자본과 예술 자체가 그렇기도 하다. 자본으로서의 돈은 자신을 증식시키는 것만을 목적으로 하는 반면, 문학예술은 있는 자본을 소진시키고 돈을 이야기하는 경우 그 가치며 위력을 비판하는 데 초점을 맞춰 왔기 때문이다. 그렇지만 이 둘은 유사점을 하나 갖는다. 돈의 위력이 극대화된 것이 현대에 들어서인 것처럼 소설의 기능이 중시된 것 또한 현대 사회에서이다. 현대 사회를 탐구하는 가장 적절한 예술로 장편소설이 그 위세를 얻게 된 것인데, 사정이 이러하기 때문에 소설이 돈을 탐구하는 것은 피할 수 없다 할 만하다.

『마지막 감식』이 이러한 탐구의 의미 있는 출발점이 되기를 기대해 본다. 돈의 탐구란 우리 사회의 천민자본주의적 풍토, 경제제일주의의 경향을 약화시키는 길의 모색에 다름 아닌 까닭이다.

낯선 소설 세 편으로 돌아보는 우리의 모습

김현식의 『북에서 왔시다』와 홍상화의 『30-50 클럽』, 반디의 『고발』

매우 안타깝게도 우리는 헌법 정신의 수호와 공론의 생산적인 활성화가 절실히 요청되는 시절을 보내고 있다. 민주주의의 근간을 건드리는 극단의 언어와, 비록 소수지만 맹목에 힘입어 목소리를 키우는 자들의 고성에 공론장이 흐려져 있다.

이러한 사태의 원인이자 동시에 문제의 해결을 지연시키는 요인은 두 가지다. 국내적으로는 촛불을 들었던 국민의 뜻에 따라 펼쳐진 실질적인 정치 지형의 변화가 제도적으로는 아직 반영되지 않은 상황을 들 수 있다. 국제적으로는 북한 핵을 둘러싼 세계 정치 지형의 변화와 그에 대한 우리 인식의 미비를 들 만하다. 국내외의 이 두 가지 상황을 제대로 의식할 때에야 비로소, 헌법 정신을 훼손하는 언동을 제어함은 물론이요 급변하는 정세 속에서 우리나라가 바른 길을 잡아가는 데 있어서 시민사회의 공론이 생산적으로 작용하는 상황을 기대해 볼 수 있다.

이러한 길 찾기, 공론장의 생산적 발전 방안 중 하나로 근래 나온 몇 편의 소설을 권하고자 한다. 거창하고도 시급한 문제에 고

작 소설 읽기라니 싶기도 하겠지만 그렇지 않다. 세상의 문제를 푸는 방법이란 크게 두 가지 곧 제도를 갖추는 것과 구성원의 의식을 바꾸는 것인데, 후자를 가장 자연스럽고도 효과적으로 수행하는 것이 문학인 까닭이다. 제도 개혁을 통한 문제의 해결은 신속하고 효율적이지만 사회의 동의를 얻지 못하면 실효가 없고, 사람들의 생각을 바꾸는 일은 일반적으로 계몽과 교육으로 이루어지는데 효과는 길지만 오랜 시간이 걸리는 문제가 있다. 이러한 점을 고려할 때, 국내외적으로 시급한 문제에 맞닥뜨린 오늘 바로 그러한 현실의 문제를 직접 다루는 소설을 만나는 일은 단순한 문학 감상 이상의 의미를 지닌다.

여기서 이야기할 작품은 김현식의 『북에서 왔시다』달아실, 2018와 홍상화의 『30-50 클럽』한국문화사, 2019, 그리고 반디의 『고발』다산책방, 2017 세 편이다.

『북에서 왔시다』는 1960년대 강원도 인제의 군부대 마을을 배경으로 '간첩 신고' 열풍에 따른 웃지 못할 세태를 코믹하게 그려낸다. 낯선 사람이면 무조건 간첩으로 신고하다시피 하는 중국집 배달원 성길 때문에 후에 신군부를 이끌게 될 방첩대장 전 소령이 골머리를 앓는 사건이 소설의 줄기를 이룬다. '간첩 공장'을 운위할 만한 매카시즘의 광풍을 포상금을 바라는 소년의 맹목을 통해 풍자적으로 드러내는 것이다. 여기에 더하여, 가난한 서민들의 헛된 꿈들이 마음이 아플 정도로 소박하면서도 허황하게 펼쳐진다. 이들이 헛꿈을 꾸고 마는 것은 꿈 자체가 헛되어서라기보다는 아는 사이에서도 사기를 쳐야 할 만큼 사람살이가 팍팍하고 상황이 열악해서이다. 현재까지도 이어지는 이러한 세태를 잘 묘파함으로써 『북에서 왔시다』는 1960년대 이래 한국 사회에 대한 의미 있는 통찰을 보여 준다. 반공주의의 그림자가 여전히 우리에게 드리워져 있다는 점까지 유효적절하게 환기해 주면서 말이다.

『30-50 클럽』은 대단히 특이한 소설이다. 독백으로 된 두 개의 프롤로그와 에필로그를 빼면 작품 전체가 두 사람의 대화로 이루어져 있고, 그 내용이란 한반도를 둘러싼 미국과 중국의 대립, 갈등이나 한국의 발전상과 미래에 대한 진단일 뿐이다. 일반적으로 소설 하면 떠올리는 사건이 있는 것도 아니고 내용상 꾸며낸 허구도 아니다. 이러한 파격 속에서 이 작품은, 미국의 정책에서 군산복합체와 금권주의가 행하는 위력을 경계하고 중국이 내세운 '일대일로one belt one road'와 '중국 제조 2025'가 갖는 의미를 밝히면서, 이들 두 나라의 갈등 속에서 한반도 비핵화를 추구하며 우리나라가 발전해 가는 데 있어 계속 지켜야 할 덕목들을 제시한다. 평등사상에 입각한 가혹한 입시 제도, 공정한 군복무 제도, 치열한 경쟁심, 일하는 윤리 등이 그것이다. 작가에 따를 때 이들은 소설의 제목인 '30-50 클럽'이 의미하는 '인구 5천 만 이상이면서 국민소득 3만 불 이상인 나라'에 대한민국이 속할 수 있게 된 동력이기도 하다.

『고발』은 북한에서 나온 소설집이다. '반디'라는 필명에서부터 작가의 의도가 읽힌다. 캄캄한 밤에 자신의 존재를 각인시키는 반딧불처럼, 폐쇄된 북한 체제에서도 깨어 있는 정신이 있음을 알리고자 한 것일 터이다. 전 세계 20개국에서 출간된 『고발』은, 일당 독재의 인민 동원 체제를 여실하게 보여주면서 북한 사회의 폐쇄성과 인권 유린 상황을 폭로한다. 사회 전체에 퍼져 있는 뿌리 깊은 연좌제라 할 당원과 비당원 사이의 벗어날 수 없는 차별, 국가 차원의 행사나 세습 독재를 행하는 지배자의 동정 아래 개인들의 인권이 완전히 무시되는 전체주의적인 상황, 혁명의 꿈을 배신한 공산당 독재의 심신 통제와 그 그늘에서 횡행하는 당 간부들의 협잡 등 북한 사회의 문제를 낳는 근본적인 조건들을 『고발』은 폭로한다. 작가의 폭로 의지가 앞서서 다소 극단적인 상황 설정이 보이기도 하지만, 인물들의 일상 행동에 대한 곡진한 형상화를 통해 21세기 유일의 전체주의 사회의 실상이 생생히 제시되고 있다.

이들 세 작품은 우리의 과거와 현재를 돌아보고 우리 밖의 세계를 주시하게 한다는 점에서 주목할 만하다. 이러한 직접적인 의의에 더해서, 공론장의 생산적인 활성화에 필요한 자질을 일깨워 주는 효과도 갖는다. 우리의 의식을 넓고 깊게 하는 데 있어 취해야 할 자세를 알려 주는 것이다. 이 소설들이 다루는 문제와 관련해서 구체적으로 말해 보자.

'국민소득 3만 불'이 환율 때문에 생긴 착시이고 계층별 불균

형을 생각하면 이 또한 헛된 숫자 놀음이라는 사실을 직시한다 해도, 두 세대가 안 되는 짧은 기간에 우리나라가 세계의 최빈국에서 '30-50 클럽'에 가입했다는 사실은 역사적인 성취로서 자랑스러워 해야 한다. 북한의 인권 문제 또한 남북한의 평화 공존과 한반도의 비핵화라는 중차대하고 시급한 문제 앞에서 그 해결을 방해할 만큼 크게 떠벌릴 일은 아니라 해도, 통일을 지향하는 긴 여정에서는 반드시 숙고하고 해결해야 할 근본적인 문제라는 사실을 끊임없이 주시해야 한다. 우리 사회를 한 단계 더 발전시키는 데 있어서 반공주의가 남긴 뿌리 깊은 상처를 지양해야 한다는 점을 명심해야 함은 물론이다.

이렇게 위의 세 작품은, 북한의 비핵화를 통한 한반도의 평화 구축이 시대의 소명이 된 현재에 우리가 생각해야 할 문제들을 제기하고 갖춰야 할 자세를 환기해 준다. 진보와 보수 양 끝의 대립이 첨예해지면서 공론장을 흐리는 상황에서 우리가 자랑스러워 해야 할 것과 반성해야 할 것들을 분별하여 둘 모두를 온당하게 사유하는 성숙한 자세를 지향할 필요를 일깨워 주는 것이다. 보다 일반적으로 말하자면, 현재의 문제를 타개하기 위해 필요한 비판적 안목을 잃지 않되 우리가 이룩해 온 성과에는 자부심을 갖는 태도를 취해야 하며, 이러한 태도야말로 인간의 삶과 그 누적으로서의 역사 모두 동전의 양면처럼 빛과 그림자를 함께 갖는다는 점을 의식하는 성숙한 정신의 소산이라는 점을 이 소설들의 독서가 마련해 준다.

한편 세 편의 소설이 보이는 형식적인 파격 또한 의미를 갖는다. 근래 한국소설의 동향에 비춰 이들이 보인 낯선 형식은, 한반도를 둘러싼 국제적인 현실 정치의 상황이나 '빨갱이'와 '간첩'으로 대표되는 우리 사회 내부의 의식 분열 등에 우리 모두가 주의를 기울여야 한다는 실질적인 문제의식의 산물이다. 형식상의 파격을 무릅쓴 이들 소설의 조급함이, 정치적인 견해와 입장을 앞세워 복잡다단한 현실을 보지 않고 사태를 단순하게 이해하려는 우리들의 조급함을 경계하고 있다.

미래를 찾아서

공선옥 외, 『안녕, 평양』

세밑에 글을 쓰면서 자연 한 해를 돌아보게 된다. 대한민국의 여느 해가 다 그렇듯이 2019년도 실로 다사다난했다.

국회는 일 년 내내 질 낮은 싸움판을 연출하면서 유례없는 정치 실종을 보였는데, 그 와중에 조국 사태, 검찰 개혁, 선거법 개정, 공수처 설치 등의 굵직굵직한 일들이 전개되었다. 식물 정치이되 성과는 내는 기묘한 상황이 연출되었다 할 만하다. 사회는 이런 저런 일로 항상 시끄러웠다. 서초동과 광화문에서 입장을 달리하는 시민들의 떠들썩한 집회가 여론을 반으로 나누었다. 세대 간의 단절과 계층 간의 위화감 역시 조금도 완화되지 않았고, 남녀 간의 사회적 간극과 심정적 대치는 한층 도드라졌다. 작년에 이은 미투, 숱한 아동 폭력에, 기댈 곳 없는 비정규직 노동자들의 문제 또한 여전했다. 정부의 각종 대책에도 서울의 부동산 가격은 지속적으로 상승했고 최저임금 인상과 각종 복지 정책에도 직장인과 서민의 삶이 나아지지는 않았다.

국제관계 또한 복잡다단하고 경색되어 왔다. 2018년을 찬란하게 장식했던 세 차례의 남북 정상회담과 역사적인 북미 정상회담 이후 2019년 초에 제2차 북미 정상회담이 베트남 하노이에서 열렸지만 아무런 합의 없이 무산된 뒤, 남북한 및 미국 사이의 정상 외교는 재개되지 못했다. 미국과의 관계가 교착 상태에 빠지자 북한은 2019년 5월 4일에 방사포와 단거리 미사일 발사체를 쏘아올림으로써 2017년 11월 29일 이후 1년 5개월 만의 군사 도발을 재개했다. 이후 지속적으로 단거리 미사일을 발사해 오다 급기야 2019년 12월에는 '크리스마스 선물'을 이야기하며 대륙간탄도미사일 엔진 실험을 재개했다는 뉴스까지 나왔다. 이에 미국이 최첨단 정찰기를 종류별로 총동원하여 북한 전역을 감시하는 등 다시금 위험한 군사 대치 상태를 연출하게까지 되었다.

그 외 나라와의 관계도 별반 다르지 않다. 위안부 및 징용공 문제로 1년 이상 냉각된 한일 관계는 2019년 12월 24일에 중국 청두에서 있었던 양국 정상의 회동에도 불구하고 협력의 필요성을 말하는 수준에 머물러 있다. 일본 보수 세력의 선동 아래 일본인의 혐한 여론은 어느 때보다 높고, 그에 맞선 우리나라 국민의 일본 제품 불매 운동은 여전한 상황이다. 중국이나 러시아와의 관계도 매끄럽지 못하다. 한국 상품과 한류에 대한 중국의 제재는 아직 완전히 풀리지 않은 상태고, 중국과 러시아의 비행기가 한국 영공을 침범하기까지 했다.

말 그대로 다사다난한 한 해였다. 해가 바뀐다는 단순한 사실만으로 이런 일들이 나아지리라고 기대할 여지는 전혀 없지만, 그래도 새해를 맞이하면서 무언가 희망을 품어 보는 일은 또한 자연스럽다. 이러한 희망과 기대로 미래를 기획하는 것이니 말이다. 2019년의 끝자락에서 새해에 발표될 글을 쓰는 지금은 작은 희망과 기대라도 만들고 싶어진다. 물론 엄정한 현실 인식 위에서 말이다. 해서 펼쳐 든 것이 소설집 『안녕, 평양』엉터리북스, 2018이다.

성석제, 공선옥, 김태용, 정용준, 한은형, 이승민 여섯 작가의 단편소설을 묶은 이 책은 2018년 7월에 발간되었다. 2018년 7월이라니, 그보다 한 달 전 싱가포르에서 열린 제1차 북미 정상회담 직후다. '맺으며'를 쓴 또 한 명의 소설가 백영옥이 4월 27일의 2018년 제1차 남북 정상회담을 거론하고 있는 데서도 알 수 있듯 1953년 분단 협정 이후 65년 만의 일대 사건인 북미 정상회담을 보고 작가들이 작품을 쓴 것은 아니지만, 작품을 읽는 우리는 이러한 시대 상황을 떠올리지 않을 수 없다. 물론 앞에서 언급한 대로 2019년 내내 지속된 답답한 정체 국면까지 포함해서 말이다.

이러한 자세는 역사와 관련된 소설을 읽을 때 우리가 취하기 마련인 일반적인 것이지만, 사실 소설집 『안녕, 평양』 자체가 이러한 자세를 요청하기도 한다. 현재의 답답함이 전 해의 희망 때문에 한층 더 절실하게 되는 만큼 작년의 희망 또한 현재와 과거의 답답함이나 긴장 때문에 더더욱 컸던 것일 텐데, 이러한 사정이 『안녕, 평양』에서 두루 공감되는 것이다. 구체적으로 말하자. 남북 관계에서의 희망이나 절망, 평온이나 긴장 등이란 1948년의 분단 이후 남북한의 역사를 수놓은 다양한 사건들에 대비되면서 제각각 빛을 발한다는 점을 이 소설집의 작품들이 확인시켜 준다.

『안녕, 평양』을 이루는 여섯 편의 소설은 남북한의 과거와 현재, 미래를 아우른다. 과거를 다루는 작품은 성석제의 「매달리다」 한 편인데, 어부 간첩단 조작 사건의 피해자를 그리고 있다. 명태를 잡다가 북방어로 한계선을 넘은 선원들이 북과 남에서 간첩으로 몰려 겪는 온갖 고초가 두 세대에 걸쳐 전개된다. 박정희 치하의 사건 당시와 전두환이 등장할 무렵의 재탕으로 말이다. 간첩단 조작 사건이란 우리가 익히 아는 이야기지만, 이 익숙함이 놓치게 마련인 고통의 다양한 결을 「매달리다」가 생생하게 되살려낸다. 이를 통해서, 남북한 간의 화해 모드가 이러한 상처들을 어떻게 치유할지 생각하게 한다.

남북한이 처한 현재 삶의 몇몇 측면을 다룬 작품들이 공선옥의 「세상에 그런 곳은」과 정용준의 「나이트버스」, 이승민의 「연분희 애정사」 세 편이다.

「나이트버스」는 남한 곳곳에 산재한 간첩들이 심야버스를 이용해 경주에서 모이는 일에 착오가 생겨, 모임의 수장이 형제간의 우화로 사태를 정리하는 이야기를 보인다. 그동안의 대치 상황을 생각하면 한반도 전역에 간첩이 없을 리 없음은 분명할 텐데, 화해 정국에서 이들이 어떤 존재가 될 것인지를 생각하게 해 주는 소품이다.

「연분희 애정사」도 아이디어가 두드러지는 소품인데 끝은 무겁다. 연분희는 조선국립민족예술단의 신예 무용수였다가 극적으로 출세하여 '남북 평화 무드를 축하하기 위한 사절단'158쪽의 대표로 남한을 방문한다. 그녀가 단장과 중앙당 부위원장 사이에서 보인 애정 행각에 대한 두 가지 버전의 이야기가 작품의 내용을 이루는데, 어느 것이 맞는지 알 길이 없다. 그녀가 사랑했던 두 남자가 각각 "서울과 평양이라는 두 도시에 갇혀 있"191쪽기 때문이다. 이러한 사실을 통해, 진위를 확인할 소통이 불가능한 분단 상황을 강력히 환기한다.

공선옥의 「세상에 그런 곳은」은 단편이지만 전체적으로 무거운 소설이다. 목숨을 걸고 탈북했지만 남한에 뿌리를 내리지 못하는 인물 준이, 비정규직 노동자로서 하루아침에 해고 통보를 받고 미래 전망이 전혀 없는 우울한 상황 속에 갇혀 있는 완에게 술에 취해 건네는 질문, 남한은 북한과 진실로 다를 줄 알고 목숨을 걸고 왔는데 여기는 진실로 다르지 않으냐고 묻는 질문이 독자를 사로잡는다. 민중들의 삶이 불안정하고 팍팍하다는 데서 남북한의 동질성이 찾아지는 우울한 현실을 폭로하는 작품이다.

한반도의 미래에 닿아 있는 두 편도 사실 어두운 색채를 갖는다. 김태용의 「옥미의 여름」은 2023년 6월을 배경으로 하는 미래소설로서 "2018년 4·27 남북정상회담을 기점으로 급물살을 탄 남북 화해 분위기 속에서 우여곡절 끝에 북미 회담이 성공하고 남·북·미가 수차례 만나 종전 선언과 평화협정에 합의했고, 제한적이지만 경제 교류가 활성화"44쪽된 상황을 가정한다. 하지만 작품의 초점은 '남북한에서 죄 없이 죽은 너무 많은 사람들'에 대한 공감에 놓여 있다. 한 번도 만난 적이 없어도 연결되어 있다는 사실을 알 수 있는 그런 사람들에 대한 이야기가 남북한의 모든 이야기가 수렴되는 0도라는 사실을 드러내고 있다.

한은형의 「샌프란시스코 사우나」도 비슷하다. 북한 출신 아버지와 남한 출신 어머니를 두고 구 동독의 본에서 태어나 이름이 '본 킴'인 주인공이 외국인 예술가로 평양을 방문해 '쓸데없음의 현신 같은 여자'204쪽 교통경찰을 사랑하게 되나, 고백도 하지 못한 채 몇 가지 일정을 함께 한 뒤 평양을 나와, 그녀와의 '잃어버린 미래'를 회상하는 이야기를 보여 준다. 분단을 넘어서는 미래를 기약할 수 없는 현재의 상황을 반영하면서, 바로 그런 면에서 한반도를 사는 우리 모두가 미래를 잃어버린 존재임을 환기한다.

지금껏 살펴본 대로 소설집 『안녕, 평양』은 과거와 현재, 미래를 아우르면서 한반도의 상황과 남북 간의 관계 및 그에 따른 남북한 사회 각각의 문제 등을 두루 생각하게 해 준다. 미래에 대한 바람이 없지 않지만, 고통스러운 과거와 모호한 미래 그리고 그로부터 영향을 받는 불안정한 현재에 초점을 맞춘다.

이러한 시선은 소설의 것이다. 시대적인 사건에 공명하는 하나의 정서를 펼쳐놓는 노래와는 달리, 희망이 한껏 무르익을 때조차도 희망 전후의 어두움을 잊지 않고 시간과 역사의 결을 살피게 하는 소설의 시선. 다사다난한 한 해를 보내고 새해를 맞는 지금, 이러한 시선이 한층 값지게 다가온다. 미래를 바라보는 시선은 무릇 이래야 하기 때문이다. 희망이나 바람만으로 눈을 채운다면 미래는 한갓 신기루에 불과하게 될 것이니, 한 해의 처음에는 더더욱, 그러한 헛됨을 미연에 방지하며 시간을 두루 의식할 필요가 있다.

역사와 사랑

소설과 영화 두 편의 '닥터 지바고'

영화 〈닥터 지바고〉를 다시 봤다. 역시 좋다. 새삼 확인해 보니 1965년에 만들어진 작품이다. 50년도 더 전의 작품인데 지금 봐도 좋으니, 명작은 역시 명작이라 할 만하다. 이번으로 나는 영화 〈닥터 지바고〉를 열두어 번째로 본 것 같다. 이 영화를 처음 본 고등학생 때는 발랄라이카로 연주되는 '라라의 테마'의 애수와 시베리아를 상상케 하는 설원 장면 정도가 인상에 남았던 기억이 있다. 대학원 시절에 보면서는 혁명가 스트렐니코프에 주목하게 됐고, 결혼 후 국립극장에서 대형 화면으로 봤을 때는 바르이키노 초원의 꽃이 눈에 들어왔다. 이렇게 볼 때마다 새롭게 느낀 것이 있었으니 〈닥터 지바고〉야말로 고전의 정의에 걸맞은 작품이라 하겠다.

이번에 보면서 느낀 것은 한두 마디로 말하기 어렵다. 작품 전체가 제대로 눈에 들어왔다고나 하겠는데, 이는, 소설 『닥터 지바고』를 꼼꼼히 완독하면서 영화와 다른 점이 많다는 것을 느끼고 이를 확인하고자 영화를 본 까닭이다. 소설과 영화를 비교하면서 차이를 의식하는 식으로, 소설 『닥터 지바고』와 영화 〈닥터 지바고〉 각각의 특징을 뚜렷이 보게 된 것이다.

이러한 비교를 통해 몇 가지 생각을 얻었다. 영화란 서사 예술 중에서 가장 이야기 줄거리가 두드러지는 경우라는 생각이 앞에 온다. 소설 『닥터 지바고』에서는 중심 인물들의 사건과는 거리가 있는 묘사나 상념 등이 상당한 비중을 갖고 기술된다. 지바고와 라라, 토냐, 파샤 같은 중심 인물의 비중 자체가 전체 분량에서 그리 크지 않다고 할 만큼 이들과는 거리가 먼 내용이 적지 않은데, 이것이 영화에서는 거의 완전히 누락되어 있다. 구체적으로 말하자면, 민중들의 삶과 혁명의 역사, 지바고의 여정에 따라 작품에 담기는 당대의 상황, 그리고 삶과 혁명, 역사 및 예술에 대한 지바고의 깊이 있는 상념 등이 영화에서는 모두 지워져 있다. 이는 소설 『닥터 지바고』가 중심 인물들의 사건을 작품 전체에 걸치는 줄거리로 삼지 않는 특징 때문이기도 하지만, 이보다는, 영화라는 예술이 사건을 시각적으로 재현하면서 이루어지는 까닭에 초래된 불가피한 변화라 할 수 있겠다.

어쨌든 소설 『닥터 지바고』가 품고 있는 다양한 내용이 영화에서는 찾아볼 수 없다는 점을 유념해 둘 필요가 있다. 영화 〈닥터 지바고〉만 보고서 '닥터 지바고'를 안다고 해서는 안 될 만큼 둘 사이의 차이가 크기 때문이다. 이것이 꼭 소설과 영화라는 장르의 차이에 의한 것만도 아니니 더욱 그렇다. 사실 원작소설을 갖는 영화 중에는 장르의 차이에 구애받지 않는 경우들도 적지 않다. 러

닝 타임이 무려 일곱 시간이 넘는 세르게이 본다르추크 감독의 소련 영화 〈전쟁과 평화〉1966~1967는 톨스토이의 『전쟁과 평화』1869의 호흡을 그대로 담아내고 있어서 영화만 본 채 소설을 안다고 해도 별 손색이 없다. 소설과 영화 모두 공전의 히트를 친 조앤 롤링의 해리포터 시리즈 또한 그러하다. 이와는 달리 장르 고유의 특성을 잘 살려 냄으로써 영화가 원작소설로부터 독립하여 성공하는 경우도 있다. 밀란 쿤데라의 소설 『참을 수 없는 존재의 가벼움』1984을 영화화한 필립 카우프만 감독의 〈프라하의 봄〉1988이 좋은 예다. 이 경우는 애초부터 원작의 충실한 재현에 목을 매지 않으면서 영화 또한 성공한 사례라 할 만하다.

물론 『닥터 지바고』 또한 소설과 영화 모두 명작의 반열에 오른 경우임은 물론이다. 원래가 시인인 보리스 파스테르나크는 단 한 편 쓴 이 장편소설로 1958년 노벨문학상 수상자로 선정되었고, 데이비드 린 감독의 영화 또한 각본상과 오리지널 작곡상, 촬영상, 미술상, 의상상 등 다섯 개의 아카데미상을 휩쓸었다. 파스테르나크가 당시 소련의 상황에 의해 수상을 거부하지 않을 수 없었고 아카데미 또한 작품상이나 주연상까지 받지는 못했지만, 이러한 사실이 소설과 영화 '닥터 지바고' 모두가 걸출한 작품이라는 사실을 지우지는 않는다.

그럼에도 불구하고 소설 『닥터 지바고』와 영화 〈닥터 지바고〉는 엄밀히 말해서 다른 작품이라 할 만하다. 단적으로 말하자면, 파스테르나크의 작품이 역사소설의 성격이 강한 반면 데이비드 린의 작품은 연애 영화에 가깝다. 이러한 차이를 만드는 중요한 요소들을 주인공에 한정하여 짚어 둔다.

앞에서도 말했듯이 지바고의 깊이 있는 상념이 영화에서는 표현되지 않은 사실을 먼저 꼽을 수 있다. 소설의 주인공 지바고는 시에 재능이 있는 문학 청년에 그치지 않고 사상가의 면모를 보인다. 어릴 때 '톨스토이주의와 혁명을 거쳐 줄곧 더 멀리 나아가 유명세를 타게 되는'김연경 역, 민음사, 2019, 1권 23쪽 외삼촌의 영향을 받은 것이 주요한 원인이지만, 혁명기의 혼란스러운 상황 속에서도 스스로 생각하는 삶을 지속한다는 점이 보다 근본적이다.

그의 사색이 대상으로 하는 것은 두 가지, 인간의 삶과, 거대한 흐름과도 같은 역사이다. 해서 그는 혁명이 본질적인 것이 못 됨을 꿰뚫어보고, 권력을 장악한 볼셰비키와 거리를 두어 대학 강의를 접게도 된다. 반면 그가 쓴 소책자들은 비밀리에 여러 사람들에게 읽힌다. 역사란 풀이나 숲과 같아서 '움직이지 않는 모습으로 영원히 자라고 영원히 변하고, 그러면서도 그 변형이 감지되지 않는다'는 지바고의 상념은 『전쟁과 평화』에 표현된 톨스토이의 역사인식이 역사에 있어 소수 영웅의 선구자적인 역할을 부정하는 데 그쳐 버렸다는 점에서 미진하다고 비판하는 데까지 이른다.2권 367쪽

소설과 영화에서 가장 크게 차이가 나는 인물은 라라이다. 영화의 여주인공 라라는 비련의 여인이다. 코마로프스키와 파샤

뿐 아니라 지바고와의 관계에서도 그녀는 사랑과 보호를 필요로 하는 여린 여자로 등장한다.

하지만 소설의 라라는 그렇지 않다. 그녀는 어려서부터 머리가 총명하고 발랄한 성격을 보였으며, 자기보다 어린 파샤와의 미래를 주도적으로 계획하고, 그가 참전하게 되자 그를 찾기 위해 간호사 자격증을 따서 전선으로 향하는 등 주밀하고 대찬 면모를 보인다. 지바고가 보기에 이런 라라는 '남의 마음에 들고, 예쁘게 보이고, 남의 마음을 끌고자 하는 생각' 같은 '여성적 본질의 이런 측면을 경멸'하는 인물이며,2권82쪽 그 역사에 있어 '실성한 것 같으면서도 너무나 사랑스러운 조국 러시아'와 겹치는 존재이다.259쪽 이에 더해 라라는 세상의 변화가 갖는 의미에 대해 지바고와 대등하게 의견을 나눌 만큼 깊이 있는 안목을 갖추고 있다. '너무 이른 나이에 죄스러울 만큼 일찍 여자가 된, 망가진 여자'라고 자책도 하지만,2권271쪽 그럼에도 불구하고 자신의 삶을 살아 내는 성숙한 인간인 것이다.

이와 같이 남녀 주인공부터 크게 달라지고 작품의 초점 또한 다른 데 놓이는 까닭에 소설 『닥터 지바고』와 영화 〈닥터 지바고〉는 별개의 작품이 되었다. 감미로운 음악과 인상적인 풍경으로 고유의 아우라를 지닌 영화를 다시 보는 것도 좋겠지만, 이번 기회에, 인간의 삶과 역사에 대한 깊이 있는 통찰을 보이는 소설을 찬찬히 음미해 보시라고 추천한다. 우리 주변의 모든 것이 너무나도

빨리 변화하는 어수선한 상황을 긴 안목에서 성찰할 수 있게도 될 듯해서이다.

『예브게니 오네긴』에서 찾는 푸시킨의 위안

익숙한 시 한 편으로 시작하자.

> 삶이 그대를 속일지라도
> 슬퍼하거나 노하지 말라!
> 우울한 날들을 견디면
> 믿으라, 기쁨의 날이 오리니
>
> 마음은 미래에 사는 것
> 현재는 슬픈 것
> 모든 것은 순간적인 것, 지나가는 것이니
> 그리고 지나가는 것은 훗날 소중하게 되리니.

러시아 근대문학의 아버지라 일컬어지는 알렉산드르 푸시킨1799~1837이 5년여의 유형 생활을 하던 1825년에 발표한 시 「삶이 그대를 속일지라도」이다. 푸시킨의 유형 생활은 그리 힘들지 않았고 지적인 교류를 통해 자신을 성숙시키는 자산이 되었다고 평가되지만, 유형은 유형이니 슬픔과 노여움이 자못 컸을 것이다. 이 시에는 그러한 슬픔과 분노를 달래고자 하는 시인의 심정과 미래에 대한 바람이 곡진하게 나타나 있다. 이러한 태도는 인간 보편의 심성에 닿는 것이어서 이 시에 긴 생명을 불어넣는다.

삶에 속는 것은 우리 모두의 일이다. 우리 모두 현실에 안주하지 않고 이상을 품는 존재, 현재 상황보다 나은 무언가를 꿈꾸는 존재이기 때문에 이는 불가피하다. 이러한 우리의 특성이야말로 우리를 인간으로 만들어 준다. 우리가 주어진 현실에 만족해 하며 변화를 꾀하지 않았다면 인간 사회의 발전이 없었을 테니 이는 당연하다 할 만큼 확실하다. 우리가 이렇게 꿈꾸는 존재지만 우리의 꿈들이 그대로 실현되지는 않는다는 점도 당연하다. 해서 슬프되, 지나고 보면, 슬픔을 느끼게 될 만큼 그렇게 노력한 것이야말로 자신의 삶을 가장 보람 있게 만들어 주는 것이기 마련이다. 해서 소중해진다.

「삶이 그대를 속일지라도」가 보여 주는 삶의 진실은 여기에 더해 개인적인 맥락에서도 확인된다. 자신의 삶이 소중해지는 것은, 세태에 휩쓸리지 않는 개성의 발현에서도 가능하기 때문이다. 달리 말하자면, 삶의 기만은 세상의 몰인정이나 타인의 부정적인 평가로도 벌어지는데 이에 슬퍼하지도 노여워하지도 않을 수 있는 길은 오직 자신의 개성을 소중히 하고 그것을 지키는 데 있을 뿐이기 때문이다. 이러한 점을 확인시켜 주는 것이 위 시를 발표하기 일 년 전부터 써서 7년 만에 완성한 소설 『예브게니 오네긴』1830 이다.

푸시킨의 『예브게니 오네긴』은 매우 낯설고 그만큼 개성적인 소설이다. 작가 스스로 '운문소설'이라 칭한 대로 운문으로 쓰였다는 점이 제일 앞에 온다. 러시아 원문이 아니라 한글 번역으로 보니 율격을 느낄 수는 없지만 석영중 교수의 번역열린책들, 2019은 시를 읽는다는 느낌을 짙게 준다. 단테의 『신곡』이나 세익스피어의 희곡, 괴테의 『파우스트』 등 또한 운율을 띤 작품이지만 『예브게니 오네긴』만큼 운문으로 쓰였다는 느낌을 주지는 않는다.

이 작품이 운문소설로서 갖는 특징은, 서술 방식상의 특징에 의해서도 강화된다. 몇몇 모더니즘소설 이전 대부분의 소설은 소설 내용이 작가에 의해 창작된 것이 아닌 듯이 기술된다. 실제 있었던 일을 재현한 듯한 느낌이 들도록 서술 상황을 은폐하는 것이다. 이에 반해 『예브게니 오네긴』은 서술자가 시적 화자처럼 자유자재로 자신의 이야기를 풀어 내고 있다.

『예브게니 오네긴』의 독특한 점은 이야기 구조에서도 확인된다. 스토리의 완결을 거부하는 것이다. 주인공인 예브게니 오네긴과 따찌야나 사이에 벌어지는 사건이 복잡한 국면에 접어드는 순간에 푸시킨은 작품을 끝내 버린다. 서술자의 입을 통해 "그러면 독자여, 나의 주인공이 / 매우 난처한 입장에 처한 이 시점에서 / 그를 떠나기로 하자"266~267쪽라고 하면서 남녀 주인공의 스토리-선을 끊고 독자인 우리와 따찌야나에게 이별을 고할 뿐이다. "인생의 소설을 다 읽지도 않고 / 별안간 책장을 덮을 수 있는 자는 행복하도다"269쪽라는 마지막 두 행으로, 독자들이 기대하지 않을 수 없는 내용을 말하지 않고 책장을 덮게 하고 있다. 이러한 종결 처리는 주인공의 형상화와 더불어 이 소설 고유의 특징을 강화해 준다.

예브게니 오네긴은 어떠한 인물인가. 어려서부터 '질서의 적이자 방탕의 친구'로서 멋지게 차려 입고 젠체하며 기교를 구사하는 바람둥이였다가, 현재는 연애와 우정 모두에 싫증을 느끼는 '러시아식의 우울증'에 빠진 청년이다. 인간을 꿰뚫어 보고 대체로 인간을 경멸하여 극소수의 사람들과만 친교를 맺으며 신랄한 논법과 독설 섞인 농담, 음울한 경구를 던질 뿐인 '위험하기 짝이 없는 괴짜'다. 요는 사회적 평판이나 인정에는 신경 쓰지 않고 제멋대로 사는 인물이다.

오네긴과 친구가 된 서술자 또한 마찬가지다. 부질없는 명예는 안중에도 없이, 하는 일 없는 외진 그늘 속에서 무위를 규칙 삼아 달콤한 안일과 자유를 만끽하며 산다. 사람이란 할 일이 없어 친구가 되는 법이라 생각하는 상태에서 예브게니 오네긴을 알게 된 이후 그를 주인공으로 하여 소설을 쓰지만, 자기 작품으로 세인의 인정과 칭찬을 받거나 그것이 불후의 명성을 얻기를 기대하지는 않는다. 동시에, 빤히 예상되는 '왜곡된 해석과 소동과 비난'50쪽 또한 개의치 않는다.

오네긴이나 서술자의 말을 액면 그대로 믿을 일은 아니지만, 상궤를 벗어나 있는 이들의 개성적인 태도가 그저 위악적인 제스처라고 할 것도 아니다. 작가의 분신이라 할 서술자의 경우가 더욱 그러한 이들의 행태는 우리들의 삶을 의식케 하는 거울이되 윤리나 도덕이라는 규범 자체를 벗어나서 그렇게 한다는 점에서 훨씬 근본적인 것이기 때문이다.

작품이 자신의 진정성을 주장하지 않음으로써 오히려 고유성을 확보하는 것 또한 동일한 효과를 낳는다. 『예브게니 오네긴』의 서술자가 작품을 하나의 완미한 전체로 만들지 않는 태도는 재현을 거부하는 모더니즘소설의 실험과도 달리 실제의 형상화와 애초부터 거리를 두고 있는 것이다. 이러한 특징은 무엇에든 매이지 않는 삶을 지향하며 무언가를 만들어 내는 데 집착하지 않는 서술자의 태도와 합쳐지면서 『예브게니 오네긴』의 독특함을 강화한다.

집착과 욕망으로부터 벗어나 있는 이러한 자유로운 태도, 실제와 긴밀히 연관될 수밖에 없는 내용에서는 중도반단을 취한 채 구어체의 멋진 운율로 되었다는 형식상의 완결에 공을 쏟는 비실제적인 태도가 『예브게니 오네긴』의 개성, 독창성을 이룬다. 현실의 논리로부터 벗어나 자신만의 자유를 취하는 삶, 이제는 불가능해진 것이 아닐까 싶을 만큼 아득한 것이 되어 버린 이러한 삶을 부각해 둠으로써 『예브게니 오네긴』은 오늘의 우리에게 더욱 절실하게 다가온다. 생활의 안정과 타인의 인정, 출세를 위해 끊임없이 자신을 채찍질하며 경쟁해야 하지만 삶으로부터 부단히 속임을 당하는 우리를 새삼 의식하게 하면서 말이다.

이러한 의식은 물론 괴롭지만, 괴로움을 동반하는 이 의식이 없다면 그러한 삶으로부터 영원히 빠져 나올 수 없을 것이다. 이 무지의 악무한을 끊고자 한다면 삶이 우리를 속인다는 사실을 직시할 필요가 있다. 삶이 우리를 속이는 순간마다 슬퍼하거나 노여워하는 것은 사실을 직시하는 것이 못 된다. 모든 것이 지나가며 지나가는 것은 훗날 소중하게 되리라는 믿음을 가질 수 있을 만큼, 현재의 기만적인 삶을 제대로 볼 수 있어야 한다. 그러한 눈을 갖는 것이야말로 우리의 개성을 지키는 일일 텐데, 이 일을 『예브게니 오네긴』으로 시작한다면, 이 작품의 개성적인 면모가 작은 즐거움과 위안 또한 선사해 줄 것이다.

04

역사를 세우는 이야기

역사의 변화와 일상의 지속

톨스토이의 『전쟁과 평화』

톨스토이의 명작 『전쟁과 평화』1869를 주의 깊게 읽기 시작하면 그의 묘사법이 보이는 특징에 눈이 가게 된다. 예를 들어 이런 구절들이다. '배우가 흔한 각본의 대사라도 외는 것처럼', '어리광을 부리는 버릇없는 아이들에게 흔히 있는 사랑스러운 자기 결점에 대한 자각의 표시', '매우 매력적인 여성에게는 언제나 흔히 있는 일이지만', '신혼부부의 가정에서 흔히 볼 수 있는 독특한 신선함' 등. 이러한 묘사는 특정 상황이나 그 속에서 인물이 보이는 개별적인 행위를, 일반적인 상황, 보편적인 행위의 하나인 것처럼 제시해 준다.

유형을 앞세워 구체적인 것들을 제시해 준다고 볼 수도 있는 위의 예들만 보면 상투적인 묘사 같기도 하지만 실제는 그렇지 않다. '괴로운 의무를 이행한 뒤의 마음 가벼운 기분'이나 '주정꾼 같은 결연한 몸짓' 같은 표현을 보면, 톨스토이가 사람들의 속마음이나 몸짓 등을 얼마나 깊이 관찰한 위에서 쓰고 있는지 알 수 있다. 더 나아가서 '축 처진 꼬리를 재빨리, 그러나 힘없이 살래살래 내젓는 개에게서 흔히 볼 수 있는 그런 열없고 다소곳한 표정'이나

'아직 충분히 어른이 되지는 않았지만 장차 훌륭하게 될 성싶은 예쁘장한 새끼 고양이를 연상케 하는' 등을 보면, 그의 관찰력이 동물에게까지 그리고 그런 동물을 바라보는 우리들의 시선에까지 미치고 있음을 알 수 있다.

설명이나 해설로 간단히 처리할 수 있는 경우에도 그는 구태여 이러한 묘사를 구사한다. 그 결과로 우리는, 작가가 무언가를 가르치려 든다는 생각을 갖는 대신 어떠한 인물이나 상황의 내밀한 데까지 엿본다는 느낌을 얻게 된다. 서술자가 규정적으로 말을 하면 밋밋하고 따분해질 것이 틀림없는 상황을 섬세한 묘사로 대체한 것인데, 바로 그만큼 작품이 재미있어지는 것은 물론이다.

이런 묘사는 인간의 언행과 심리에 대한 톨스토이의 오랜 관찰과 탐구에서 얻어진 것임에 틀림없을 텐데, 이러한 뜻에서 이를 '통찰적 묘사'라 할 수 있다. 통찰적 묘사법을 음미하게 되면 『전쟁과 평화』만큼 재미있는 소설이 없다는 것을 알게 된다(우리나라 소설을 들면 염상섭의 『삼대』 정도가 이런 깊이 있는 재미를 선사해 준다).

통찰적 묘사는 일반적인 현대소설에서 잘 보이지 않는다. 통찰이란 예리한 관찰력으로 대상의 본질을 꿰뚫어본 결과로서, 인간과 그의 삶이 온전히 파악될 수 있는 대상이라는 믿음 위에서 행해지는 것이기 때문이다. 따라서 인간을 끊임없는 탐구의 대상으로 놓는 우리 시대의 소설에서는 매우 드물고 사실상 불가능하다고 할 수 있다.

인간의 언행이 탐구해야 할 미지의 대상이 아니라 이미 알려진 것이라는 믿음은, 인간의 모든 것이 신의 뜻에 달려 있는 고대 그리스의 서사시나 비극의 세계 혹은 인간이 좇아 행해야 할 도리가 유교에 의해 마련되어 있는 우리나라 사대부의 문학 등에서나 일반적이었다. 이러한 믿음을 현대문학의 시기에 다시 펼쳐 보인 작가는 괴테나 톨스토이 정도밖에 없는 듯하다. 톨스토이의 통찰적 묘사는 인간 이성의 힘 곧 합리적인 해명 능력에 대한 신뢰에 바탕을 둔 것이다. 독일 고전철학을 우뚝 세운 헤겔처럼, 현실에 존재하는 것이라면 무엇이든 합리적으로 해명할 수 있다는 믿음을 갖고 그에 따라 인간을 관찰한 결과이다.

톨스토이가 합리성에 대해 이러한 신뢰를 가질 수 있었던 요인은 무엇일까. 괴테가 유럽 전역을 휩쓴 계몽주의를 이끌며 그것에 기댄 경우라면, 톨스토이는 러시아 사회의 정체성과 상류계급의 일상성이라는 두 가지 상황에서 그러한 믿음을 키웠다고 할 수 있다. 해서 그는 "인생의 모든 현상에 대해 적용할 수 있는 수많은 분류 방법 가운데에는 모든 사건을 내용별로 분류하는 방법과 형식에 따라 분류하는 방법이 있다" 하고는 "뻬쩨르부르그의 생활, 특히 객실의 생활은 후자에 속하는 것으로 이 생활은 영원불변한 것이었다"박형규 역, 『전쟁과 평화』 중권, 범우사, 1988, 428쪽라고 주장한다. 1805년 이래 나폴레옹과 협상도 하고 싸우기도 하며 정치 현실이 변해도, 뻬쩨르부르그 귀족들의 사교계에는 아무런 변화도 없었다는 것이다. 이렇게 상황이 변치 않으니 그 속의 인간 삶 또한 충분히 파악할 수 있다고 생각되었던 것이다.

톨스토이의 이러한 생각이 현재의 우리에게는 적용될 수 없음을 우리는 안다. 인간에 대한 그의 통찰 상당수가 우리들이 삶을 이해하는 데 필요한 지혜를 여전히 준다는 것은 분명하지만(이것이 고전의 힘이다), 톨스토이가 영원할 것처럼 생각했던 러시아 귀족의 사교계란 지나간 시대의 것일 뿐이기 때문이다.

그렇다고 해서 톨스토이가 이러한 역사성을 파악하지 못했다고 속단하면 안 된다. 『전쟁과 평화』를 위대한 작품으로 올려놓는 또 한 가지가 바로 나폴레옹 전쟁이라는 세계사적 사건에 대한 통찰과 해석이기 때문이다.

이 면에서 톨스토이는 당대 역사가들의 해석을 작품 속에 소개하며 직접 비판할 만큼 열정적인데, 다소 놀랍게도 그의 주장은 전쟁이라는 역사는 '알 수 없다'는 것에 가깝다. 러시아를 굴복시키려는 나폴레옹의 야망과 그에 저항하는 러시아의 의지는 명확하다 해도, 그 과정은 어느 것 하나 명확히 규정할 수 없다고 톨스토이는 주장한다. 작전 계획들이 있고 그에 따라 수시로 명령이 내려지고 한다 해도 실제 전장에서는 그 어떤 것도 의도대로 되지 않았음을 그는 확인한다. 해서 그는 "우리들이 검토하는 현상에 대해서는 원인이라는 관념이 적용되지 않는다"하권, 528쪽라고 결론을 맺는다.

위의 결론은 역사적 결정론에 대한 거부로서 의미를 갖는다. 더불어 톨스토이는 역사의 동력을 몇몇 영웅에게서가 아니라 민중에게서 찾는 탁월한 면모를 보인다. 그가 보기에, 영웅들이 역사의 변화를 낳는다는 생각은 '가장 약한 현상'을 '가장 강한 현상'의 원인이라고 잘못 생각하는 것이다.하권, 17쪽

그렇다고 톨스토이의 역사관이 역사의 법칙성을 전제하는 강팍한 이데올로기에 기대는 민중사관과 같은 것은 아니다. 톨스토이에게서 역사의 동력은, 당대의 보통 사람들 "다만 눈앞의 개인적인 관심에 따라서만 움직이고 있었던" '당시 사회에 있어서는 가장 무익한 존재'들에게서 찾아진다.하권, 175~176쪽 그들 보통 사람들의 의지가 역사라는 거대한 흐름을 낳는 바다이고 영웅이란 그 위를 떠다니는 작은 배에 불과하다고 그는 본다. 해서 톨스토이는 "오직 인간의 자유의지의 총화만이 혁명과 나폴레옹을 낳았고 그들 때문에 괴로워했고 그리고 그들을 멸망시켰던 것이다"하권, 17쪽라고 주장한다. 이러한 판단 위에서, 러시아 총사령관 꾸뚜조프가 전쟁의 큰 흐름을 따라가며 프랑스 군이 스스로 패망하게 하는 전략을 취했다고 긍정적으로 그리는 것이다.

이렇게 『전쟁과 평화』는 인간 삶의 두 가지 국면 각각에 대한 통찰을 바탕으로 하고 있다. 전쟁과 같은 역사적인 격랑의 흐름은 한두 가지 요인이 아니라 인간의 자유의지의 총화로만 해석할 수 있으며, 사람들의 생활이 반복되다시피 하는 평화로운 일상은 보

편성 차원에서 해석해 낼 수 있다는 판단이 그것이다. 이러한 바탕 위에서 『전쟁과 평화』는, 나폴레옹의 군대가 어쩔 수 없는 듯이 패망하는 모습을 별다른 해석 없이 긴 호흡으로 그리는 한편, 전쟁기에서조차 이어지는 면면한 인간의 행동과 심리를 통찰적 묘사로 해석해 내고 있다. 러시아에서의 전쟁과 평화를 통해 인간 사회의 격랑과 그 밑에서도 지속되는 일상사를 함께 보여 주는 것이다.

냉전 체제의 잔재로 남은 한반도에서의 군사적 긴장 상태가 크게 변화할 조짐을 보이는 현재, 『전쟁과 평화』는 실제적인 의미까지 지니고 우리에게 다가온다. 남북한과 미국의 지도자가 아니라 한반도 남북의 국민들 대다수가 원하는 모습으로 역사가 진전되리라는 것, 매일 매일의 일상을 영위하는 국민들이 따로 큰소리를 내지 않는다 해도 우리들 모두의 바람대로 한반도의 평화가 오리라는 것을 알 수 있게 해 준다. 이런 면에서는, 자신만이 역사에 대한 명확한 이해와 의지를 가진 것처럼 국민들 상당수가 바라는 것을 외면하고 왜곡하는 일부 언론들이 깊이 반성해야 한다. 국민들의 의지의 총화가 바다 위의 지푸라기처럼 그들을 무시하기 전에 말이다.

말을 잃은 자들의 이야기

콜슨 화이트헤드의 『언더그라운드 레일로드』

열여섯 혹은 열일곱쯤 되는 소녀가 목화밭을 걷고 있다. 그녀의 이름은 코라. 불룩한 참마 자루를 들고 있는 코라 곁에는 또래의 소년 시저가 있다. 그들은 키 큰 목화 줄기 사이로 움직인다. 마을 사람들은 모두 잠든 밤이다. 대농장의 목화밭을 절반쯤 지난 뒤에 불현듯 그들이 뛰기 시작한다. 불가능한 속도로 너무 빨리 달려 어지러움을 느끼지만, 목화밭을 지나 목초지를 가로질러 늪에 이르기까지 그들은 계속 달린다.

그들을 달리게 하는 것은 두려움이다. 곧 추적대가 올 것이며, 잡히게 되면 대농장으로 끌려가 온갖 고문 끝에 죽임을 당하게 되리라는 명백한 사실이 주는 두려움. 그들이 느끼는 두려움은 주관적인 망상이나 착각이 아니다. 아직 어린 나이지만 살아오는 내내 그들이 겪은 일들이 심어 준 두려움이다. 얼마 전만 해도 코라는, 농장주와 부딪쳐 그의 옷에 와인 한 방울이 튀게 했다는 이유로 무참히 얻어맞는 어린 체스터를 보호해 주려다가 자신이 매를 맞아 눈가가 터지기도 했다.

물론 이 정도는 약과였다. 그녀가 보아 온 일들에 비하면. 남자들이 나무에 매달려 독수리와 까마귀 밥이 되고, 여자들은 아홉 가닥 채찍에 살이 벌어져 뼈가 드러나도록 맞고, 산 사람과 죽은 사람의 몸이 장작더미 위에서 타들어 가고, 도망가지 못하게 발이 잘리고, 도둑질을 하지 못하게 손이 잘리는 것을 그녀는 보아 왔다.

그녀가 보지 못한 일들도 있다. 그녀 역시 열네 살 때 겁탈을 당했지만, 농장주가 연인들 사이를 침범하고, 때로는 부부간의 의무를 이행하는 적절한 방법을 남편에게 보여주기 위해 신혼 첫날 밤의 부부를 찾아가 신부를 '맛보고 생채기를 내고 제 흔적을 남기기도 한다는 것' 등을.

고대나 중세의 이야기가 아니다. 판타지도 아니고 SF도 아니다. 소녀와 소년이 지나온 대농장의 목화밭은 미국 조지아 주에 있다. 플로리다 북쪽에 붙은, 테네시와 노스캐롤라이나 사우스캐롤라이나의 남쪽에 있는 주다. 때는 1800년대 전반이다. "현상금 30달러. (…중략…) 위 소녀를 넘겨주거나, 위 소녀가 주 내 어느 감옥에 갇혀 있다는 정보를 제공하는 이에게 상기 현상금 지급. 누구든 위 소녀를 숨겨주는 것은 규정된 법률 위반임을 미리 경고함"과 같은 현상 수배가 합법적이던 시대다. 이러한 법이 소녀와 소년, 그리고 그 가족들, 마을 주민들에게 위에 말한 온갖 짓들을 해도 좋다고 규정했다. 그들은 노예, 미국의 흑인 노예다.

2016년에 출간되어 전미도서상을 수상하고, 2017년에는 퓰리처상과 앤드루카네기메달, 아서클라크상을 수상하였으며, 작가 콜슨 화이트헤드를 『타임』지가 선정하는 가장 영향력 있는 인물 100인에 올려 놓은 소설 『언더그라운드 레일로드』황근하 역, 은행나무, 2017가 증언하는 이야기다.

2016년의 소설이 흑인 노예 문제를 다루었다니, 어찌 보면, 뜬금없는 정도가 아니라 시대착오적이라 할 만하다. 이런 소설이 미국 전역에서 열렬한 호응을 받았다는 사실도 언뜻 이해가 안 된다. 1865년 수정헌법을 통해 노예 해방이 공식화되고 150여 년이나 지난 시점에, 흑인 노예 문제를 다룬 소설이 나오고 그 소설에 미국 사회가 위와 같은 반응을 보였다는 사실, 이러한 사실이 의미하는 것은 뭘까 생각해 본다.

『언더그라운드 레일로드』는 건조한 소설이다. 소설이 맞나 싶을 만큼 그렇다. 등장인물들을 그리는 데 있어서 감정이 전혀 개입하지 않는 것처럼 느껴진다. 냉정하다는 것은 아니다. 인물을 제시하고 그들이 빚는 사건을 보여 주는 데 있어서 아무런 감정도 없이 실제 자체를 말한다는 느낌을 준다는 뜻이다. 이게 어느 정도냐 하면, 퓰리처 수상작이라니 논픽션인가 하고 생각될 정도다. 작품 제목에도 쓰인 지하철도가 도망 노예를 탈출시키기 위해 만들어진 실제 철도였나 보다 생각이 들 정도다. 흑인 노예를 구출해 주려는 사람들의 점조직을 그렇게 불렀을 뿐, 지하에 터널을 파고 레일을 깔아 실제로 기차를 움직였던 것은 아니란다. 역자 황근하의 이러한 지적이 없다면, 그 넓은 미 대륙의 지하에 흑인 노예를 위한 철도 시스템이 갖춰졌다고 착각할 만큼 이 소설은 실제감을 준다.

이러한 처리, 작가 스스로 그리고 서술자의 서술에 있어서 아무런 감정도 내비치지 않는 이러한 서술 방식을 택한 이유는 어렵지 않게 짐작된다. 『언더그라운드 레일로드』의 스토리 자체가, 이 소설에서 드러나는 사건들 자체가 너무도 끔찍하기 때문이다. 이 끔찍함에 공명하기 시작하면 대단한 휴머니스트가 아니어도 목소리를 높이지 않을 도리가 없고, 노예를 쓰는 농장주들이나 노예 상인들, 노예 사냥꾼들, 순찰대 등을 그리는 데 있어서 비판과 분노를 억누를 수 없게 될 것이다. 그렇게 되면 결과는 뻔하다. 밋밋하면 인간 극장식의 감정 드라마가 될 것이고, 목소리에 힘을 주면 교설적인 계몽문학 혹은 지나간 역사를 들춰 비판을 해대는 깊이 없는 고발문학 정도가 될 것이다.

만약 그랬다면 서술되는 사건이 서술 행위에 가려져 빛을 잃었을 것이다. 흑인 노예들이 겪었던 끔찍한 참상을 그대로 전하기 위해, 그 참상의 끔찍함을 끔찍하게 느껴지게 하기 위해, 작가는 서술자에게 아무런 감정도 내비치지 않게 하고 있다. 해서 『언더그라운드 레일로드』는 논픽션처럼 보일 만큼 건조한 소설이 되었다.

이 소설이 미국의 평단과 출판계, 독서 시장에서 호평을 받은 데는 작품이 성취해 낸 이러한 특성이 주효하게 작용했을 것이다.

물론 이것이 다는 아니다. 흑인 노예들의 상황과 그들을 다루는 미국 사회 제도의 역사에 대한 작가의 폭넓고 치밀한 취재 또한 빼놓을 수 없다. 정부 소유인 흑인들을 교육시키고 자유롭게 살아갈 수 있게 해 주되 실제로는 공중 보건 프로그램을 통해서 인종적인 관리를 시행했던 사우스캐롤라이나의 상황이나, 흑인 노예에 대한 주 정책이 바뀐 뒤 기마단원들이 사람들의 집을 무차별적으로 수색하여 숨어 있던 흑인 노예를 찾으면 공개 처형하고 그들의 시체를 길가에 죽 걸어놓고는 '자유의 길'이라 부르는 등 사회 공동체 자체가 전체주의적인 소굴로 변해 가는 노스캐롤라이나의 상황 등을 제시해 주는 것이 그러한 탐구의 결실이다. 흑인 노예 제도를 가능케 했던 조직원들과 그러한 상황에 맞서 도망 노예를 돕고자 했던 지하철도 조직원들을 생생하게 복원한 것 또한 작가의 연구 결과다.

『언더그라운드 레일로드』는 이렇게 역사에 대한 탐구를 내용상의 기초로 하고 감정을 배제한 건조한 서술을 형식상의 방법으로 하여, 흑인 노예의 상황을 리얼하게 복원해 준다.

복원이라 했지만 콜슨 화이트헤드가 이뤄낸 것은 인류학적인 혹은 박물지적인 기록과는 거리가 멀다. 체념 상태로 상황을 받아들이던 한 흑인 노예 소녀가 목숨을 건 탈출을 감행하고, 불안정하게나마 주어진 자유 상태에 만족을 느끼며 글을 배워 세상을 읽기 시작하고, 재차 쫓겨 숨어 지내다 끝내 잡히고, 구출되어 잠시 행복한 공동체를 누리지만 그것이 폭력으로 해체되면서 또 쫓기고 하는 말 그대로 파란만장한 역정이 뼈대를 이루는 까닭이다. 건조한 논픽션처럼 보여도 『언더그라운드 레일로드』는 소설이며 주인공 코라의 삶을 통해 주제효과를 보인다.

이 소설이 보여 주는 코라의 삶은 신분은 노예이되 정신은 노예로부터 벗어나는 과정에 해당한다. 탈출 권유를 받던 소녀 시절에 이미 '머리로 생각이라는 것을 할 때 무슨 일이 벌어지는지'59쪽를 알고 있던 그녀지만 상황을 비판적으로 보고 말을 할 수는 없었다. 그랬던 코라가 글을 배우고 위에 밝힌 역경을 겪으면서 슬슬 제 목소리를 내게 된다. 그녀를 끊임없이 쫓던 노예 사냥꾼 리지웨이에게 끝내 붙잡혔을 때 "계속 이유 타령이네요. 다르게 부르면 달라지는 줄 아는지. 하지만 그런다고 사실이 되지는 않아요"248쪽라고 당차게 진실을 말할 수 있게까지 되는 것이다.

이 소설의 핵심 주제가 여기에 있다. 말을 할 수 없었던 존재가 말을 하게 되는 이러한 변화. 사회 내에 인간으로서의 자리를 얻지 못했던 존재가 말을 함으로써 자신 또한 인간임을 주장하게 되는 것. 이것을 극명하게 보여 줌으로써 『언더그라운드 레일로드』는 단순한 흑인 노예소설을 넘어서게 된다.

이 소설이 2017년 미국에서 뜨거운 호응을 받게 된 이유도 여기에 있다. 흑인 노예는 아님에도 불구하고 그들과 마찬가지로 '말을 잃은 자들'은 현대 사회 도처에 산재하는 까닭이다. 제 목소리를 낼 수 없는 이들, 말을 한다 해도 뉴스에 나오지 않는 이들, 자신의 처지와 상황, 주장을 사회적 언어로 부각할 힘이 없는 그런 취약계층들, 억눌린 자들, 소외된 자들, 하위주체들 곧 서발턴subaltern 말이다.

2019년 현재 우리 사회 밖으로 내몰린 사람들의 존재는 조문영이 엮은 다양한 인터뷰의 기록 『우리는 가난을 어떻게 외면해 왔는가』21세기북스, 2019에서도 확인되는데, 이 책을 통해 사회 일각에 목소리를 내는 홈리스, 철거민, 복지수급자, 장애인, 노점상, 쪽방촌 거주자 등 모두가 '말을 잃은 자들'이라는 점에서 코라의 후손이라 할 만하다. 이들에 대한 우리의 관심이 증대되고 그들의 목소리에 우리가 귀를 기울이게 되면, 『언더그라운드 레일로드』가 우리나라에서도 널리 사랑받게 될 것 같다. 반대여도 좋다. 이 소설이 널리 읽히면서, 우리 사회에 있는 코라의 후손들에 대한 관심이 증대되어도 좋겠다는 말이다.

품위 있는 직업인, 품위 있는 인간

가즈오 이시구로의 『남아 있는 나날』

일본 출신 영국인 소설가로 2017년 노벨문학상을 받은 가즈오 이시구로의 『남아 있는 나날』송은경 역, 민음사, 2009은 멋진 작품이다. 다 읽은 뒤 책을 덮고 그 의미를 음미하며 우리 자신을 돌아보게 해 준다.

이 소설의 대부분은 영국 대저택의 집사인 주인공 스티븐스의 회상과 독백으로 이루어져 있다. '품위 있는 집사'의 면모나 자격에 대한 그의 장광설은 자신의 직업에 긍지를 갖고 최선을 다하는 인물의 삶을 보여 준다. 장광설로 표현되지만 과장은 아니다. 부친의 임종도 지키지 못하고 자신에 대한 이성의 사랑을 의식하지도 못할 정도로, 한평생에 걸쳐 자기 직무를 완전무결하게 해 내는 데 최선을 다해 왔기 때문이다.

스티븐스의 이러한 삶은 두 가지 동인을 갖는다. 자신이 평생을 모셨던 '훌륭한 신사'인 달링턴 경에 대한 충성이 외적인 요인이라면, 품위를 갖춘 위대한 집사가 되려는 욕망이 내적인 요인이다. 이 두 가지가 결합된 상태에서 그는, 달링턴 경은 인생의 막판에 실수를 범하긴 했어도 여전히 훌륭한 신사이며, 그와 더불어 자신이 보낸 시기야말로 위대한 집사로서 누린 인생의 전성기였다는 사실을 강조한다.

『남아 있는 나날』이 큰 울림을 주는 것은, 주인공 스티븐스의 주장과는 달리 그의 행적과 생각이 대단히 문제적이기 때문이다. 이러한 사실은 과거의 에피소드와 현재의 여정에서 확인된다.

주인공의 회상을 따라가다 보면 우리는, 달링턴 경이 인류의 평화를 위해서 취했던 노력들이란 것이 나치주의적인 행위였음을 알게 된다. 물론 스티븐스는 이러한 생각을 근거 없는 비난이라고 부정하지만, 그러한 부정 자체가 또 다른 회상에 의해 부정되고 있다.

총무 켄턴 양과의 업무관계에 대한 회상 속에서 드러나는 그녀와의 갈등 곧 달링턴 경의 명령대로 유태인 하녀 둘을 해고하면서 생겼던 갈등이 진실을 알려 준다. 스티븐스가 맹목적으로 충성을 바친 달링턴 경이 히틀러 추종자였다는 사실은, 스티븐스가 새로운 주인인 패러데이와 나누는 몇 차례 대화나 여행 중에 만나게 되는 인물들과의 대화 장면에서, 그가 말을 멈추거나 자리를 피하는 것을 통해서도 간접적으로 확인된다.

요컨대 주인공 스티븐스는 자신이 모셨던 달링턴 경이 평화를 위해 노력한 훌륭한 신사라는 생각을 신념처럼 갖고, 그를 위해 한평생을 바친 자신의 삶 또한 바로 그를 모셨다는 사실로 해서 매우 의미 있는 것이었다는 주장을 계속한다. 그럼에도 불구하고 우리는 달링턴이 나치주의자였다는 사실과 스티븐스야말로 스스로를 자신의 업무 범위 안에 가두고 그 이상의 일은 전혀 관여할 바가 아니라는 생각으로 똘똘 뭉친 맹목적인 인간이라는 진실을 알게 된다.

이렇게, 주인공 자신은 모르는 채로 진실이 밝혀지는 이러한 극적 아이러니가 잘 구현되어 있다는 점이야말로 『남아 있는 나날』이 소설로서 이룩한 미학적인 장점이다. 물론 이 작품의 의의는 형식적인 데 그치지 않는다.

자신에게 주어지는 과제를 잘 해결해 내는 것만을 유일한 목적으로 삼아온 스티븐스의 삶은 도구적 합리성에 빠져 있는 기능인의 전형에 해당한다. 자신이 받은 명령의 정당성은 따져볼 생각조차 하지 않은 채 그것을 가장 잘 수행할 수 있는 방법만 찾는 정신이 도구적 합리성이다. 그러한 합리성의 실현이 악을 행하는 것이라 해도, 스스로를 정당화하며 묵묵히 일을 해내는 것이 기능인이다.

로봇과도 같은 스티븐스의 이러한 모습을 여실하게 그렸다는 데서 이 소설은, 600만의 유태인을 학살한 실무 책임자였으면서 명령을 따랐을 뿐이라고 강변한 아이히만을 통해 '악의 평범성'을 밝힌 한나 아렌트의 『예루살렘의 아이히만』의 문학적 버전이라 할 만한 의의를 갖는다. 소설 뒷부분에 이르기까지는 주인공의 주장에 공감하게 된다는 점에서 『남아 있는 나날』은, 우리 안의 아이히만을 발견하는 놀라움과, '품위 있는 직업인'이 아니라 '품위 있는 인간'이 되어야 한다는 깨달음까지 선사한다.

사람이 살 만한 사회의 언어를 찾아서

하인리히 뵐의 『카타리나 블룸의 잃어버린 명예』

27세 여성 카타리나 블룸이 신문기자 퇴트게스를 총으로 쏴 살해한다. 인터뷰 약속으로 그녀 집을 찾아온 퇴트게스가 죽기 직전 뱉은 말은 '나의 귀여운 블룸 양, 우리 일단 섹스나 한탕 하는 게 어떨까?'였지만, 성희롱이나 성폭력 때문에 그녀가 총을 쏜 것은 아니다. 그보다 더한 일, 그녀의 삶을 완전히 파멸시킨 거짓 기사를 계속 써 댔기 때문이다. 1974년 2월 24일 독일에서 벌어진 일이다.

실제 사건은 아니다. 1972년 노벨문학상 수상자인 독일소설가 하인리히 뵐의 1974년 발표작 『카타리나 블룸의 잃어버린 명예』 김연수 역, 민음사, 2008 이야기다. 작품 속에서 작가 자신이 '이야기의 옷을 입은 팸플릿' 147쪽이지 소설은 아니라고 하지만, 뵐이 만들어 낸 허구적인 서사문학 곧 소설이다. 물론 뵐의 문학 세계 일반이 그런 것처럼 이 소설 또한, 전후의 폐허를 딛고 일어서며 여러 가지 사회문제를 겪고 있던 당대 독일 사회의 실제 문제와 긴밀하게 관련되어 있다. 역자 김연수가 설명해 주는 대로 1970년대 독일 사회 전체를 뜨겁게 달구었던 테러리즘과 언론의 폭력에 대한 논쟁에

닿아 있는 것이다.158쪽

카타리나 블룸은 상류층 집안의 가정부로 일하면서 리셉션, 파티, 단체 모임 등의 프리랜서 관리인을 겸하는 독신 여성이다. 어려운 가정환경을 겪었고 한 차례 결혼한 적이 있는데, 휴가를 가 본 적도 춤을 춰 본 적도 기억할 수 없을 정도로 열심히 일하며 사람들의 인정을 받아 최근에 아파트를 마련하고 차를 소유한 것을 제외하고는, 극도의 근검절약을 실천하며 살고 있다. 여성 카니발을 맞아 주어진 휴가 기간에 먼 친척의 집에서 열리는 댄스파티에 모처럼 참석했다가 루트비히 괴텐이라는 남자와 사랑에 빠져 평온했던 일상을 잃게 된다. 그녀가 줄곧 함께 춤을 추고 자기 집으로 데려왔다가 몰래 빠져나가게 해 준 괴텐이 은행강도 및 살인사건 용의자로서 줄곧 경찰의 감시하에 있던 인물이어서 경찰의 심문을 받게 되고, 그 내용이 왜곡, 과장되며 신문 일면을 장식하게 된 까닭이다.

신문기사에서 그녀는 살인범의 약혼자이며 빨갱이 조직의 일원이고 가족을 돌보지 않는 패륜적 인간이 되어, 같은 아파트 주민들을 포함하여 불특정 사람들의 희롱과 냉대, 협박을 받는다. 문제는, 신문이 써 댄 이야기 모두가 실제가 아니라는 사실이다. 하지만 사태는 악화일로를 걷는다. 자신에게 추근대던 상류층 인사의 명예를 생각해서 입을 다무는 태도가 그녀에게 불리한 상황을 조장해 가고, 신문기자는 더더욱 사태를 과장하여 그녀를 악녀로 만들고 암 수술 직후였던 그녀의 모친이 사망에 이르게까지 한다. 이러한 사태 전개 속에서 자신이 완전히 파멸된 것을 확인한 카타리나 블룸이, 인터뷰 요청을 해 온 기자를 만나 총을 쏜 것이다.

이상이 여주인공의 스토리이지만 이 소설의 주제 효과는 이에 그치지 않는다. 두 가지를 지적할 만하다. 작가-서술자가 '일종의 배수 혹은 물 빼기 작업'이라고 명명한 대로11쪽 사태의 전말과 진실을 제대로 밝히기 위해 조심스럽게 다각도로 진행하는 서술 방식 자체가 의미를 갖는다. 진실의 규명은 단정으로 이루어질 수 없다는 생각이 그것이다. 이러한 방식이 작품 속 언론사의 행태와 극명하게 대조되면서 얻게 되는 부수적이지만 강력한 의미 효과도 여기에 더해진다. 부연이 필요할까. 신문이란 거짓말투성이란 고발 말이다.

또 한편으로는, 작가의 관심이 사람 사이의 언행이 가하는 폭력에 집중되면서 생기는 효과다. 『차이퉁』이라는 작품 속 가상의 신문과 달리 작가는 피가 튀는 식의 선정적이고 폭력적인 내용은 삼간 채 그에 못지않게 폭력적인 미시적인 대화 상황에 세심한 눈길을 준다. 여러 차례의 심문에서 수사과장이 던지는 무례하고 부주의한 말들이 블룸의 입을 다물게 하는 맥락을 섬세하게 짚는 것이 대표적이다. 더불어, 지인들의 명예를 존중하고 자신의 사생활이 침해되지 않도록 입을 다무는 블룸이 바로 그러한 행동으로 심문 과정에서 불이익을 당하게 되는 상황을 묘파하는 것도 주의할 만하다. 이러한 점은, 작품 말미에 달린 '10년 후—하인리히 뵐의 후기'에서 밝힌 바 "언젠가 한때 휴머니즘의 교양을 갖춘 적이 있었던 서양 사회"147쪽를 환기하면서, 언론과 권력의 횡포가 그것을 어떻게 짓밟아 버렸는지를 폭로하는 효과를 낳는다.

물론 이 소설의 중심 주제는 선명하다. '어느 젊은 여자가 댄스파티에 갔었는데, 나흘 후에 그녀는 살인자가 된다. 잘 들여다보면 그것은 신문 보도 때문이었다'136쪽라는 진단이 명확히 드러내듯, 이념과 선정성을 앞세운 언론의 사실 왜곡이 한 인간을 어떻게 파멸시키는가에 대한 고발이다. 언론에 대한 비판이 '후기'에서는 더욱 명료하게 천명된다. "『차이퉁』은 그들 자신들의 범죄 행위만 좋아하고, 맘에 들지 않거나 분명하지 않은 사실은 모조리 조작한다. 심지어 조작되지 않은 사실조차 그 신문에서는 거짓말로 보이게 되어 완전히 거짓으로 흡수된다. 간단히 말해, 그 신문은 진실을 '진실에 맞게' 재연해도 진실을 더럽힌다. (…중략…) 수천 번 거짓말한 사람이 설사 한 번 진실을 말한다고 해도 나는 그를 신뢰하지 못한다."148쪽

하인리히 뵐의 이러한 태도가 지나친 것일까. 적어도 오늘 우리의 현실에는 맞지 않는 저 먼 나라의 과거지사일까. 유감스럽게도 그렇지 않은 것 같다. 우리나라의 신문들에 '아니면 말고' 식의 기사가 얼마나 많았으며 그에 반해 잘못된 기사에 대한 정정보도는 얼마나 적고 무성의했던가. 종이신문 외에 인터넷 판까지 만들면서 신문의 신뢰도가 한층 더 추락한 지 제법 오래되었는데, 이

러한 사태 악화가 비단 경영상의 문제 때문은 아니라 생각된다. 자신만이 옳다는 이데올로기적인 맹목에 갇혀서 '제4의 권력'을 마구 휘두르는 무책임성이 주된 요인일 터이다. 이런 면에서 보면, "아무리 막강한 절대 권력도 그들만큼 항상 권력을 마구 휘두르지는 않는다"152쪽라는 하인리히 뵐의 지적이 우리 사회에서 여전히 유효하다고 하지 않을 수 없겠다.

다시 역자에 따를 때, 뵐은 전후 독일문학의 중요한 과제로 '사람이 살 만한 나라에서 사람이 살 만한 언어를 찾는 일'을 들었다 한다. "보통 사람들이 살 만한 공간에서 서로 의사소통을 하면서 신뢰할 수 있는 이웃을 발견할 수 있도록 언어를 회복하는 작업, 즉 '언어 찾기'가 동시대 문학의 중요한 과제라고 보았던 것"156~157쪽이다. 우리 시대의 문학이 그러한 역할을 얼마나 하는지 이 자리에서 따질 여력은 없지만, 문학의 그러한 역할이 우리 사회에서 절실히 요청된다는 사실만큼은 분명하다. 대한민국의 역사 내내 우리나라의 신문들이 공론장의 언어를 매우 심각하게 훼손해 온 사실, 정치적인 지향이 다른 인물들을 집중적으로 파헤쳐 위험 분자로 만들어 온 행태, 언어의 윤리를 전혀 생각지 않는 한심한 기자들을 앞세워 무력한 개인들의 인권을 유린해 온 선정적인 보도 방식 등을 생각하면, 달리 판단할 여지가 없다. 신문들의 이러한 행태가 공론장 전체에 퍼진 상황을 생각하면, '언어 찾기'가 절실해진 사태에 대한 신문의 책임이 더욱 선명해진다.

'파탄 사회'의 위험을 탐사하는 소설의 힘

조정래의 『천년의 질문』

이야기의 힘을 새삼 보여주는 소설이 나왔다. 1,200쪽에 육박하는 조정래의 『천년의 질문』해냄, 2019이 그것이다. 이 작품의 제목이 가리키는 것은 무엇인가. '돈이 행사하는 위력을 어떻게 제어할 것인가'라 하겠다. 돈의 위력은 작가가 인용해 둔 사마천의 다음 말에서 자명하다. "자기보다 10배 부자면 헐뜯지만 100배 부자면 두려워하고, 1,000배 부자면 고용당하며, 10,000배 부자면 노예가 된다."1권 275쪽 이러한 사정이 우리 사회에 그대로 전개된다는 것이 작가의 진단이며, 그 문제적인 양상을 폭로하고 대안을 모색해 본 결과가 바로 소설 『천년의 질문』이다.

이 작품의 초점은 재벌에 놓여 있다. 보통 사람들보다 10,000배 이상 부자여서 우리를 마음대로 부리는 재벌의 횡포를 다각도로 보여 주는 것이 작가의 의도이다. 다각도로 보여 준다는 것은, 재벌이 국회의원이나 정부의 고위 공무원, 법조인, 언론계 인사 등과 어떠한 커넥션을 맺고 있으며 그들을 어떻게 주무르는지를 그려 낸다는 말이다.

조정래가 비판적으로 제기하는 문제는 실로 전방위적이다. 짧은 지면에 일일이 소개하는 것은 무리지만, 이 작품이 얼마나 폭넓게 권력층의 문제를 다루는지 알려 주기 위해 다소 장황하지만 주요 사항들을 열거해 본다.

먼저 재벌에 대해서. 비자금 조성과 그룹 내 일감 몰아주기 및 막대한 사내유보금 축적, 문화 사업을 통한 부의 세습 및 세금 회피, 재벌 가문의 갑질과 윤리적 타락, 광고를 통한 평상시의 언론 길들이기 및 긴급할 때의 언론 통제, 떡값을 통한 권력 기관 조종……. 현란하다 할 만큼 많다.

입법·사법·행정부의 경우라고 다르지 않다. 이들 모두에 해당되는 특수활동비, 공무원들의 무사안일주의와 국민 비하, 고위 공무원의 낙하산 인사, 국회의원들의 각종 세금 탕진 행위들과 온갖 특권 그리고 무능과 태만, 부당한 인사 청탁, 뇌물 및 향응 수수, '유전무죄 무전유죄'를 조장하는 사법부의 전관예우와 국민의 법 감정을 무시한 저질 판단, 로펌들의 '법 장사치' 노릇, 검사동일체 원칙과 상명하복에 강박된 검찰 조직의 정의롭지 못한 권력 행사, 그리고 여기에 더해, 이상의 기관과 결탁하여 여론을 조작하는 언론 등등이 『천년의 질문』의 비판 대상이 된다.

조정래가 비판과 반성의 눈길을 주는 것은 이들 5대 권력에 한정되지 않는다. 환경 문제와 경제민주화의 지연, 기업과 대학의 비정규직 문제, '스마트폰 쓰나미' 현상, 성매매, 마약 유통, 장애인

성폭행, 기득권 계층의 공감의식 결여 등 온갖 사회문제들 또한 망라된다.

우리들 자신에 대한 반성도 빠지지 않는다. 권력 기관의 부정 및 불법과 관련해서는, 권력을 감시하는 일에 태만한 '국민으로서의 직무 유기'가 반성적으로 제시된다. 촛불혁명을 이루었지만 민주주의의 일상화를 이루지는 못한 국민의 책임이 절반이라는 것이다. 이러한 인식은 "정치에 무관심한 것은 자기 인생에 무책임한 것"이라는 표어로 여러 차례 반복된다. 윤리적인 면에서는, 부처가 가르친 '삼독'을 생각하지 못하는 잘못 곧 '욕심 부리지 말고, 화내지 말고, 어리석음을 범하지 말라'는 탐진치貪瞋癡의 가르침1권272쪽을 깨닫지 못하는 허물이 반성된다.

물론 『천년의 질문』은 비판과 반성 일색이지도 않고 부정적인 인물들의 고발에 그치지도 않는다. 위에 열거한 숱한 문제들에도 불구하고 우리 사회가 희망을 갖고 있다는 생각이 조정래에게는 확고하다. 이는 세 가지로 드러난다.

첫째는 참여연대나 '민주 사회를 위한 변호사 모임민변' 등 여러 시민단체 및 종교계의 업적을 기리는 것이다. 둘째는 작품 내외에 걸친 긍정적인 인물들의 활약을 보여 주는 것이다. 김대중 정부에서 보건복지가족부 장관을 지냈던 이태복의 '5대 거품 빼기 운동' 곧 기름 값, 통신비, 카드 수수료, 약값, 은행 이자 인하를 목표로 한 시민 운동의 경과와 실패를 상세히 밝힌 것이 대표적이다.[3]

권271~313쪽 작중 인물로는 심층 추적 기사를 써 내는 주인공 장우진과 그와 함께 새로운 시민단체를 꾸리는 데 협력하는 인물들을 들 수 있다. 셋째는 이들이 기획하는 새로운 시민단체의 구상이다. 1,000만 명이 1,000원씩 후원하여 100개의 시민단체를 만드는 '너와 나 나라 사랑하는 모임' 곧 '너나"사모' 운동을 통해, '뭉쳐서 외치는 시민의 힘'3권321쪽을 바탕으로 "시민단체의 전 국민화, 시민활동의 일상화, 시민 요구의 정치화"3권325쪽를 제시한다.

더 나아가 작가는 한국 사회의 제반 문제에 대해 구체적인 대안들을 제시한다. 우리 사회의 가장 중요하고 시급한 문제가 재벌 개혁을 핵심으로 하는 경제민주화라고 지적한 뒤, 그 근본적인 해결책으로 '비용이 안 드는 핸드폰 선거'를 제안한다.2권286, 3권358~359쪽 그 외의 문제들에 대해서도 구체적인 대안을 제시하는데, 여기서는 국회의 개혁에 대해서만 소개한다. 작가가 바라는 것은 봉사 정신으로 무장한 스웨덴식 국회인데,3권204~13쪽 전 국민적인 시민단체를 결성하여 그러한 제안을 한 후 이에 동의하지 않는 국회의원에 대해 낙선 운동을 전개하자는 것이다.

한 편의 소설을 통해서 현재 한국 사회의 온갖 문제들을 제기하고 각각의 대안까지 제시한 데 대해서는 여러 생각이 있을 수 있다. 한편으로는, 현 사회를 비판적으로 보는 입장을 지나치게 앞세운 것은 아닌가, 사회 상태의 복잡다단한 측면을 과감하게 단순화한 것은 아닌가 하는 비판이 있을 수 있다. 다른 한편으로는, 사회문제의 제시라는 목적의식이 앞서서 문학적 향취는 찾을 수 없는 거친 작품이 된 것은 아닌가 하는 의심이 가능하다.

먼저 뒤의 의심에 대해 '아니오'라는 답을 명확히 한다. 주요 인물인 김태범과 장우진 각각의 풍성한 스토리와, 윤현기와 고석민, 장우진의 관계, 최민혜와 황원준의 사랑 이야기, '너나"사모' 운동을 준비하는 인물들의 공동체적인 성격 등이 작품의 주된 줄기 역할을 하면서, 인간 삶의 양태와 심리에 대한 깊이 있는 성찰을 담고 있는 까닭이다. 김태범와 임예지, 안서림의 스토리를 종결짓지 않는 방식으로 남겨 두는 기법 또한 독자의 참여를 이끌면서 작품의 여운을 강화한다. 이러한 특성들에 의해, 일찍이 『태백산맥』이 보여 주었던 소설적 흡인력이 『천년의 질문』에서도 확연하다. 문학적인(?) 성취에 기대지 않더라도 답은 동일하다. 사회문제의 탐구야말로 현대 장편소설이 해 온 주된 역할이기 때문이다. 『천년의 질문』이 수행해 낸 이러한 역할은, 근래 나오는 우리나라의 소설들 대부분이 개개인의 시야에서 작고 소소한 이야기를 주로 다루어 온 상황이기에 더욱 주목된다.

이 소설을 쓰는 조정래의 시각이 편협한 것은 아닌가 하는 비판에 대해서도 답을 해 두자. 이는 작가의 근본적인 문제의식을 확인하는 것으로 충분하다. 오랜 정경 유착의 결과 대한민국 사회의 안정이 심각하게 파괴되었다는 것이 그의 문제의식이다. 경제개발계획이 시작된 지 60년이 지나도록 역대 정권들 모두가 '경쟁력 있는 기업의 육성'과 '분배보다 축적이 필요한 때'라는 말만 반복하며 일방적으로 기업을 편든 결과, "30대 기업이 가지고 있는 사내유보금이 900조가 넘는데, 그들 기업의 비정규직이 평균 42퍼센트"3권 360쪽인 상황, 상위 10퍼센트의 소득이 전체의 49.19퍼센트1권 390쪽를 차지하는 상황이 전개되었다. 조정래에게 이러한 상황은, 한국 사회가 '위기 사회'로 치달아가고 있으며 '몰락 사회', '파탄 사회'의 위험에 직면한 것으로 해석된다.2권 284~285쪽

노동 인구 열 명 중 네 명이 미래를 계획하기 어려운 상황에 처해 있는 사회란 그 안녕을 보장하기 어렵다는 이러한 문제의식에 나는 전적으로 동의한다. 우리 주변의 뉴스들이 위기의 징후를 매일 같이 보여 주지 않는가. 이러한 상황에 눈을 감지 않는다면, 『천년의 질문』에 대한 다른 맥락에서의 딴지걸기란 그야말로 한가한 노름일 수밖에 없다. 그러한 것들을 앞세우지 말고, 우리가 살고 있는 현재를 성찰하게 하는 이 소설의 힘을 주목해야 한다. 『천년의 질문』의 사회 성찰이야말로, 실제를 돌아보게 하는 이야기의 참된 기능, 현대 사회의 탐구라는 장편소설의 주된 역할을 새삼 입증하는 것이기 때문이기도 하다.

고난의 역사와 비루한 삶을 바라보는 새로운 시선

홍준성의 『열등의 계보』

스물다섯 살의 철학과 대학생이 한국현대사 100여 년을 배경으로 제3회 한경 청년신춘문예 당선작을 썼다. 2015년의 일이고 작가는 홍준성, 소설의 제목은 『열등의 계보』다. 제목이 알려주듯이 그 내용은 내세울 것 없는 자들의 이야기다. 작품 구절을 인용하자면 '따까리 인생'에 대한 기록이자 인생무상의 이야기이며, 좀 더 구체적으로는 "어떻게든 그 무언가가 되고자 했던 따까리 인생들의 몸부림과, 그들을 휘감던 역사와, 내 것 아닌 수많은 욕망들"333쪽의 이야기이다. 이렇게 소개하면 작품이 대단히 무겁고 암울하리라고 생각할 수밖에 없는데 사실은 정반대다. 서술자, 작가의 입담 덕으로 이 소설은 매우 재미있게 읽힌다.

이른바 삼류 인생의 이야기를 재미있게 풀어내는 이러한 소설은 우리 소설사에서 매우 드물다. 일단 '따까리 인생'이 주인공으로 등장하는 작품 자체가 많지 않다. 하층민의 삶을 폭로하는 목적을 가진 사회소설로 분류할 만한 단편들을 빼면, 보잘것없는 인생을 사는 인물이 장편소설의 긴 서사를 끌어가는 경우는 매우 드물다. 이렇게 드문 주인공을 내세우면서 재미있게 읽힌다는 조건까지 충족시키는 경우는 거의 없다. 근래의 작품으로는 은희경의 『마이너리그』2001와 박민규의 『삼미슈퍼스타즈의 마지막 팬클럽』2003, 장강명의 『한국이 싫어서』2015 정도가 여기 해당된다.

삼류 인생을 다룬 재미있는 소설이 드문 데는 두 가지 이유가 있다. 하나는 일반적인 이유이고 다른 하나는 구체적인 것이다.

일반적으로 문학작품이란 내용과 형식이 함께 어울리게 마련이어서, 암울한 이야기라면 무겁고 어두운 분위기를 띠고 밝고 명랑한 내용이라면 경쾌한 호흡을 보인다. 이런 것을 뒤집는 장편소설은 풍자문학이나 남미의 마술적 리얼리즘이 아니면 찾기 어렵다. 반대로, 밝고 재미있는 이야기를 무겁고 어둡게 전개하는 경우는 원리적으로 상상하기조차 어려울 정도다.

한편 보잘것없는 주인공을 재미있게 다룬 장편소설이 드물다는 사실의 구체적인 이유는 한국문학사의 특징에서 찾아진다. 이제 백 년이 넘어가는 한국 현대소설의 주된 흐름은 사회 현실을 반영하는 리얼리즘이다. 이러한 리얼리즘문학이 사회문제를 조명하고 해결책을 모색하는 통로로 기능해 온 탓에, 우리나라의 현대문학은 한국현대사와 마찬가지로 암울하고 진지하며 엄숙하다.

이러한 사실을 생각하면, 삼류 인생을 재미있게 다룬 장편소설의 등장은, 우리 시대의 감수성 혹은 문화의 지형이 바뀌고 있다는 의미 있는 신호라고 할 만하다. 『열등의 계보』를 주목해 봐야 할 이유의 하나가 여기에 있다.

이 소설의 주인공은 김무, 김성진, 김철호, 김유진으로 이어지는 네 세대이다. 김무의 부친이 토지조사사업으로 토지를 잃은 데 항의하다 수감과 폭행을 당하고 화병으로 사망한 이야기까지 보태면 다섯 세대 130년 가까운 시대의 이야기라고 할 수 있다. 김무는 기울어진 집안 형편 때문에 1933년에 하와이의 사탕수수 노동자로 조국을 떠나 우여곡절이 많은 삶을 살다 사람을 죽이고 자살한다. 하와이에서 태어나 해방과 더불어 귀국한 김성진은 이승만 계열의 깡패 조직인 부산애국청년회에 들어갔다 도주하고, 군인으로 한국전쟁의 전장을 누비다 불구자가 되어 양공주의 딸인 영화와의 사이에 철호를 얻고는 가출하여 행방불명이 된다. 김철호는 어머니가 사채업자에게 몰려 몸을 팔다 자살한 이후 철거 용역 업체를 운영하는 두한의 밑에서 깡패로 지내다 살인을 하고 그 대가로 잠시의 평온을 누리다 IMF 때 재산을 날리고 끝내 자신도 살해되고 만다. 철호와 미나의 딸인 유진은 외할아버지 밑에서 커서는 대학 국문과를 다니다 휴학해 자신의 뿌리를 찾아 나선다. 부친의 납골당을 계속 찾은 끝에 할아버지 김성진을 만나 집안의 내력을 전해들은 유진이 그것을 소설로 쓴 것이 바로 『열등의 계보』이다.

이렇게 이 소설은 토지조사사업에서 현재에 이르는 한국현대사 백여 년을 시간 배경으로 한다. 식민지 시대의 암울한 현실과 하와이 이주 노동자의 비참한 상태, 이승만 정권하의 부패와 한국전쟁에서 벌어진 동족상잔의 참상, 4·19와 5·16의 격동기, 철거민들을 몰아대는 군사독재 시절의 폭력, 버블 경제와 IMF, 그리고 청년들의 미래가 지워진 2010년대 오늘의 상황 등이 두루 망라되고 있다. 말 그대로 다사다난한 이 시기에, 살아가기 위해서 해야만 하는 것들을 했을 뿐인데도 파탄으로 내몰리게 되는 '따까리 인생'들의 삶을 김 씨 집안을 통해 그려 보인다. 이들 삶의 비참함은, 깡패에서 국회의원으로 출세(?)하는 유 계장 부자의 이야기와, 일제 때는 독립운동 자금을 모집하고 독재치하에서는 언론인으로서 고통을 감내하는 정 씨의 이야기에 대비되면서 한층 부각된다.

다시 말하지만 이러한 비참한 이야기를 홍준성은 매우 재미있게 풀어내고 있다. 이 소설은 "우리는 우리의 인생을 사는가?"라는 철학적인 질문으로 시작되지만, 곧바로 서술자는 "어허— 독자들이여, 이것은 참으로 어려운 질문이니 (…중략…) 막걸리 서너 잔에 이야기보따리를 쏟아낼 나에게 이 질문에 대한 답을 요구하는 것은 너무 가혹한 처사일 것이다"9쪽라고 너스레를 떤다. 이러한 너스레의 바탕에는 인생사에 대한 아주 평범한 지혜가 있다. 오르막이 있으면 내리막이 있고 내리막이 있으면 오르막이 있다는 것, 우리네의 사람살이가 다 그러해서 인생은 무상하다는 것이 작가가 보이는 지혜다. 이렇게 평범한 지혜를 바탕으로 하는 까닭에, 작가-서술자가 나서서 이야기를 구절구절 설명하거나 의미를 부여하고는 해도 전혀 교설적이지 않다. 여기에, 비속함을 마다하지 않으면서 입담 좋게 전체 스토리를 풀어내는 작가의 서술전략이 가해져 재미를 주고 있다.

20대 중반의 대학생 작가가 보인 이러한 역량은 무엇을 알려주는 것일까. 이에 답하기 위해서는 이 소설의 위상을 생각해 볼 필요가 있다. 『열등의 계보』는 전쟁을 다루되 전쟁문학의 이데올로기와는 거리를 두고 있으며, 조폭의 삶을 그리지만 수많은 조폭영화 및 드라마가 보이는 액션 자체의 재미와는 아무 관련도 없다. 식민지 시대의 사상 탄압과 해방기의 혼란상을 담기는 해도 리얼리즘 소설의 비장함과는 무관하다. 양공주와 혼혈아를 등장시키지만 예컨대 윤정모의 소설과는 달리 가볍고 경쾌하다. 온갖 불륜이 그려지지만 에로문학과도 막장 드라마와도 달리 그 자체가 독립되지는 않는다.

이렇게 보면 『열등의 계보』는 분명 한국현대사의 격랑 속에서 비참하게 살다간 수많은 무명씨들을 기리는 새로운 감수성의 산물이라 할 것이다. 새로운 감수성이란 무엇인가. 불행한 역사와 비루한 삶을 주목하되 스스로는 그러한 불행과 비루함으로부터 한 발을 뺄 줄 아는 감각이 그것이다. 따라서 골치 아픈 현실로부터 한 발 떨어진 곳에 서서 그러한 현실을 탐구하는 새로운 태도의 산물이 바로 『열등의 계보』라 할 것이다. 현실의 문제로부터 한 발 떨어져서는 그러한 거리 감각을 재미를 낳는 데 쓰면서 현실을 탐구하는 새로운 방식을 선보인 것, 이렇게 한국 현대소설의 무거움은 떨쳐버리되 현실 탐구 정신은 이어받은 점이 이 소설의 장점이자 특징이다. 이러한 소설의 등장은 두 가지를 알려 준다. 어깨의 힘을 빼고 과거의 역사를 바라볼 수 있을 만큼 우리 사회의 연륜이 깊어졌다는 사실이 하나요, 현실을 탐구하는 장편소설의 기능이 당장 사라지지는 않으리라는 것이 다른 하나다.

기억과 다큐멘터리 그리고 문학

서명숙의 『영초 언니』와 안재성의 『아무도 기억하지 않았다』

2015년의 노벨문학상은 우크라이나의 스베틀라나 알렉시예비치에게 돌아갔다. 이 결정은, 팝 가수 밥 딜런에게 수여된 다음해의 노벨문학상과 더불어, 한동안 사람들의 입에 오르내렸다. 이유는 간단했다. 그녀는 소설가도 시인도, 극작가도 아니었기 때문이다. 그녀의 대표 저작은 『전쟁은 여자의 얼굴을 하지 않았다』, 『체르노빌의 목소리』, 『아연 소년들』 등인데 이들은 모두 다큐멘터리이다. 전쟁에 내몰린 여성과 소년들, 원전 사고로 사랑하는 가족과 안정적인 생활을 잃은 사람들에 대한 섬세하고 깊이 있는 보고가 그녀의 글쓰기이다. 이들 저작이 수많은 에피소드들로 이루어져 있고 그 각각이 하나의 소설처럼 사람들의 심금을 울리면서 문학적인 성취를 이루었다는 판단이 노벨문학상 선정의 이유였을 것이다.

사실 다큐멘터리가 문학이 아닐 이유는 찾기 어렵다. 문학 자체가 워낙 느슨한 규정을 갖고 있기 때문이기도 하고, 문학의 기원이 기억에 닿아 있기도 한 까닭이다. 그리스 신화에서 문학예술은 뮤즈Muse 신들에 의해 관장되는데, 이들은 바로 기억의 여신 므

네모시네Mnemosyne의 딸이다. 므네모시네의 아홉 딸들이 각각 서사시, 서정시, 희극, 비극, 합창가무, 독창가, 찬가, 역사, 천문을 담당한다. 기억의 여신의 딸들이 이들을 관장한다는 생각은, 현재 우리가 문학, 예술, 역사라고 부르는 인간 활동의 근원이 기억에 있음을 알려 준다.

문학이 기억에 닿아 있다는 점은 소박하게 생각해도 당연하다고 할 만하다. 문학 감상의 효과로 흔히 인간의 삶에 대한 간접적인 경험을 말하는데, 독자가 경험하는 대상이란 것이 작가가 자신의 과거 경험을 기억으로부터 끌어올린 경우가 흔한 까닭이다. 인간의 삶이나 사회를 탐구하는 소설의 경우 역사적인 성격을 짙게 띠게 마련인데, 이들이 과거에 대한 집단적인 기억에 바탕을 두는 것도 분명하다.

따라서 문학의 역할 중 하나로 이야기의 힘을 이용하여 사람들의 기억을 되살리는 것을 들어도 지나칠 수 없다. 이야기의 힘이란 무엇인가. 말과 그것이 가리키는 실제의 관계를 바로잡으면서 그 의미를 드러내는 것이다. 말과 실제의 관계가 어그러지는 경우를 우리는 많이 봐 왔다. '유체 이탈 화법'이니 '프레임 씌우기' 등으로 비판되는 상황들 말이다. 이러한 상황이 한 편의 이야기로 기술되면, 말들이 가리키는 실제가 분명해지면서 진실과 거짓이 구분된다. 바로 이러한 이야기야말로 우리의 기억을 바로잡으며 과거를 생생하게 복원해 준다. 좀 더 나아가 이러한 이야기, 이러한 문학이 집단적 기억 공간의 틀로 기능하는 경우, 문학을 통해 문화와 제도의 원칙이 기억되고 존재하게까지 된다. 이러한 기능에 주목하면, 다큐멘터리와 문학의 문턱은 한층 더 낮아진다.

문학에 대한 우리의 좁은 생각을 넓혀 줄 '다큐멘터리적인 소설' 두 편이 이런 생각을 하게 해 주었다. 서명숙의 『영초 언니』 문학동네, 2017와 안재성의 『아무도 기억하지 않았다』창비, 2018가 그것이다. 서명숙은 제주도에 올레길을 만든 인물이다. 언론계에 오래 종사한 분으로 전문 작가는 아니다. 『영초 언니』 자체도 소설이라고 표기되어 있지 않다. 하지만 누구라도 읽으면서 '소설은 아니네' 생각하게 되지도 않는다. 안재성은 『파업』으로 '전태일문학상'을 수상하며 노동문학 작가로 등단했다. 『경성 트로이카』, 『황금 이삭』, 『연안행』 등의 소설과 더불어 박헌영, 이현상, 이태준 등 우리 역사에서 지워졌던 인물들의 평전을 써 왔다.

서명숙의 『영초 언니』는 1970년대 운동권의 실제 인물 천영초의 삶을 그리고 있다. 그렇지만 일반적인 다큐멘터리나 평전과는 거리가 멀다. 이는 작가이자 서술자인 서명숙 자신의 이야기가 어린 시절과 현재의 삶까지 포함하여 비중 있게 들어가 있는 까닭이다. 서명숙과 천영초 두 사람이 함께 겪은 학생운동과 투옥이라는 특정 기간의 고난에 초점을 맞추되, 두 인물의 현재 상황까지 아우를 정도로 이야기 전체의 시간은 길다. 인물 또한 이 둘에 한정되어 있지 않다. 청춘을 민주화운동에 바친 여러 인물들의 의지와 투쟁, 고초가 함께 제시된다. 학생운동 외에, 대학 진학을 앞둔 어린 시절의 포부와 학생운동 중에도 꽃을 피우는 연애, 민주화된 사회에서 생활인이 되어 살아가는 나날 등까지 내용이 풍성하게 마련되어 있다. 물론 이러한 폭 속에서, 모든 면에서 자신보다 나은 천영초의 행적과 마음 씀씀이, 바람과 의지 등을 강조함으로써 이 작품은 기본적으로 천영초의 삶을 기리는 기록이 된다.

큰 교통사고로 현재 어린아이처럼 되어 버린 천영초라는 선배 언니에 대한 미안함과 고마움, 사랑이라는 서명숙의 시선이 덮여 있는 까닭에 『영초 언니』는 건조한 다큐멘터리나 평전과 거리를 둔다. 자신과 언니의 현재 삶이 전개되고 있는 2017년의 시점에서 이제 40년이 다 되어 가는 과거를 반추함으로써, 이 작품은 우리 사회의 민주화를 위해 자신을 돌보지 않는 삶을 살아 낸 이들에 대한 이상주의적인 미화와도 거리가 멀고 패배주의적인 감상과도 인연이 없게 되었다. 원숙한 생활인, 지식인의 시선으로 서명숙은, 그냥 잊혀서는 안 될 수많은 천영초들을 우리들의 기억에 소환하고 있다.

『아무도 기억하지 않았다』를 통해 안재성이 불러내는 기억은 시대 배경이 한국전쟁 전후라는 점에서 더 오래된 것이다. 여기서 작가가 강조하는 것은 전쟁의 역사적, 이념적 성격이나 민족적 고난 등이 아니다. 물론 전쟁 통에 사람들이 겪는 참상과 전장의 참혹함이 리얼하게 그려지고, 이념 때문에 사람들 사이에서 벌어지는 문제들도 상세하게 제시된다. 그럼에도 불구하고 작품의 줄기는 정찬우라는 한 개인의 삶을 복원하는 것이다. 정찬우는 전북 고창 출신으로 만주에서 학교를 다니다 조선의용군 활동을 하고, 해방 후 평양여중 교무주임 겸 사범대학 강사로서 약혼을 앞두고 있다가 한국전쟁 초기에 영남지방 교육위원으로 임명되어 경상도로 내려온다. 낙동강 전선에 도착하여 무서운 전장을 체험하고, 후퇴 중 길이 막혀 빨치산과 보조를 맞추다 사로잡혀 2년간 포로 생활을 한다. 그 뒤 10년 형을 선고받고 수형 생활을 하다 4·19 직후 사면되어 마침내 고향 땅을 밟게 된다.

파란만장하다는 말이 과장이 아닌 정찬우의 삶은, 인간사의 우여곡절 속에서도 유지되는 사람의 따뜻함이란 측면에서 기억된다. 작가가 주목하는 것은, 민족상잔의 비극에도 불구하고 유지되고 표리부동한 처세술로 사람들을 해치는 악한들에도 불구하고 견지되는 올바른 삶에 대한 의지, 인간에 대한 존중 의식이다. 이렇게 안재성은, 전략이나 이념보다 인간적인 소중함을 중시하고, 포로수용소와 교도소의 열악한 상황에서 좀 더 인간답게 살려 하다 고초를 겪는 한 사람의 삶을 기록함으로써 우리가 지향해야 할 보편타당한 인간의 길을 기억하게 한다.

서명숙과 안재성의 작품은 세상에서 잊힌 개인의 삶을 복원함으로써 시대와 역사를 생각하게 한다. 이런 면에서 이들은 점차 망각의 강에 빠져드는 우리 역사의 한 자락을 공동체의 기억으로 길어 올리려는 새로운 노력의 결실이라고 할 만하다. 두 사람의 작업은 거대 서사가 힘을 못 쓰는 시대에 개인의 이야기를 통해 역사를 환기하는 의의를 지닌다. 여기에 더해, 다큐멘터리와 문학의 경계를 낮춤으로써 한국소설의 외연을 넓히는 성과라는 의미도 갖는다. 문학의 기능과 범주에 대한 우리의 생각을 넓힌다는 점에서 이 또한 중요하다.

2부
문학과 문화에 대한 또 다른 이야기

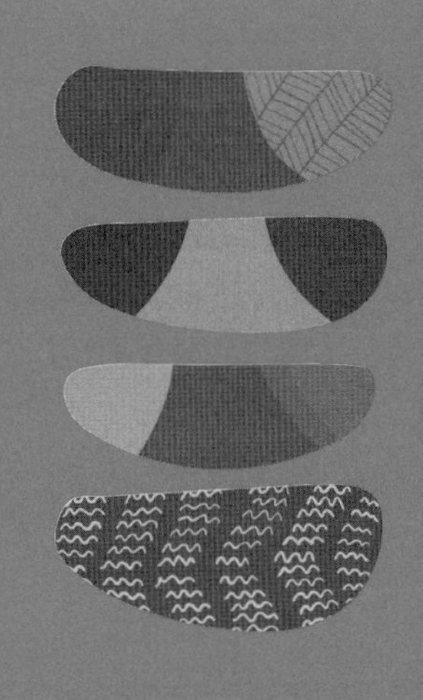

01 문학에 대한 이야기

02 문학을 둘러싼 이야기

03 시와 예술에 대한 단상

01

문학에 대한 이야기

말과 현실, 그리고 소설의 의의

문학은 언어로 이루어진 예술이다. 이 단순명료한 사실에서 문학의 문제와 특징, 그리고 의의까지 세 가지가 모두 생겨난다. 문학이 되는 글쓰기와 그렇지 않은 경우의 구분이 명확하지 않다는 점이 문제요, 그럼에도 불구하고 실제적인 구분을 가능케 하는 데 예술로서의 문학의 특징이 있으며, 이러한 특징이 우리 시대가 여전히 문학을 요청하는 이유이자 문학의 의의가 된다.

문학작품과 일반 글쓰기의 구분 문제는 문학의 질료, 재료가 언어라는 사실에서 생긴다. 언어란 문학의 질료이기 이전에 우리들이 매 순간 사용하는 기호이다. 문자언어의 집합체인 글이 얼마나 많은지 둘러보라. 세계가 글로 이루어져 있다 해도 과언이 아니다. 여기서 문학의 경계 문제가 생긴다.

가까운 예를 들자면, 겉보기로는 딱히 구별할 수 없는 시와 노랫말이 있을 수 있다. 어떤 시는 광고 카피와 비슷해 보이기도 하고 심지어는 일상적인 글쓰기의 한 토막처럼 여겨질 수도 있다. 소설도 사정이 비슷하다. 작가를 꿈꾸는 젊은이가 소설처럼 보이도록 쓴 첫 습작이 작품으로 인정받기는 쉽지 않을 텐데, 그런 경우 그 글은 도대체 무엇일까 질문해 볼 수 있다.

이러한 문제는, 문학의 질료인 언어가 우리들 모두에게 매우 익숙한 기호여서 누구라도 마음만 먹으면 문학작품처럼 보이는 글을 쓸 수 있다는 데서 생기는 것이다.

이러한 문제에도 불구하고 문학이 예술임은 엄연한 사실인데, 문학이 자신을 예술로 세우는 방식은 크게 두 가지라 할 수 있다.

하나는 질료인 언어의 표현 형식 자체에 주목하는 방향이다. 언어를 단순한 의미 전달 수단으로 사용하지 않고, 언어의 사용 방식 자체를 특이하게 다듬어 대상을 낯설게 하고 미를 구현해 내는 것이다. "얇은 사 하이얀 고깔은 고이 접어서 나빌레라"조지훈, 「승무」라든가 "접동 접동 아우래비 접동"김소월, 「접동새」과 같은 시구가 좋은 예다.

다른 하나는 말의 추상성을 뚫고 들어가 사태의 실제를 오롯이 체험케 하는 것이다. 예컨대 '사랑의 슬픔'이라 하면 막연한 개념으로 다가올 뿐이지만, 괴테의 『젊은 베르테르의 슬픔』이나 톨스토이의 『안나 카레니나』 같은 소설을 읽게 되면 사랑에 따른 슬픔의 양상이나 깊이가 뚜렷해진다. 작품의 이야기가 구체적인 현실을 마련해 주는 까닭이다. 이와 같이 일상적인 언어 구사가 지시하지 못하는 것을 형상화하면서 현실의 힘을 드러내는 것이 문학이 예술이 되는 또 한 가지 방식이다.

앞의 경우가 시문학의 일반적인 현상적 특징을 가리킨다면 뒤의 경우는 소설문학의 주요 효과에 해당되는데, 이를 이야기의 힘이라 하겠다.

이야기는 힘이 세다. 이야기는 시공간적 배경을 통해 스스로 하나의 세계를 만들고 그 속에서 서로 관계를 맺는 인물들을 통해, 사건들에 현실의 무게를 부여한다. 이렇게 어떤 사태를 구체적인 현실 속의 특정한 사건으로 재현함으로써, 그러한 사건이 실제의 현실에서 갖는 의미와 무게를 온전히 살려낸다. 이것이 이야기의 힘이자 소설문학의 위력이다.

말의 뜻이 흐려지면 사고가 혼란스러워진다. 말이 한갓 기호처럼만 사용될 때 동일한 사태를 두고서도 온갖 다양한 말장난들이 횡행하게 된다. 말이 현실을 떠나 사람들의 입에서 장난감처럼 조작되면 사회의 가치체계와 정의가 흔들리는 지경에까지 이르게도 된다. 말이 혼탁해진 시대, 말이 의미하고 가리키는 바가 공론장을 지배하는 자들의 마음대로 뒤바뀌었던 세상을 우리는 지내왔다. 상식이 통하지 않는 세상에서 '비정상의 정상화'라는 말이 공허하게 반복됨으로써 정상과 비정상이 혼동될 위험에 직면해 보았다.

말 같지 않은 말들이 쏟아지는 중에 말의 의미 체계가 공소해지는 위험에 맞서 말의 뜻을 바로 세우는 근본적인 방법은 무엇인가. 말과 현실의 올바른 관계를 다시 찾아서 굳게 하는 것이다. 말의 의미를 바로잡는 이 과정이 가장 자연스럽게, 확실하게, 그리고 재미있게까지 진행될 수 있는 길은 또 무엇인가. 바로 이야기를 읽는 일이다. 그중에서도, 현실을 환기하는 이야기의 힘을 가장 뚜렷이 보여 주는 의의를 갖는 소설을 찾아 읽는 것이다. 세상의 참모습을 추구하는 소설을 읽는 일은 이렇게, 오늘 우리의 상황으로부터도 요청된다.

예술을 다루는 예술 작품은 예술 본연의 무언가를 보여 주는데, 대체로 예술가의 삶을 통해 그렇게 한다. 예술이란 무엇이라고 일상의 언어로 명확히 말할 수는 없기 때문이다. 이렇게 그려지는 예술가란 무언가를 추구하는 존재이다. 일을 해서 돈을 벌고, 자식들을 교육시키고, 집을 옮겨 가는 우리들의 일상적인 삶을 거부하고 그저 예술에만 매달리는 자들, 자신만의 세계를 찾기 위해 가난 속에서 사람들의 인정을 받지도 못하면서 끊임없이 노력하는 자들이 그런 예술가다.

서머셋 몸의 『달과 6펜스』1919가 대표적이다. 이 소설은 나이 마흔에 직장을 그만두고 미술의 길에 들어서 끝내 저 먼 남태평양 타히티에서 자신의 그림 세계를 완성해 내며 죽어 가는 화가 스트릭랜드를 보여 준다. 소설의 모델인 폴 고갱 자신이 주식중개인이었다가 35세에 그림을 시작했다. 어엿한 직장을 그만두고 가난뱅이 화가의 길을 밟았다니, 우리로서는 그 속을 짐작하기 어려운 일이다. 물론 우리는 안다. 『달과 6펜스』가 그리는 예술가란 낭만주의가 꿈꿔 온 예술가라는 사실을 말이다. 돈이 모든 것을 지배해 가는 현실의 비속함에 갇히지 않고 인간적인 고상함을 추구하고자 했던 사람들이 예술가에게 돌렸던 재능 곧 유일무이하고 영원한 아우라Aura를 가진 예술 작품을 창작해 내는 타고난 재능을 추앙했던 낭만주의의 꿈이자 소망이요 그 결과라는 것을 말이다.

낭만주의적인 열정이 사그라졌을 때도 예술가와 평범한 시민의 구분이 없어지지는 않았다. 토마스 만의 자전적인 중편소설 「토니오 크뢰거」1903가 잘 보여주듯이, 예술가란 여전히 시민들과는 다른 존재다. '밝은 족속의 인간들' 곧 "올바르고 즐겁고 순박하게, 규칙과 질서에 맞게, 하느님과 세계의 동의를 얻으면서 자라나서, 악의 없고 행복한 사람들한테 사랑을 받으면서"안삼환 역, 민음사, 1998, 98쪽 사는 한스 한젠과 잉에보르크 홀름 같은 사람들, 세상을 지탱해 주는 그러한 시민들과는 다른 길을 밟지 않을 수 없는 '길 잃은 시민'59쪽이 예술가다. 그렇지만 토니오 크뢰거가 시민사회와 대립각을 세우는 것은 아니다. '훌륭한 가정교육에 대한 향수를 지닌 보헤미안'이자 '양심의 가책을 느끼는 예술가'라는 점에서 시민사회에 대한 애정과 갈망 또한 없지 않은 까닭이다.106쪽

물론 예술가는 예술가로서 일반 시민과는 다르다. 십 년 뒤에 토마스 만이 발표한 또 다른 예술가 소설 『베니스에서의 죽음』1912이 이를 보여 준다. 주인공인 구스타프 폰 아센바하는 엄격한 자기 절제와 예술에의 헌신으로 사회적으로도 명망을 얻은 성공

한 작가지만, 50대에 들어 예술의 정체 상태에 빠져 있다. 어느 날 긴장을 풀기 위해 산책을 나선 길에 사신死神과도 같은 사람을 보고 미지의 세계에 대한 젊은 시절의 목마른 갈망을 느낀다. 이 유혹에 따라 여행을 떠났다가 베니스로 가게 되고 거기서 우연히 만난 미소년 타치오에 매혹된다. 소년에 대한 열망에 사로잡힌 나머지 콜레라가 만연되는 상황을 무릅쓰고 체류하다 죽음을 맞이한다. 죽음을 무릅쓰고 그가 찾는 것, 죽음의 순간에 그가 보는 것은 소년이 아니라 그 소년으로 환기되는 아름다움 자체이다.

죽음을 무릅쓰고서라도 보고자 하는 미, 그것을 위해서라면 생명도 기꺼이 던질 수 있는 아름다움과 관련해서는 고 김윤식 교수가 두어 차례 강조한 바 도스토예프스키의 주인공 스타브로긴의 꿈을 들 수 있다.김윤식, 『아비 어미 그림 음악 바다 그리고 신』, 역락, 2015 스타브로긴은 누구인가. 『악령』1872의 주인공으로서 사회의 상궤를 넘어 무언가에 이끌리듯 방탕하고 위험한 생애를 살다 자살하는 인물이다. 그가 꿈에서 본 것은 로랭의 그림 〈아시스와 갈라테아〉인데 이를 두고 그는 '인류의 멋진 꿈이며 위대한 망집'이라 하고 전 인류가 그것 때문에 온 정력을 다 바치고 모든 희생을 해 왔다고 주장한다. 이러한 지향, 인류 본연의 동경이라 할 이러한 꿈꾸기를 소명으로 삼은 자들이 예술가라고 김 교수는 알려 준다.

이러한 맥락에서, '예술가 되기를 보여주는 작품'을 예술을 다루는 예술의 둘째 경우로 거론해 보자. 제임스 조이스의 자전적인 소설 『젊은 예술가의 초상』1916이 바로 그것. 이 작품은 내면이 섬세한 한 소년이 성인이 되어가는 과정을 보여 준다. 동정을 버려 죄의식에 사로잡히기도 하고, 예수회 신부의 길과 대학 진학 사이에서 고민하며, 급기야 가정과 종교, 국가에 대해 비판적인 거리를 두게 되는 데서 성장소설의 면모가 잘 보인다.

물론 『젊은 예술가의 초상』은 여기서 더 나아간다. 작품 말미의 스티븐 디덜러스가 한 소녀의 모습을 통해 '예술적인 영감으로 가득 찬 순간' 곧 '에피파니epiphany'를 경험하는 것이다. 그리스도가 자신의 모습을 드러내듯 평범한 일상 속에서 예술의 참된 경지가 불현듯 나타나는 이 에피파니의 순간을 그림으로써, 조이스 또한 예술의 세계를 일상 현실 너머에 둔다.

'시인 천재론'으로 특징되는 낭만주의적인 문학예술관에 사로잡히지 않아도 현실과는 다른 예술 고유의 특징을 강조하는 생각이 널리 퍼져 있다는 사실이 이로써 분명해졌다.

이제, 예술가의 모습을 넘어 예술의 특징을 보다 짙게 암시하는 작품들을 살펴보자. 현대 터키문학의 대표자요 노벨문학상 수상자인 오르한 파묵의 『내 이름은 빨강』1998과, 아카데미 프랑세즈와 콩쿠르상의 수상자로 현대 프랑스문학을 대표하는 파스칼 키냐르의 『세상의 모든 아침』1991이 좋은 예가 된다.

『내 이름은 빨강』의 배경은 16세기 오스만 제국의 이스탄불이다. 세밀화를 그리는 궁정화가들이 한 명씩 살해되는 사건을 파헤치는 탐정 서사를 뼈대로 하면서 중심인물들 간의 사랑을 다루고 있지만, 작품의 심층적인 주제효과는 훨씬 넓고 깊다. 술탄의 명령과 화원장의 지시에 따라 전통적인 세밀화를 그려 오던 화가들이 서구로부터 전래되기 시작한 새로운 화풍 곧 원근법을 사용하는 베네치아 회화를 대하면서 겪는 혼란이 살인 사건의 원인이자 이 소설의 심층 주제이다.

여기서 충돌하는 것은 신의 회화와 인간의 회화이다. 세밀화라는 이슬람의 전통 회화는 바로 신의 눈으로 세상을 바라보는 방식으로 그려진다. 존재하는 모든 것들을 한눈에 파악하는 신의 경지에 따라 그려지기에 여기에는 원근법이 없다. 가까운 것은 크게 그리고 먼 것은 작게 그리는 원근법이란 하잘것없는 개인의 시선을 중심에 놓는 것이어서 속되지만, 궁정화가도 인간인지라 그에 끌리기 십상이다. 이러한 갈등, 신의 눈을 드러내 온 것과 인간의 시선을 앞세우는 방식의 갈등을 통해 오르한 파묵은 동서양 문화의 충돌과 더불어 예술의 본질, 예술의 의의도 환기하고 있다.

파스칼 키냐르의 『세상의 모든 아침』은 아주 작고 깔끔한 경장편으로서 역사에서 잊혔던 비올라 다 감바의 명인 쌩트 콜롱브의 이야기를 다룬다. 왕의 부름에도 응하지 않고 시골에 묻혀 살면서 악기를 개량하고 새로운 연주법을 창안하며 음악의 본질을 담는 곡을 연주하되 작곡으로 남기지도 않는 인물의 예술혼을 보여준다. 한때 그의 제자였다가 궁정으로 나아가 지휘자의 영예까지

안게 되는 마랭 마레의 행적과 대비되면서, 음악 그 자체에 헌신하는 콜롱브의 삶이 강조되고 있다. 생트 콜롱브에게 있어 음악은 '말이 말할 수 없는 것을 말하기 위해 그저 거기 있는 것'으로서 인간의 것도 인간을 위한 것도 아니다. 소설에는 없지만 키냐르 자신이 각본 작업에 참여한 알랭 코르노 감독의 1991년 동명의 영화에서는 이러한 음악이 '신의 음성'으로 지칭되고 있다.

오르한 파묵과 파스칼 키냐르가 예술에서 찾는 신이 꼭 종교의 신에 그치는 것은 아니다. 일상을 넘어선 시선, 현실의 비속함을 초월한 자리, 경제 제일주의와 명리욕을 위시한 온갖 세속적인 욕망의 너머, 낭만주의의 예술가 찬미가 궁극적으로 바랐던 바 저 고상한 인간의 품격 등이 모두 신의 이름으로 감싸질 것이다.

이러한 예술의 지향을 통해 우리의 오늘을 되돌아보는 일은, 비록 그 자체로 속되다 해도 다소 성스럽게 속된 것이리라. 이 '다소'의 폭을 뛰어오르는 일 이것이야말로, 경쟁과 투쟁으로 점철된 역사를 살아 온 인류가 온 정력을 바칠 과제라 하겠다.

밤하늘의 별이 된 우리의 초상

헤르만 헤세의 『데미안』을 읽던 중학생 때 에바 부인을 이상화하며 연모하는 싱클레어를 따라 애를 태우던 기억이 있다. 스티븐 디덜러스제임스 조이스, 『젊은 예술가의 초상』처럼 어른이 되고자 기를 쓰지는 않았어도 낭만적 사랑에 대한 동경으로 마음이 설렜던 것만은 분명했다. 로테의 곤혹괴테, 『젊은 베르테르의 슬픔』과 그레트헨의 불행괴테, 『파우스트』을 보며 그런 대책 없는 바람은 접었지만, 나오코에 대한 와타나베의 태도무라카미 하루키, 『노르웨이의 숲』나 타치오에 매료되는 아센바하의 모습토마스 만, 『베니스에서의 죽음』을 보며 이해와 공감에 전율하는 것은 여전히 어쩔 수 없다.

문학작품이 그려내는 인간의 모습이 주는 인상은 이렇게 깊다. 여기에는 두 가지 이유가 있다.

첫째는 그들의 개성이 강하다는 점이다. 많은 인물들이 밤하늘의 별처럼 인간의 특성을 선명히 보여 주며 우리들의 가슴에 살아 있다. '고뇌하는 인간'을 떠올리면 햄릿과 베르테르, 이명준최인훈, 『광장』이 앞에 나서고, '행동하는 자유인' 하면 조르바니코스 카잔차키스, 『그리스인 조르바』와 돈키호테가 자동적으로 떠오른다. 부단히 탐색하는 인간으로는 이형식이광수, 『무정』이나 조덕기염상섭, 『삼대』를, 세상 경험을 통해 성숙해지는 인간으로는 프레데리크플로베르, 『감정교육』와 빌헬름괴테, 『빌헬름 마이스터의 수업 시대』을 떠올릴 수 있다. 이념적인 인간은 어떠한가. 저 빳빳한 염상진조정래, 『태백산맥』과 닐로브나와 파벨 모자막심 고리끼, 『어머니』, 어니스트 에버하드잭 런던, 『강철군화』 등이 줄을 잇는다. 멍청한 인간도 챙겨 두자. '정신 승리법'을 보여 주는 아Q노신, 『아Q정전』, 이기주의에 빠져 있는 조카채만식, 「치숙」와 더불어, 선의 승리를 대변하는 이반톨스토이, 「바보 이반」을 빼놓을 수 없다. 악과 관련해서도, 천하의 악당인 장형보채만식, 『탁류』로부터 신비스럽기까지 한 스타브로긴도스토예프스키, 『악령』까지 다양한 인물을 만날 수 있다.

문학작품 속의 이러한 인물들이 오랜 세월이 흘러도 잊히지 않는 둘째 이유는, 각자 대단히 개성적이면서도 보편성을 띠기 때문이다. 아리스토텔레스의 『시학』이 밝혀 주었듯이 문학예술은 구체적인 인간의 행동을 모방하면서 인간 일반의 본성을 보여 주는 마술과도 같은 효과를 발휘한다. 앞서 열거한 개성적인 인물들 각각이 우리들 모두의 속에도 있는 그러한 특성을 일깨워 주는 것이다. 문학사를 수놓는 작품들의 등장인물들은 이렇게 우리들 자화상의 한 조각으로서 친숙하게 다가온다.

현대로 넘어오면서 문학은 인간에 대한 기존의 관념에 도전하면서 우리들 자신을 온전히 이해하고 인정하고자 노력해 왔다.

보카치오와 세르반테스가 중세의 인간관을 허문 위에서 괴테가 근대적인 인간을 등장시켰으며, 계몽주의의 합리주의적인 인간형이 우리를 옥죌 때 도스토예프스키의 등장인물들이 우리의 숨통을 틔워 주었다. 우리들 속의 비합리적인 속성을 인정하게 하면서 우리를 자유롭게 해 준 것이다.

현대문학의 인간 형상화는 이렇게 인간의 본성을 폭넓게 탐구함으로써 우리의 자유를 증진시켜 왔다. 상류층의 편협한 인간 이해를 무너뜨리는 톨스토이의 민중이나, 부르주아의 한계를 돌보게 하는 좌파문인들의 공산주의적 인간형, 우리를 질식시키는 고루한 윤리관에 맞서 D. H. 로렌스나 헨리 밀러 등이 내세우는 인물 등은 모두, 인간의 전체적인 면모를 이해하고 인정하게 함으로써 궁극적으로 우리의 자유를 증진시켜 주었다.

현대문학의 인간 탐구가 인류 일반의 DNA 지도를 그리는 게놈 프로젝트와는 달리 인간의 개성을 살리기 위한 것이라는 점을 덧붙여 두자. 나오지다자이 오사무, 『사양』의 고뇌와 코마로프스키의 비루함보리스 파스테르나크, 『닥터 지바고』에서 확인되듯이, '인간은 모두 똑같다는 생각에 대한 거부'야말로 인간을 탐구하는 문학이 공유하는 가치이기 때문이다.

소설과 평전

조선희의 『세 여자』와 제프리 애쉬의 『간디 평전』

요즈음 읽은 조선희의 『세 여자』한겨레출판, 2017와 제프리 애쉬의 『간디 평전』안규남 역, 실천문학사, 2004, 김삼웅의 『백범 김구 평전』시대의창, 2014을 통해 세상을 돌아본다.

『세 여자』는 흡인력이 강해 단숨에 읽었는데, 바로 그런 만큼, 내용을 여유롭게 음미하는 독서의 즐거움을 느끼지 못한 아쉬움이 크다. 한국현대사의 한복판에서 사회운동을 하며 말 그대로 파란만장하게 살다 간 세 인물의 인생이 역사와 이데올로기, 사랑의 사건들을 보이며 매끈하게 전개되어, 강물의 흐름을 빨리 감기를 통해 보는 듯한 박진감이 있다. 하지만 중심인물들에 대한 작가의 거리 두기가 약화되어 있어서 나 또한 거리를 두고 상황을 음미하기가 어려웠다. 서사적 거리에 의한 깊이는 오직 프롤로그에서만 확인되는 셈인데, 이는 작가가 세 주인공을 조명하면서 페미니즘적인 시각을 앞세우고 모든 주요 등장인물들을 평전을 쓰듯이 그린 까닭으로 보인다. 역사에서 잊혀 있던 여성들을 복원한다는 사명감이 앞서면서, 문제를 탐구하는 소설이라기보다는 평가가 깔려 있는 평전적인 성격이 강화된 경우라 하겠다.

이러한 평전적인 성격이 다소 부정적으로 두드러진 경우가 『백범 김구 평전』이다. 여기서 그려진 김구는 어떠한 고뇌도 반성도 보이지 않는 그저 완결된 인물인데, 이는 저자가 애초부터 김구를 숭배의 대상으로 세워 놓은 까닭이다. 날것 그대로의 사료가 제시되는 경우들도 탐구의 부재를 증명하는 듯해 안타깝다.

반면 『간디 평전』은 훌륭한 평전이란 어떤 것인지를, 평전이 잘 쓰이면 웬만한 소설들보다 훨씬 더 감동적일 수 있다는 점을 보여주는 좋은 예라 할 만하다. 제프리 애쉬는 방대한 자료를 바탕으로 하면서도 소설을 읽듯이 자연스럽게 인물의 내면에까지 빠져들게 하는 한편, 간디가 보이는 행적들을 주변 상황에 비추어 제시함으로써 그가 이룬 성과의 높고 낮음을 함께 깨닫게 해 준다. 이렇게 간디를 살아 있는 사람으로 구현해 냄으로써, 그의 인간다움 덕분에 그의 위대함이 더 위대해 보이게 하고 있다. 실로 방대한 분량의 책이지만 첫 고비를 넘어서면 손을 뗄 수 없게 되는 것은, 간디라는 거인의 세계를 우리가 공유하게 되는 드문 경험을 맛보는 까닭이리라. 이러한 경험이 가능해지는 것은 간디의 삶과 사상을 거리를 두고 객관적으로 재구성해 낸 저자의 공력 덕분이다.

이러한 태도, 자신이 서술하는 인물이나 인간사가 저자 개인의 의도와는 무관하게 존재하듯이 거리를 두고 객관성을 확보해 내는 자세는, 대체로 장편소설에서 가장 두드러지는 것이며 훌륭한 소설과 그렇지 못한 것들을 구분 짓는 평가 기준이기도 하다.

이러한 생각을 갖고서 앞서 말한 독서 경험을 되돌아보면 다소 착잡한 감이 없지 않다. 『간디 평전』에서 훌륭한 소설의 효과를 맛본 반면 정작 장편소설인 『세 여자』에서는 2류 평전적인 특징을 엿보게 되었으니 말이다. 『세 여자』의 그러한 면모가, 주세죽, 허정숙, 고명자라는 그냥 잊혀서는 안 될 역사적인 인물들이 단지 여성이라는 이유 때문에 잊혀 왔다는 절실한 문제의식의 결과이리라는 생각이 착잡함을 낳는다. 지난 100여 년의 현대사나 근래의 미투Me Too운동에 비추어 그러한 페미니즘적인 문제의식이 성급한 것이라고는 결코 말할 수 없다는 사실을 떠올리면 더욱 그러하다.

시야를 넓혀 보면, 거리 두기를 하지 못하는 이러한 조급함이 이들 세 여성의 소설화에 한정되지 않는다는 것이 확인된다. 노동시간이나 최저임금, 대학입시 제도, 고등학교 문·이과 구분, 헌법 개정, 4·3의 올바른 평가 등 여러 문제들을 대하는 우리의 태도가, 오랜 기간 객관적으로 성찰하면서 사태를 재구성해 내는 긴 호흡의 정신 활동과는 거리가 멀다는 데까지 생각이 미치면 나의 착잡함은 한층 커진다. 소설다운(!) 소설이 갈수록 줄고 『간디 평전』 같은 국내 저작을 찾기 어려운 것은 이런 사회 상황의 한 지표일 뿐이다.

소설 읽기의 한 풍경

문학작품을 연구하고 가르치는 일이 직업인 탓에 나는 다소 특이한 방식으로 소설을 읽기도 한다. 여러 작품들을 동시에 읽는 것이다. 이런 식이다.

논문을 쓰기 위해 염상섭의 『무화과』를 붙들고 있으면서, 강의용으로 여러 작품들을 읽어 왔다. 미국의 대표적인 모더니즘소설 중 하나인 윌리엄 포크너의 『내가 죽어 누워 있을 때』를 읽으면서, 체코의 국민작가로 추앙받는 보후밀 흐라발의 『너무 시끄러운 고독』을 읽었다. 낭만주의적인 동경과 식민지 현실의 비판이 어우러진 염상섭의 『만세전』과 전후 일본의 혼란상에서 귀족 가문의 몰락과 도전을 보이는 다자이 오사무의 『사양』을 동시에 다시 훑어보았다.

일과는 무관한 취미로서의 독서에서도 여러 작품들을 중첩시켜가며 읽었다. 육체의 탐닉에 따른 정신의 몰락을 아이러니하게 보여 주는 필립 로스의 『죽어가는 짐승』과, 경제민주화를 제재로 재계를 강하게 비판하고 있는 조정래의 『허수아비 춤』을 함께 봤다. 김훈의 근작 『공터에서』를 아직까지 읽고 있으면서 그의 대표작 『칼의 노래』를 최근에 읽었고, 필립 로스의 애독자가 될 생각으로, 매카시즘의 광풍이 사람들에게 배신의 삶을 강요하던 시절의 인생 역정들을 묘파한 『나는 공산주의자와 결혼했다』 읽기를 막 마쳤다. 그 중간쯤에, 공산주의 중국에서의 결혼과 불륜을 다룬 하진의 『기다림』을 연초에 인상 깊게 읽었던 연유로 그가 한국전쟁기 포로들을 다룬 『전쟁 쓰레기』를 붙들고 며칠에 걸쳐 나눠 읽기도 했다.

읽다가 접어둔 것이라 할 수도 있을 만큼 다소 길게 쉬고(?) 있는 경우들과 일일이 거론하기 곤란한 단편소설들까지 더하면, 나의 소설 읽기는 그야말로 뒤죽박죽처럼 보일지도 모른다. '동시다발적 독서'라 할 이런 사태가 직업적 개인적 특징의 결과이긴 하겠지만, 이런 식으로 소설들을 읽어도 딱히 문제될 것은 없다. 아니 어떤 면에서는 문학작품을 제대로 감상하는 데 있어 도움이 되기도 한다. 왜 그러한가, 이것이 이 글의 주제다.

손에 쥔 한 편의 소설을 죽 읽어가며 깊이 있게 음미하는 것이 나무랄 데 없는 감상 방법임은 물론이다. 그렇지만, 여러 소설을 번갈아 가며 읽는다 해서 각 작품의 감상에 차질이 생기지는 않는다. 스토리를 잊어버리지만 않는다면, 각 작품의 형식적인 특성을 좀 더 뚜렷이 느끼기 좋다는 점에서 오히려 긍정적이기까지 하다. 다른 예술들과 마찬가지로 문학작품을 읽는 크나큰 즐거움은 단순한 내용 파악이 아니라 그러한 내용이 펼쳐지는 형식을 음미하는 데서 오는데, 동시다발적 읽기야말로 이러한 즐거움을 좀 더 쉽게 전해 주는 까닭이다.

위에 있는 작품들로 예를 들어 보자. 김훈 소설의 큰 특징은 반복되는 문체에서도 금방 확인되는 '말에 대한 천착'으로서 『남한산성』에서 정점을 찍은 것인데, 『칼의 노래』에서는 내용과 밀착되어 무게를 지니는 반면 『공터에서』에서는 오히려 내용에 집중하기 어렵게 만든다는 점이 두 작품을 함께 읽을 때 잘 감지된다. 필립 로스의 경우도 마찬가지다. 서술자를 이야기를 듣는 인물로 설정해 둠으로써 주요 인물들의 인생사를 관조하게 만드는 『나는 공산주의자와 결혼했다』의 능수능란한 방식은, 1인칭 주인공 시점의 독백에 가까운 『죽어가는 짐승』이나 『에브리맨』과의 대비를 통할 때 한층 뚜렷하게 확인된다. 하진의 순진해 보이는 사건 서술 방식과 염상섭의 노회한 심리 묘사를 대비할 때 서로의 장점과 매력을 알 수 있게 되고, 『내가 죽어 누워 있을 때』가 그려 보이는 인물들의 비속함과 『사양』의 '나오지'가 설파하는 고귀한 인간관 각각 또한 서로를 대비적으로 생각할 때 더 명확해진다.

이와 같이, 작품이 말하는 것내용, what에 더하여 말하는 방식형식, how에도 쉽게 주의를 기울일 수 있게 해 준다는 점에서, 동시다발적 소설 읽기는 문학 감상의 방법으로 제 몫을 가진다 하겠다.

어려운 작품은 왜 어려운가

현대예술의 특징 중 하나는 난해성이다. 현대 작품들을 망라한 미술관을 둘러보면, 모더니즘 미술과 팝아트 이래의 현대 작품들, 퍼포먼스에 해당하는 작품들 때문에 세 번은 불편한 감정을 겪게 마련이다. 최근의 현대음악을 어쩌다 듣게 될 때 느긋하고 편안한 감상을 기대할 수는 없기 십상이다. 조각이나 건축에서도, 훌륭하다는 작품이 왜 훌륭한지 알 수 없어서 당혹스러울 때가 있다. 문학도 다르지 않다. 제임스 조이스의 『피네간의 경야』를 펼쳐 보면 '왜 이런 걸 읽어야 하나' 싶어지기까지 한다.

현대 이전의 예술들은 어렵지 않았을까. 그렇기도 하고 그렇지 않기도 하다. 종교적인 비의를 담은 작품들이 이교도들에게는 난해하게 비쳐졌을 테지만, 개종하고 나면 더 이상 어렵지 않게 된다. 하층민들이 상류계급의 예술을 감상할 수는 없었겠지만 필요한 교육을 받는다면 감상하지 못할 이유가 없다. '아는 만큼 보인다'는 말이 가리키듯이, 전근대의 어려운 예술들은 대체로 배우고 나면 즐길 수 있는 정도의 어려움을 보였을 뿐이라 하겠다.

어려운 현대 예술의 일부도 바로 이러한 의미에서 난해한 경우이다. '감상자의 무지에 의한 어려움'이라 할 이 경우는 다시 둘로 나뉜다. 작품이 창작된 관습이나 장르 규범이 알려지지 않은 경우가 하나이다. 이때는 시간을 투자해서 예술의 동향과 역사를 이해하면 어려움이 없어진다. 모더니즘이 대표적인 예가 되는데, 이런 경우의 학습을 언짢게 생각할 것은 아니다. 자전거를 즐길 수 있게 되기까지 우리가 얼마나 고생을 하는지 생각해 보면, 난해한 예술까지 풍요롭게 감상할 수 있기 위해 공부를 하는 것이 쓸데없는 일일 수는 없다. 다른 하나는, 문학에서 잘 보이는 것인데, 한 작품이 다른 작품들을 무수히 참조하고 있어서 어려운 경우이다. 이 경우도 관련된 공부를 하면 어려움이 없어지는 것은 물론이다.

시간을 투자해서 공부를 한다 해도 이해할 수 없는 작품들도 있다. 어떤 예술의 역사에서 유례를 찾을 수 없는 새로운 분야를 창출하여 일반적인 관념을 넘어서는 경우가 이에 해당된다. 이때의 난해함은, '이것이 도대체 왜 예술인가'라는 답하기 어려운 질문을 피할 수 없어서 생기는 심정적 어려움이다. 시대가 흘러 그러한 예술이 일반화되고 전문가들의 해석이 틀을 잡아가게 되면 일반인들이 공부를 해서 감상할 수 있게는 되지만, 그 전까지는 어려운 작품으로 남게 마련이다. 앞에서 언급한 난해한 작품들 모두 초기에는 바로 이러한 의미에서 난해한 작품이었고, 여전히 그러한 경우로는 카프카의 문학 정도를 꼽을 수 있겠다.

위의 사례들과 완전히 종류가 다른 난해한 예술품도 있다. 작품이 감상자와의 소통 자체를 거부하는 경우이다. 본래적인 불가해성을 보인다고 할 이런 경우는, 굳이 의미를 찾자면 예술가의 행위 자체가 의미를 지닐 뿐이다. 순수시나 다다이즘에서처럼, 사실 이에 해당하는 작품들은 대체로 스스로 어떤 의미도 지니지 않는다. 엄밀하게 생각해 볼 때 진정으로 난해한 예술 작품은 바로 이 경우뿐이라고 할 수 있다. 앎의 대상에서 벗어나 있기 때문이다.

이상으로 충분한 것일까. 그렇지 않다. 안다는 것은 곧 해석한다는 것인데, 예술 작품이 그렇게 해석되어야 할 존재인지를 생각해 볼 필요가 있다. 수전 손탁이 『해석에 반대한다』에서 주장하듯이 해석을 통해 예술품의 효과를 인식 내용으로 축소하는 것이 예술 작품의 고유한 특성을 무시하는 행위일 수 있다는 데까지 생각이 미치면, 사정이 완전히 달라진다.

요약해 보자. 난해한 작품들 대부분은 우리가 시간을 두고 공부를 하면 어렵지 않게 된다. 그럼에도 불구하고 여전히 감상이 불가한 일부 난해한 작품들이 어려운 이유는, 어쩌면, 우리가 예술품을 감상과 향유의 대상으로 대하지 않고 알아야 할 대상으로 잘못 생각했기 때문일 수 있다. 이러한 반성을 거칠 때, 그러한 작품들 또한 즐겁게 즐길 수 있는 친근한 것이 될 수 있다. 해서, 추상 자체로 예술인 음악을 대하듯이, 난해해 보이는 예술 작품들도 일단 그냥 즐겨 보는 것이 괜찮다.

소설의 분량이 말해주는 것

소설이라는 문학을 보다 풍요롭게 즐기기 위해 그에 대한 이해를 갖추고자 할 때 가장 먼저 챙겨두어야 할 것은 분량이다. 인터넷을 보면 세상에서 가장 짧은 소설이라고 해서 다음처럼 겨우 여섯 개의 단어로 이루어진 글이 돌아다니고 있다. "For sale : baby shoes, never worn." '한 번도 신지 않은 아기 신발 팝니다' 혹은 직역해서 '팝니다 : 한 번도 신지 않은 아기 신발' 정도로 옮길 수 있는 이 소설(!)은 헤밍웨이가 친구들과의 내기에서 지었다고 전해진다. 진위가 분명치 않기는 하지만, 소설이라 생각하고 읽으면 그 의미가 제법 깊은 것은 사실이다.

이 짧은 텍스트도 소설일까 따지는 일은 이 자리의 몫이 아니다. 그보다는, 소설의 분량이 생각보다 다양하다는 것을 인정하고, 각각이 주는 효과를 음미하는 안목을 갖추는 일이 생산적이라 생각된다. 인터넷을 보면 불과 몇 단어짜리의 이야기를 쓰고 공유하는 사이트들을 쉽게 찾아볼 수 있으며, 소설가 서진은 '한 페이지 단편소설'이라는 기획을 진행하면서 일반인들의 글을 모아 여러 권의 작품집을 출판하기도 했다. 대표적인 문인 단체 중 하나인 한국작가회의도 회보에서 한 쪽에 다 들어가는 소설을 싣고 있다. 근래 우리나라 소설계의 한 가지 특징은 분량이 짧은 경장편이 주류가 되다시피 되었다는 점이다. 최근에는 아예 초단편이라 할 짧은 '손바닥소설'들을 모은 『짧아도 괜찮아』걷는사람 시리즈가 나오기도 했다. 이러한 예들이 보여주듯이 소설은 그 분량에 있어서 꽤 자유로운 예술이라 할 수 있다.

소설의 분량은 그 자체로 중요한 의미를 갖는다. 분량이 적으면 적은 대로 크면 큰 대로 그것에 고유한 형식이 있고 그것에 적합한 내용을 갖게 마련인 까닭이다. 우리가 익히 아는 단편소설과 중편소설, 장편소설, 대하소설은 물론이요, 단편의 1/4~1/3 정도 되는 콩트, 한 쪽 내외의 초단편, 그리고 앞서 예를 보인 바 '구절소설' 정도라 할 것들까지 각각의 특징을 보인다.

단편소설을 길게 늘인다고 해서 장편이 될 수 없고 반대로 장편소설의 내용을 간략히 요약한다고 해서 단편소설이 될 수 없는 이유가 여기 있다. 널리 알려진 대로, 단편소설이란 대개 하나의 사건을 다루는 반면에 장편소설은 여러 사건들을 포괄하기 마련이다. 달리 말하자면 인생의 한 단면을 포착하는 것이 단편소설의 방식인 반면 장편소설은 인간 사회의 복잡한 양상을 세세히 담아내는 특징을 보인다고 할 수 있다.

전문용어를 사용해 보면 이들의 차이가 좀 더 명확해진다.

'춘향이와 이몽룡' 혹은 '방자와 향단'처럼 특정 등장인물들끼리 만들어 나가는 사건의 연속을 스토리-선story-line이라고 하는데, 단편소설은 대체로 두어 명의 인물들이 만드는 하나의 스토리-선으로 이야기가 마련되는 반면 장편소설은 그러한 스토리-선들 여러 개가 서로 이어지고 갈라지면서 전개되는 복잡한 양상을 띤다. 대하소설이란 꽤 많은 스토리-선들의 길이가 확장되고 그들 간의 관계도 복잡해지면서 대개 역사적인 시간성을 띠는 경우로 주요 특징을 잡을 수 있다. 초단편의 경우는 하나의 스토리-선으로 이루어지되 그것이 발단에서 전개, 위기, 절정을 거쳐 결말에 이르는 완미한 구조를 갖기보다는 대체로 반전을 이용하여 급작스럽게 끝을 맺는 경우라 할 수 있고, 구절소설이란 스토리-선 자체를 갖추지 않는 경우에 해당된다 하겠다.

소설의 분량이 갖는 의미는 작품 바깥으로도 확장된다. 좁게는 개개인의 심적·문화적 상태를 알려 주고, 넓게는 사회문화의 상황을 알려 주는 지표가 되기도 하는 까닭이다. 사회역사적인 문제를 탐구하는 장편이나 대하소설이 사랑받는 시대와 단편 혹은 초단편이 인기를 끄는 시대는 사회문화적으로 큰 차이를 가진다고 할 만하다.

개개인에 주목해 보면, 어떠한 분량의 소설을 좋아하는가가 그 사람의 상태나 문화적 지위를 나타내 준다고 할 수 있다. 긴 호흡의 작품을 읽을 수 있는 여유와 예술적인 안목을 갖췄을 때에야 장편이나 대하소설을 접하게 마련이니 말이다. 사정이 이러하니, 우리 시대에 유행하는 혹은 내가 좋아하는 소설들의 분량은 어떠한지 새삼 돌아볼 필요도 있겠다.

02

문학을 둘러싼 이야기

문학상 논란에 대한 단상

우리 주변에는 문학상이 많다. 전국적인 권위를 가진 경우만 해도 열 손가락이 부족할 정도다. 여기에 지역적 특성을 띠는 문학상과 대중문학에 주어지는 문학상, 신춘문예 등까지 포함하면 보통 사람들이 상상하는 수효보다 훨씬 많아지게 된다.

문학작품에 상을 준다는 것은 무슨 의미일까. 학업 성취도를 점수로 매겨 줄을 세우는 학교 시험과 달리 문학작품의 가치는 수치로 표현할 수 없다. 따라서 어떤 작품에 문학상이 수여된다는 사실이 그 작품이 가장 훌륭하다는 증표가 되는 것은 아니다. 사정이 이러해서, 문학상의 목표가 무엇인가에 대해서는 명확한 답이 있기 어렵다.

문학상을 시행하는 목적이나 이유가 뚜렷한 경우도 있다. 특정 경향의 문학작품들을 기리고자 하는 문학상이 그렇다. 예를 들어 '전태일문학상'이나 '5·18문학상'은 노동문학이나 진보적인 민족민중문학을, '한낙원문학상'은 과학소설SF을 발전시키겠다는 뚜렷하고도 차별적인 목적을 갖는다.

이들과 달리, 이상이나 김동인, 서정주, 채만식, 황순원 등 한국 근현대문학사를 수놓은 주요 문인들의 이름을 내건 문학상들은 그 성격이 모호하다. 이들 문학상의 수상작들을 보면 '한겨레문학상'이나 '문학동네 작가상' 등과 크게 다를 것이 없어서, 그저 훌륭한 작품을 꼽는 정도라 할 만하다. 달리 말하자면 오늘 여기의 한국문학의 발전에 기여하는 작가, 작품을 기리는 셈이다.

이렇게, 훌륭한 작품들이 계속 발표될 수 있도록 격려하는 것이 문학상 대부분의 주된 기능이라 하겠다.

문학상의 또 다른 기능으로는, 작가들이 처한 경제적인 어려움을 덜어주는 면도 빼놓을 수 없다. 우리 문단에서 작품을 창작하는 것만으로 생활해 나갈 수 있는 전업 작가는 두 손으로 꼽을 정도밖에 되지 않는다. 그 외의 수많은 작가들은 겸업을 하거나 주변의 도움에 기대거나 그도 아니면 극도의 궁핍을 감내할 수밖에 없는 처지에 놓여 있다. 상황이 이러하니, 문학상들이 행하는 경제적인 기능 또한 문학상의 존재 의의 중 하나라고 할 만하다.

이러한 문학상을 두고 근래 문단의 여론이 뜨거워졌다. 2018년 '미당문학상'의 후보로 거론된 한 시인이 서정주의 친일 및 군사독재 미화 사실을 이유로 선정을 거부하면서 이른바 친일문학상 문제가 다시 이슈가 된 것이다. 이것이 다시 문제되었다는 것은, 2017년 여름 한국문인협회에서 '춘원문학상'과 '육당문학상'을 제정하기로 했다가 문단과 사회의 비판에 밀려 철회한 바 있고, 일찍이 2000년에 '동인문학상'을 두고 논란이 일기도 했던 까닭이다. 현재는 한국작가회의에서 친일문학상에 대한 논의를 진행 중에 있다.

친일 경력이 있는 문인의 이름을 딴 문학상을 개별 문인이 거부하는 것은 소중하고도 아름다운 행위이다. 문학에 대한 문학자로서의 헌신 혹은 정의에 대한 지식인으로서의 헌신을 보여 주는 까닭이다.

하지만 한국작가회의라는 커다란 문학 단체가 친일 경력이 있는 문인의 이름을 딴 문학상을 단체 차원에서 친일문학상으로 규정하며 배척하는 일이 벌어진다면 이것은 또 나름대로 큰 문제를 띠게 된다. 작게는 문학작품의 가치와 작가의 사회적 행적을 일치시킴으로써 문학의 특수성과 자율성을 위태롭게 하는 것이고, 크게는 친일 경력이 있는 문인들의 문학(사)적인 성과들까지 거부하는 데로 이어질 것이기 때문이다.

친일 부역이 반민족적인 역사적 과오라는 사실은 분명한 것이고 그러기에 힘든 과정을 거쳐 친일파의 행적을 국가 차원에서 기록으로 남겼지만, 이러한 사실이 그들이 친일 전후에 했던 공적을 지우는 것까지는 아니었음을 상기할 필요가 있다. 따라서 주요 문인들의 친일 경력을 잊지 않고 반성의 계기로 삼는 일은 계속되어야 하지만, 그들의 문학사적인 위상 자체를 지우거나 정치·역사적인 판단으로 문학의 자율성과 다양성을 위축시키는 데까지 나아가는 것은 바람직하지 않다. 여기에 더해 문학상들의 주된 기능까지 함께 고려하면, 친일 경력이 있는 문인의 이름을 딴 문학상을 친일문학상이라고 좁게 판단해서 없애고자 할 일은 아니다.

문학상과 저작권

문학계가 계속 시끄럽다. 최근 몇 년간 동인문학상, 미당문학상을 두고 친일문학상 문제가 불거졌는데, 이번에는 다른 문제로 이상문학상이 이슈가 되었다. 저작권 문제다. 이 문학상을 주관하는 문학사상사의 저작권 정책이 공정하지 못하다는 점이 부각된 것이다. 사태의 추이를 간단히 정리하면 다음과 같다.

2020년 올해 이상문학상 우수상 수상 작가로 내정된 소설가 김금희가 저작권 양도 조항을 문제시하며 수상 거부 의사를 밝힌 것이 단초가 되었다. 여기에 마찬가지로 우수상 수상 작가로 내정되었던 최은영, 이기호 작가가 호응하여 수상을 거부하면서 문제가 불거졌다. 이 문제가 세간의 주목을 끌게 된 것은, 이러한 흐름을 이어서, 작년도 이상문학상 대상 수상자인 소설가 윤이형이 절필을 선언한 사건이다. 이후 이들에 동조하는 문인들이 문학사상사의 원고 청탁에 대한 거부 의사를 밝히며 문단 내에서 문제가 커져 가자, 드디어 문학사상사가 입장문을 내어 사과를 표했다. 이 모두가 2020년1월 초부터 한 달간 전개된 일이다.

문학사상사 홈페이지에서 지금도 확인되는 관련 규정을 보자. “대상 수상 작품의 저작권은 본 규정에 따라 주관사에 귀속된다. (…중략…) ‘이상문학상 작품집’ 발행 후 3년이 경과하면 동 대상 작품을 저자의 작품집 또는 저자의 전집에 한해서 수록할 수 있다.” 작품의 저작권을 주관사에 귀속시키는 것은 ‘작가의 저작권을 아예 인정하지 않는 매절’에 해당한다. 21세기가 20년이나 지난 시점인데도 여전히 매절을 유지하고 있었다니 놀랍다. 그 기간이 3년이나 된다는 것도 눈에 띄는데, 더욱 놀라운 점은, 그 이후에도 저자의 작품집이나 전집에만 수록할 수 있게 한다는 점이다. 작가가 다른 작가와 더불어 앤솔로지 등을 만들 때 수록할 수는 없다는 것이다. 영원히 말이다.

이상으로도 문제가 실로 어마어마한데, 나쁜 조항이 하나 더 있다. “다만, 어떤 경우에도 ‘이상문학상 작품집’의 표제대상 작품명와 중복되거나, 혼동의 우려가 없도록 하기 위하여 대상 작품명을 대상 수상 작가 작품집의 서명書名, 표제작으로는 쓰지 않기로 한다.” 3년이 지나서 자신의 작품집에 수상 작품을 수록할 때도 그 작품의 제목으로 작품집의 제목을 삼으면 안 된다는 것이다. 사실 이 규정은 지키기 어려운 것이 아니라는 점에서 문제 삼지 않고 넘어갈 수도 있겠지만, 그러한 규정의 근거로 ‘이상문학상 작품집’과의 혼동 운운한 것은 가소롭다. 도대체 어떻게 혼동될 수 있다는 말인지 알 수가 없다. 이런저런 사정을 종합할 때 이 조항은, 저작권 계약과 관련하여 문학사상사가 갑의 위치에서 제 마음대로 행세해 왔음을 보여 준다고 하겠다.

이상문학상의 경우는 바로 이 면에서 문제가 컸다. 앞에서 본 대로 위의 저작권 조항은 이상문학상 대상大賞 수상 작품만을 대상對象으로 하는데, 실제로는 대상이 아닌 우수상 수상 작품에도 동일하게 적용하려 해 왔다고 한다. 적용하려 해 왔다는 말은, 우수상 수상 작가로 내정된 소설가들에게 연락하여 위와 같은 저작권 조항을 알린 뒤, 이에 문제를 제기하면 받아주고, 그렇지 않으면 대상 수상 작가와 동일하게 위의 규정을 적용해 왔다는 것이다. 따라서 우수상 수상 작가들에게는 명시된 관련 규정도 없는 상태로 저작권을 매절해 온 셈이다. 김금희 작가가 대상 수상작 선정 결과가 발표되기 전에 이상문학상을 거부한 사실이야말로 이러한 관행을 입증해 준다.

글머리에서 밝힌 대로, 문제가 커지자 문학사상사가 입장을 내놓았다. "대상 수상작의 저작권 3년 양도 조항을 출판권 1년 설정으로 바꾸고, 대상 수상작을 수상 작가의 작품집 표제로 삼지 못하게 한 기존 규정 역시 손보아, 1년 뒤부터는 해제하기로 했다"고 몇몇 언론에 보도되었다. 더불어 "제44회 이상문학상 진행 과정에서 발생한 문제와 그간 모든 일련의 상황에 대해 심각하게 인식하고 있으며 깊은 책임을 느낀다"면서 "이번 사태로 상처와 실망을 드린 모든 분들께 심심한 사의를 표한다"라 하였단다.

하지만 사태가 이것으로 끝나지는 않을 듯싶다. 위의 입장문에 대한 비판을 보면, 문학사상사가 비독점출판권을 요청하는 것이 아니라 출판권을 독점하려고 하는 것이 아닌가 하는 의구심이 남아 있다.김유태, 「소설가 이기호, 문학사상사 정면 비판」, 『매일경제』, 2020.2.5 문학사상사의 출판권 행사 기간 1년 동안 작가는 수상 작품을 출판할 수 없는 것 아니냐는 의심이 제기되는 것인데, 이는 적절해 보인다. 대상 수상작을 작품집 표제작으로 쓰지 못하게 하는 규정을 1년간은 유지하겠다는 문제가 여전히 남아 있고, 이런 문제를 보면, 출판권 설정 기간 1년 동안 작가의 작품집 발행 권한을 인정할 것 같지도 않기 때문이다. 문학사상사가 입장을 밝히는 과정이 매끄럽지도 않았고 입장문의 내용을 수정하여 모호하게 처리한 점임동현, 「'왔다갔다 사과문' 문학사상사, 진심이 없다」, 『시사주간』, 2020.2.6 또한 이러한 의구심을 키운다.

문학사상사가 작가의 저작권을 최대한 존중하는 방향으로 규정을 바꾸고 그것을 투명하게 밝혀야 한다. 작가의 의사를 묻고 계약서를 작성한다고 해도, 계약의 내용이 현재의 기준에 비추어 공정하지 못하면 잘못이다. 작품 출간과 달리 문학상이므로 매절도 괜찮다는 생각은 지금 기준에는 맞지 않는다. 작가들의 반발이 이를 증명한다. 따라서 작가들의 저작권은 전적으로 인정하면서, 문학상 주관사도 출판할 수 있다는 비독점적인 출판권을 보장받는 수준으로 규정을 바꾸어야 한다. 이번 일을 계기로 문학사상사가 그러한 전향적인 태도를 취할 때, 문학 출판계의 모범을 보이면서 말 그대로 전화위복의 상황 전개를 기대할 수 있을 것이다.

이러한 문제가 비단 문학사상사에만 있을까 싶다. 작가의 저작권에 대한 침해와 계약의 공정성을 엄밀하게 따져서 살펴보면 여러 문제 사례들이 문학계와 출판계 전반에서 찾아질 것이다. 상황이 매우 나쁘리라고 예단하고 부정적으로 보려는 것이 아니다. 시대가 변하고 있는데 아직 그에 맞추지 못한 경우가 많으리라고 예상하는 것일 뿐이다. 저작권 문제 외에도 인세 문제, 강매 문제, 상금의 기부 문제 등이 없지 않으리라. 열악한 출판 상황에서 유래한 관례에 해당하는 경우가 많은 것도 사실이지만, 세상이 바뀌고 있는데 문학계와 출판계만 볼멘소리를 하며 불의가 지속되기를 요구해서는 안 된다.

현대 사회의 공적 업무는 법과 규칙을 따른다. 절대권력을 휘두르는 왕이나 신분제상의 특권 계층의 자의를 막고 사회 구성원 모두의 권리를 존중하기 위해서다. 이것이 현대 사회가 그 이전의 사회들보다 진보한 점이다. 같은 맥락에서 법적 주체들 간의 업무는 상호 동의하는 계약을 따른다. 따라서 매절이 됐든 무엇이 됐든 서로가 동의한다면 문제의 소지는 없다고 할 수도 있지만, 계약 쌍방의 동의가 말 그대로 공정하게 자유의사에 의해 이루어지는가가 고려될 필요가 있다. 주요 문학상을 주관하는 메이저 출판사와 개인 작가의 관계는 그 자체로 대등하기 어려우므로, 약자인 작가의 권리가 침해되지 않는 방향으로 지난 시대의 관행과 문제들이 개정되도록 우리 모두가 관심을 가져야 한다. 을이 말하지 않는데도 갑이 알아서 문제를 해결해 주는 경우는 거의 없다.

지역문학상의 의미

지난 몇 년간 연례행사의 하나로 '포항 소재 문학상'의 소설 부문 심사를 진행했다. 문학상을 시행하는 전국 곳곳의 지역들과도 달리 이 상의 경우는 작품의 소재를 포항에서 취해야 한다는 점이 확고한 규정처럼 작용한다. 작품의 소재나 내용이 포항과 무관한 경우, 작품의 문학적 성취도가 아무리 빼어나다 해도 애초에 고려 대상이 되지 못하는 것이다.

이 심사를 처음 의뢰받았을 때 이 규정의 문제에 대해 말해보았다. 문학상이란 것이 훌륭한 문학작품을 기리는 것일 텐데 작품의 주된 요소라 하기도 어려운 소재에 발목이 잡혀서야 되겠는가. 소재의 제한 때문에 전국 각처의 문학(지망)자들이 선뜻 응모할 수 없을 터이니 이는 문학상을 널리 알리는 데도 기여하는 바가 없지 않은가. 지구촌이란 말이 현실이 된 마당에 지역성을 주장하는 것은 다소간 시대착오적이지 않은가. 대체로 이러한 생각들을 품고 은근히 문제 제기의 뜻을 표했던 것 같다.

재미있는 것은, 같이 심사를 진행하시는 분들이나 이 문학상

제도를 운영하시는 분들 또한 비슷한 생각을 갖고 있다는 점이다. 매해 심사 자리에서 만나게 되는 분들 중에서 더러는 내게 그러한 생각을 표명하기도 하신다. 그럼에도 불구하고 언제든 이 이야기가 길어지지는 않는다. '포항 소재 문학상'을 주최하는 포항시의 입장이 그러하다는 사실을 서로 확인하면서 유야무야되는 까닭이다.

이러한 상황은, 어찌 보면, 문학에 문외한인 공무원이 아마도 별 생각 없이 내린 판단을 문학 전문가들이 그대로 좇는 것이라 할 수도 있겠다. 사정이 이렇다면 아름답지 못한 상황이라고 하지 않을 수 없는데, 사실 나도 처음에는 이렇게 생각하여 꺼림칙한 마음을 지울 수 없었다.

그럼에도 불구하고 나는 심사 요청이 오면 흔쾌히 수락한다. 경제적인 맥락만을 따르는 문화상품이 넘쳐 나는 이 시대에 여전히 예술로서의 문학에 전념하는 이들의 노고가 소중하다는 생각이 크기 때문이고, 이런 저런 작품을 읽는 재미가 없지 않은 까닭이다. 이에 더해서, 소재의 제한성에 대한 찜찜함이 시나브로 사라져서 수준 미달의 작품들을 볼 때 소재적 제한 때문에 작가가 제 능력을 맘껏 펼치지 못했으려니 생각해 주는 정도에 그치게 된 것도 이유가 되겠다.

곰곰 생각해 보면, 소재의 제한이 그리 문제될 것도 없다. 조선 시대의 문인들이 서로 시재詩才를 자랑할 때도 운자韻字를 내어 경쟁의 성격을 강화했던 것을 생각하면, 작품들을 받아 상당수를 탈락시킨 뒤 선정된 것들에 순위를 매겨 상을 주는 문학상에서 부가적인 심사 기준을 두는 것이 이상한 일은 아니기 때문이다. 그 기준이 문학성 자체에 반하는 것이 아니고, 특정 이데올로기에 관련된 것도 아닌 다음에야 더욱 그렇다.

다른 측면에서 보자면 긍정적인 점도 크다. 쉽게 짐작할 수 있는 대로 지역의 문화를 풍부하게 하려는 취지에 따른 것이라 할 때 문제될 것은 없다. '포항의 문학', 지역의 문학을 키우는 일이 한국문학을 풍요롭게 하는 데 기여한다는 사실을 생각해 보면, 지역문학상의 특수성을 강조하는 방침은 오히려 적극 권장할 일이다. 사람이나 자본, 문화 시설 등 거의 모든 것이 서울에 집중되는 현상이 강화되고 있는 우리 사회에서 각 지역의 문화가 나름의 특수성을 갖추려 하는 것은 소중한 움직임이다. 문화의 중심화·집중화가 심화되면 될수록 문화의 발전에 어떤 도움도 못 될 단일화·동일화 경향 또한 강화되기 쉬운 까닭이다.

지역의 문학상이 자신의 특성을 찾는 방식이 소재 차원에 머무는 것은 아쉬운 일이지만 아쉬움을 없애자고 특수성을 포기한다면 이는 바람직하지 않다. 한국문학의 발전이 세계문학에 기여하는 방식이 '한국의' 문학을 키우는 데 있는 것처럼, 각 지역의 문학들이 저마다의 특성을 갖추는 것이야말로 한국문학의 저력을 강화하는 것이기 때문이다. 사정이 이러하니, 특성을 좀 더 세련되게 갖추려는 노력이 필요할 뿐이다.

작품과 작가의 관계를 생각한다

2017년 사람들의 이목을 끈 문학계의 두 가지 사건으로, 『미당 서정주 전집』은행나무의 발행과 소설가 마광수 선생의 운명을 들 만하다. 경사와 애사로 사건의 성격이 다른 만큼 사람들의 반응 또한 같을 수 없음은 당연한 것이지만, 실제의 차이는 다른 방식으로 드러났다. 한국 현대시의 역사에 큰 족적을 남긴 서정주의 전집이 여러 양식의 글쓰기를 망라하여 총 20권으로 발간되었지만 문단 안팎의 반응은 신통한 것이 없었고, 문학의 외설 문제로 사회를 시끄럽게 했던 작가의 죽음을 두고서는 추모와 애도의 말에 더해 그의 문학이 끼친 영향에 대한 긍정적인 언급들이 표명된 것이다.

이 두 사태에는 한 가지 공통점이 있다. 사람들의 반응에 있어서 '작가를 앞세워 작품과 작가를 갈라 보지 않는 양상'이 확인된다. 한편에서는 서정주의 친일 및 독재 미화 행적에 대한 비판의식을 앞세워 전집 발간의 의의를 돌아보지 않았고, 다른 한편에서는 작품 활동으로 구속되고 대학에서 쫓겨났던 마광수의 고난을 떠올리며 그 작품들의 문제는 생각지 않았다.

이러한 태도의 바탕에는 '훌륭한 작품이란 위대한 작가에게서 나온다'는 식의 판단이 깔려 있는 듯싶다. 그리고 이러한 판단이 지속되는 데는, 어두운 시대에 맞서온 지식인 작가에게 찬사를 보내며 그러한 행적을 기리고자 하는 우리나라의 현실적인 맥락이 작용하고 있을 것이다.

이렇게 저간의 사정을 이해할 수 있다 해도, 작가와 작품을 동일시하는 데서 나아가 문학작품의 특성 자체에 주목하는 방식을 폄하하기까지 하는 데는 이의를 제기하지 않을 수 없다. 두 가지 면에서 그렇다. 앞의 사례들을 좀 더 깊이 보면 그럴 수 없다는 것이 하나요, 대체적인 상황을 볼 때도 그러한 동일시론이 보편성을 띠지 않는다는 점이 다른 하나다.

천 편에 이른다는 서정주 시 중 정치적으로 문제적인 것이 있고 후기시들 상당수는 태작에 가깝지만, 첫 시집 『화사집』1941에서 『질마재 신화』1975에 이르는 전기시의 상당수는 시적 형상화 방식이나 시 세계의 개척 면에서 한국 현대시의 발전에 있어 중요한 의미를 지닌다. 오랜 기간의 한국문학 연구를 통해 축적되어 온 이러한 평가를 존중한다면 향후 연구에 도움이 될 전집 발간의 의의를 인정해야 마땅하다.(방대한 전집이면서 '시집으로 묶이지 않았다'는 이유로 친일시 등을 누락한 것은 염연한 잘못이지만)

마광수의 경우는 반대에 가깝다. 시집 『가자, 장미여관으로』1989와 소설집 『즐거운 사라』1992 등을 통해서 성에 관해 한국 사회가 보여 온 이중성 및 위선에 도전하다 투옥에까지 이른 행적이 자유의 신장이라는 면에서 일정한 역할을 한 것은 맞지만, 작품 세계를 보면 앞의 평가까지도 재고해야 마땅하다. 성을 다루는 그의 작품은 대체로 남성 중심주의적인 환상에 기초하거나 여성을 객체화하고 성을 사물화하며 그러한 맥락에서의 교설을 빠뜨리지 않아, 사실상 포르노 수준을 벗어나지 못했기 때문이다.

이러한 실제를 돌보지 않고 작가의 행적을 앞세운 단선적인 평가가 지속된다면 이는 문화적으로 불행한 일인데, 작가와 작품의 불일치 현상이 일반적이라는 점도 이러한 우려를 뒷받침한다. 톨스토이나 토마스 만의 경우처럼 작가의 올바른 행적과 작품의 우수성이 일치하는 사례들이 물론 있지만, 그에 못지않게 반대 사례 또한 많다. 노르웨이문학을 대표하는 크누트 함순은 나치에 협력한 오점을 남겼고, 널리 사랑받는 괴테 또한 민주주의와 진보의 견지에서 보면 반동적이었다.

넓게 보아 자본주의 체제를 기준으로 삼으면 작가들 일반이 비루한 존재일 뿐이라는 점도 고려해야 한다. 보들레르나 에드거 앨런 포, 랭보는 물론이요 우리나라 문인 대부분이 사회경제적으로 그러했다. 이념적으로도 특별할 것 없는 보잘것없는(!) 생활 속에서 훌륭한 작품을 남긴 이 작가들의 존재야말로, 작가와 작품을 동일시하는 경향의 잘못을 알려 준다.

여러 나라에서 온 문인들이 가득 찬 극장. 피부가 얇고 표정이 단정하여 깎은 듯한 인상의 작가가 연단에 올라 다음과 같이 말한다.

전 세계에 자비를 설파한 성자는 석가이며 공자입니다. 하지만 그 자비를 진정으로 행하신 분은 천황 한 분을 제외하고는 없노라 믿고 있습니다. 일본인은 자비를 행하시는 천황을, 신명을 다해서 받드는 사명을 안고 있습니다. 그것이 일본인의 생활 목표라고 믿고 있습니다. 그러므로 일본인에게 개인주의는 없습니다. 개인의 인생 목표 자체가 없습니다. 인생 목표를 갖고 있는 분은 천황 한 분뿐이십니다. 일본인은 그렇게 믿기 때문에 자기 자신을 완전히 멸할 수 있습니다. 이것이 석가의 공적에 통하고 공자의 인 사상의 극치라 믿습니다. 자신의 모든 것을 천황에게 바치는 것이 일본 정신입니다.(곽형덕 역, 『대동아문학자대회 회의록』, 소명출판, 2019, 40쪽)

이것은 무엇인가. 천황제 파시즘을 주장하는 논리이다. 사회

구성원 모두가 천황에게 자신을 전부 바치는 것 외에는 어떠한 목표도 갖지 않으며 천황만이 인생 목표를 가진다고 믿고 자신을 완전히 죽이는 사회, 곧 천황을 정점으로 하는 전체주의 파시즘을 설파하고 있다. 석가와 공자까지 끌어들여 천황을 신격화하는 논리를 펼친 51세 연사의 이름은 가야마 미쓰로香山光郎이다. '일본·조선' 대표의 한 명인 이 연사를 의장은 "이 분은 전에는 이광수라 불렸던 분입니다"라고 소개한다.39쪽

그렇다. 위의 연사는 『무정』1917을 쓴 그 이광수다. 1919년 동경에서 선포된 「2·8독립선언서」를 기초하고, 상해에서 대한민국 임시정부 수립에 관여한 뒤, 『독립신문』의 사장 겸 편집국장으로 일하고, 1920년 흥사단에 입단했던 춘원 이광수다. 1930년대 말에 이르기까지 춘원은, 민족 계몽에 앞장선 민족 지도자이자, 『동아일보』 편집국장과 『조선일보』 부사장을 역임한 언론인이며, 흥사단의 국내 단체인 수양동우회의 실질적 책임자였다.

이렇게 민족계몽운동의 지도자이자 청년의 우상이었던 춘원은 1937년 수양동우회 사건으로 투옥되어 병보석으로 풀려난 뒤, 재판 중이던 1938년에 전향을 하였다. 1939년 조선문인협회 회장으로서 황민화운동을 시작하여, 창씨개명을 행하고, 임전대책협의회, 조선임전보국단, 조선문인보국회, 조선언론보국회 등 여러 단체와 행사의 주도자로서 일본의 제국주의 정책을 지지·옹호하였다.

앞의 연설은 일본 도쿄의 제국극장에서 벌어진 제1차 대동아문학자대회에서 행한 것이다. 1942년 11월 3일의 일이다. 이 연설의 허두에서 그는 '동아정신은 진리 그 자체'이고 대동아정신은 '수립되는 것이 아니라 발현되는 것'이라고 하였는데 이 말은 대회 내내 다른 사람들의 칭송을 받았다. 그만큼 춘원의 연설은 갈고 다듬은 자기 생각을 드러낸 것이어서, 강압에 의해 어쩔 수 없이 그런 연설을 했다고는 보기 어렵다.

이러한 이광수의 행적을 어떻게 평가할 것인가. 춘원 스스로는 해방 후의 글 「나의 고백」에서 "내가 천황을 말하고 내선일체를 말하는 것은 오직 조선 민족을 위한 것이다"『이광수전집』 7, 우신사, 1979, 275쪽라고 밝힌 바 있다. 물론 그것은 변명이다. 그가 나름의 논리를 갖추어 자신이 친일 행보를 보이게 된 사정을 해명하고는 있지만, 앞에서도 본 대로 그의 친일은 의식적으로 행해진 것이기 때문이다. 독립과 더불어 1948년 10월에 구성된 반민족행위특별조사위원회반민특위가 이승만 정권에 의해 와해되면서 춘원 또한 불기소 처분을 받았지만, 그의 친일 행적은 역사에 새겨져 있다. 『친일반민족행위 진상규명 보고서』2009가 그것이다.

여기서 중요한 점은, 춘원의 역사적 과오가 그가 친일 행위 이전에 보였던 민족운동가로서의 행적과 문인으로서의 업적을 지우지는 않는다는 사실이다. 이 또한 엄연한 역사로서 온전히 기록되고 제대로 평가되어야 한다. 상해에 있는 임시정부 청사에 춘원이 찍힌 사진이 전시되어 있고, 여러 교과서에 그의 작품이 실려 있으며, 2016년에 동서문화사에 의해 춘원문학상이 제정된 것 모두 이러한 사정에 따른다. 이렇게, 말년의 친일 행위와는 별개로, 민족주의자이자 계몽주의자로서의 춘원, 한국 근대문학의 개척자로서의 이광수를 기리는 것은 필요하고 또 올바른 일이다.

정치나 경제, 문화 등 사회의 각 부문이 서로 긴밀히 연관되어 있고, 과거에 대한 역사적 인식의 올바름이 현재와 미래의 삶을 구축하는 데 긴요한 것은 물론이지만, 그렇다고 해서 사회의 한 부문이 다른 모든 부문을 지배할 수 있는 것은 아니다. 따라서 특정 시점의 행위에 대한 역사적 평가가 그 이전의 모든 행적을 무화해서도 안 되고, 역사의 평가가 다른 분야의 평가를 덮어 버려도 안 된다. 후대의 이점에 편안히 기댄 채 한 가지 기준으로 모든 것을 획일적으로 재단하려 하지 않는 한, 이러한 사정이 무시되어서는 더 큰 문제가 생기는 까닭이다. 새로운 독단에 따른 새로운 전체주의가 그것이다.

새삼 춘원의 이야기를 꺼내는 이유는 무엇인가. 2019년 대통령의 현충일 추념사에서 언급된 약산 김원봉에 대한 평가 문제로 세상이 시끄러웠던 까닭이다. 더불어 미당문학상과 관련해서 문학계가 혼란스럽기 때문이기도 하다.

약산이 누구인가. "항시 민중과 함께 생각하고, 또 행동하는 사람"박태원, 『약산과 의열단』, 깊은샘, 2000, 205쪽으로서 식민지 시대에 일제에 무력으로 맞서는 투쟁을 이끈 대표적인 인물의 하나이다. 1898년 경남 밀양 출신인 김원봉은 1919년 불과 22세의 나이로 서간도 길림성에서 무정부주의 투쟁 단체 의열단을 조직하여 식민지 지배 세력에 타격을 가하고 친일 분자들을 응징하였다. 이후 조선의용대를 창설하여 이끌다가 임시정부와 손을 잡아 광복군 부사령관과 임시정부 군무부장을 지냈다. 이렇게 '적극적인 독립운동 공적'을 이루었지만 약산은 독립유공자로 서훈을 받지 못하고 있다. 1948년 남북협상 때 북한에 갔다가 거기 머물러 국가검열상, 노동상, 최고인민회의 상임위원회 부위원장 등의 고위직을 역임한 까닭이다.

약산이 독립유공자로 기려지지 못한 것은 월북 이후의 행적으로 식민지 시대의 공적을 지운 탓이다. 춘원의 경우에 빗대어 볼 때 잘못임이 분명하다. 우리 사회의 의식의 폭이 좀 더 넓어지면 이 문제가 해결될까. 그러리라고 마냥 기대하기는 어려워 보인다. 사정은 동일한데 반대의 경우가 있기 때문이다. 미당 서정주를 둘러싼 논란이 그것이다.

서정주의 문학적 공적은 이광수에 못지않아 일찍이 2001년에 중앙일보사에서 미당문학상을 제정하였다. 이 상은 만들어질 때부터 미당의 친일, 친독재 행적을 문제 삼는 반대에 부딪혔고, 근래 들어서는, 폐지해야 하는 친일문학상으로 지목되어 다시 논란의 대상이 되고 있다.

폐지론자들의 주장은, 문학과 삶은 나란히 가는 것이므로 일제에 협력하고 독재에 아부한 문인의 작품이 훌륭할 수는 없다는 것이다. 이 또한 잘못이다. 이렇게 보면, 나치에 협력했던 노벨문학상 수상자 크누트 함순 같은 경우를 들지 않더라도, 신분제 사회에서 나온 지배계급의 모든 예술 또한 그 가치를 잃을 수밖에 없는 까닭이다.

약산의 경우가 어느 시점의 행적을 가지고 그 이전의 공적을 무시한다면, 미당의 경우는 한 부문의 행적으로 다른 부문의 업적을 무시한다. 두 경우 모두 한 가지 기준으로 모든 것을 재단한다는 점에서 똑같은 잘못을 범하고 있다.

더욱 문제는, 약산과 미당에 대한 태도가 정치적 이념에 따라 달라진다는 사실이다. 진보적인 사람들의 경우 약산을 독립 유공자로 추대하자면서 미당문학상은 부정적으로 보고, 보수적인 사람들은 그 반대로 미당문학상을 없애면 안 된다고 하면서도 약산의 서훈에는 부정적이다. 이 무슨 정신분열인가! 약산의 서훈에 반대한다면 친일 행적이 있는 문인들의 문학상도 부정해야 마땅하고, 미당문학상을 폐지하자고 주장하려면 약산의 긍정적인 재평가에도 반대해야 한다. 적어도 그런 일관성은 가져야 한다. 춘원의 경우에서처럼 보다 길고 넓은 안목으로 사태를 바라보지는 못한다 해도 말이다.

03

시와 예술에 대한 단상

야유와 연설의 시대에 시를 읽는다

베르톨트 브레히트의 「서정시가 어울리지 않는 시대」

몸담고 있는 대학의 문학 강의에서 학생들과 시를 공부할 때 나는 브레히트의 「서정시가 어울리지 않는 시대」와 보들레르의 「알바트로스」를 가장 먼저 읽는다.

이 두 편으로 시 공부를 시작하는 것은 이들이 시에 대한 시이면서 서로 상반되는 주장을 보이기 때문이다. 브레히트의 시는 시란 무엇을 어떻게 노래해야 하는가를, 보들레르의 시는 시인은 어떤 존재인가에 대한 생각을 담고 있다.

보들레르의 「알바트로스」는 '시인 천재론'으로 특징지어지는 낭만주의적인 시인관을 품고 있다. 시인 예술가란 원래 '구름위의 왕자'와도 같고 '거인' 같기도 한 천상의 존재, 고상한 존재라고 하는 것이다.

이 시는 이러한 시인이 자본주의 현실에서는 제대로 대접받지 못하고 있음을 보여 현실을 간접적으로 비판한다. 창공을 유유히 날던 멋진 바닷새 알바트로스가 선원들에게 잡혀 뱃전에 부려지면 큰 날개 때문에 도망가지도 못하고 놀림을 받는다는 이야기를 앞에 전개하여, 현대 사회의 시인 예술가 또한 바로 그렇게 시민들의 야유 대상이 되었다고 한다. 시인을 '지상에 유배된 거인'으로 지칭함으로써 돈벌이만을 척도로 하여 예술과 예술가를 무시하는 세태를 비판하고 있다.

브레히트의 「서정시가 어울리지 않는 시대」는 어떠한가. 이 시는 서정적 화자가 세상을 바라보는 자신의 태도를 말해 주는 앞의 세 연에 이어 시인으로서 자신이 언제 글을 쓰는지를 밝히는 다섯째 연으로 끝을 맺는다. 이 시를 몰라도 브레히트를 아는 사람이라면 짐작할 수 있듯이, 이 시가 보이는 것은 현실의 문제에 참여하는 시인이다. 서정시가 어울리지 않는 시대에 사는 시인이라면 서정시를 접고 현실 문제를 말하는 글을 써야 한다는 것이 이 시의 주장이다. 그런 시대에는 그런 시가 요청된다는 것, 예술은 시대의 요청에 부응해야 한다는 것이 브레히트의 생각이다.

시와 예술이 현실의 문제를 외면해서는 안 된다는 주장은 익숙하다. 모든 시가 언제나 그래야 한다고 주장한다면 사정이 달라지지만, 시와 예술의 현실 참여 기능이 아주 오래된 것이기에 더욱 그렇다. 문학예술을 통해 지배 이념을 자연스럽게 주입하여 사람들을 교화시키려는 시도는 동서양을 막론하고 고대에서부터 시행되어 왔다. 현대문학의 첫 시기를 장식하는 계몽주의 또한 여기서 벗어나지 않는다. 예술의 기능을 교훈에서 찾는 예술론이 이러한 사태를 주목한 결과임은 주지의 사실이다.

물론 시와 예술의 현실 참여를 말할 때는 약간 차이가 있다. 사회 상태를 옹호하는 것이 아니라 지배 세력에 대한 비판의 도구가 될 때를 주로 지칭하는 까닭이다. 요컨대 비판이라는 방식으로 현실 문제에 관여할 때 참여문학이라고 한다. 브레히트의 시 또한 이런 의미에서의 참여문학이 필요하다고 주장하는 것이며 바로 그런 까닭에 참여문학에 해당하지만 사정이 단순하지는 않다. '서정시가 어울리지 않는 시대이니 현실 문제를 노래해야 한다'라고 간단히 정리되지 않는다는 말이다. 시를 따라가며 음미해 본다.

이 시는 이렇게 시작한다.

> 물론 나는 알고 있다 행복한 사람만이
> 다른 사람의 호감을 산다 그의 목소리는
> 귀에 거슬리지 않고 그의 얼굴은 깨끗하다.

행복한 사람이 깨끗한 얼굴과 귀에 거슬리지 않는 목소리로 다른 사람의 호감을 산다는 사실은 시인에게 자명한 것이다. 해서 그는 '물론 알고 있다'라고 말한다. 우리도 안다. 행복한 사람은 그러하고 불행한 사람은 그러기 쉽지 않다는 것을 말이다.

하루하루의 노동이 고달프고 올해의 안녕을 내년에도 기약하기는 어려운 상황에 처해 있는 사람은 행복하기 어려우며 다른 사람의 호감을 자연스럽게 이끌어낼 용모와 말투를 갖추기 힘들다. '사소하고 보잘것없는 일'을 하는 사람들이 이 시가 말하는 깨끗한 얼굴과 거리가 먼 생활을 할 수밖에 없음은, 『인간의 조건』시대의창, 2013이나 『고기로 태어나서』시대의창, 2018 같은 한승태의 노동 에세이들에서 잘 확인된다.

브레히트 또한 2연에서 같은 맥락의 말을 해 준다.

정원의 나무가 기형적인 것은
토양이 나쁘다는 것을 말해 준다 그런데
지나가는 사람들은 나무를 비난한다 불구자라고
어쩔 수 없는 노릇이다.

행복하지 못한 얼굴을 가진 사람을 비난해서는 안 되는데 불행의 주된 요인은 개인이 아니라 상황에 있기 때문이라는 것, 이것이 브레히트의 생각이다. 그렇기 때문에 시인은 '푸른 조각배'나 '해협의 돛', '예나 지금이나 따뜻한 처녀들의 유방' 대신 '어부의 닳아 빠진 어망'이나 '사십 대에 허리가 구부러진 소작농'에 시선을 돌린다.3연 그리고는 '시에 운율을 맞추는 일이 겉멋을 부리는 것처럼 생각된다'고 고백한다.4연

이 시의 3·4연은 선명한 이분법을 보인다. 비역사적인 ahistorical 것과 역사적인 것의 대조가 그것이다. 아름다운 경치가 아름다운 것이나 처녀들의 따뜻한 유방이 따뜻한 것은 저 먼 고대에

서나 지금에서나 마찬가지다. 시대의 변화에 영향을 받지 않는다는 데서 이들은 비역사적인 현상이다. 반면 가난한 어부나 소작농의 상황은 시대에 따라 그 양상이 달라진다. 어떤 시대에는 그 정도가 참혹한 수준에 이르고 또 어떤 시대에는 따로 말할 것이 없을 정도로 그 경우가 미미해질 수 있는 까닭이다.

이렇게 비역사적인 것과 역사적인 것의 대조 위에서 브레히트는 마지막 연을 쓴다.

> 나의 내부에서 싸우고 있는 것은
> 꽃으로 만발한 사과나무에 대한 도취와
> 저 칠쟁이의 연설에 대한 분노이다
> 그러나 후자만이 나로 하여금
> 당장에 펜을 잡게 한다.

시인이 당장 글을 쓰게 만드는 것은 꽃으로 만발한 사과나무가 아니라 어설픈 화가이기도 했던 히틀러의 연설이다. 1939년 나치즘의 부상을 목도하면서 그러한 현실에 저항하기 위해 글을 쓴다는 것이다. 이러한 그가 쓰는 글이 서정시일 수 없음은 자명하다. 시도 아닐 것이다. 독재자의 연설에 대한 비판의 글이리라.

지금까지 브레히트의 「서정시가 어울리지 않는 시대」를 훑어보았지만 여기서 그칠 수는 없다. 시대를 넘어서는 생명력을 이

시에 부여해 주는 가장 중요한 요소를 지적하지 않은 까닭이다.

비역사적인 것과 역사적인 것의 이분법 위에서 선명한 대조를 구사하며 시상을 전개하고 있지만, 이 시의 주제효과가 이분법에 갇혀 있지는 않다는 사실이 중요하다. 칠쟁이의 연설에 대한 분노로 글을 쓴다 해서 시인의 가슴이 분노로만 가득 차 있지는 않다는 점을 주목해야 한다. 그의 내부에는 '꽃으로 만발한 사과나무에 대한 도취' 또한 또렷이 있다. 히틀러에 대한 분노를 유발하는 역사적인 상황에 대한 인식과 더불어 비역사적인 아름다움에 대한 도취가 함께하는 것이다.

따지고 보면 이 시의 바탕을 이루는 이분법 자체가 이분법으로 나뉘는 두 가지를 모두 작품에 담는 장치이기도 하다. 역사적인 사실만을 강조하면서 이를 위해 시를 써야 한다고 주장하려 했다면 비역사적인 것들을 굳이 언급하지 않아도 되었을 것이다. 양쪽을 모두 언급하되 한쪽을 부정하고 다른쪽만 강조할 수도 있겠지만 이 시는 그렇게 하지 않는다. '도취'와 '분노'가 자신의 내부에서 싸우고 있다 한 데서 이 점이 확인된다. 이러한 갈등에도 불구하고 분노의 글쓰기를 할 수밖에 없다 하여 진정성이 한층 강화되는 것이 사실이지만, 그럼에도 불구하고 비역사적인 것의 아름다움이 부정되지 않음은 물론이다.

이러한 폭을 갖추고 있는 것, 이것이 「서정시가 어울리지 않는 시대」의 특징을 이룬다. 보들레르의 「알바트로스」가 낭만주의적인 인식을 갖고 상황을 비판하듯이, 이 시 또한 아름다움에 대한 심미안을 저버리지 않고 현실을 비판한다.

원칙에 대한 고민은 던져버린 채 나와 주장이 같은가 다른가에 따라 사람들을 동지와 적으로 가르는 이분법이 한껏 강조되고 그로부터 생겨난 일방적인 야유와 연설만이 판을 치는 우리의 현실, 이 현실이 얼마나 강팍하고 단순한 것인지 이들 시를 읽으며 새삼 실감한다.

잃어버린 미래를 찾아서

이수명의 「10년 후」와 현택훈의 「우리들의 수학여행」 등

눈앞에 작고 얇은 책이 있다. 이제 24년이 지나 세월의 때가 묻은 이 책자의 표지에는 앳되어 보이는 한 여대생의 사진이 있다. 다른 사진에서 뽑아와 다소 흐릿하게 인쇄했지만 스물두 살을 넘지 않은 싱그러움이 여전히 선명하다. 책의 제목은 『꽃이 해마다 피어나듯이』이다. 책 안에 있는, 이제는 중견 시인이 된 이수명의 시에서 따온 구절이다. 그 시구는 다음 연에 속해 있다.

> 어느 날 자신이 보았던 것 속으로 사라지는 것,
> 남은 사람들의 망각 속에서 사는 것,
> 이것이 꽃이 해마다 찾아와 피어나는
> 삶의 주소일 것입니다.

시의 제목은 「10년 후」이다. 해서 책의 표지에도, 제목 위 머리말 자리에 이렇게 쓰여 있다. '고 박혜정 학형 10주기 추모집'.

1986년 5월, 서울대 국문과의 한 여학생이 한강에서 자신의

생을 마감했다. 그 전날 서울대 교정에선, 교내로 들어온 전경 앞에서 한 학생이 자신의 몸에 불을 붙였다. 광주의 비극을 '광주 사태'라는 말로 왜곡하는 현실에 저항하고, 오랜 군부 독재를 재생산하며 시민사회를 억압한 신군부 정권에 맞서 직선제 개헌을 요구하는 학생들의 시위가 뜨거웠던 때였다.

지금에서야 이렇게 그냥 말하지만, 새로운 군사 정권에 맞서 시위를 하는 것은 당시의 20대 초반 학생들에겐 모든 것을 건 실존적인 투쟁이었다. 당연히, 많은 학생들이, 옳다고 생각되는 것과 그것을 실행에 옮기지 못하는 자신 사이의 간극에 괴로워했다. 한 시인이 읊은 대로 "목련철이 오면 친구들은 감옥과 군대로 흩어졌"던 시대였다.기형도, 「대학 시절」 불의에 항거하던 친구들이 감옥과 군대로 끌려가던 상황은 '투쟁'에 나서지 못하던 많은 젊은이들을 고민하게 했다. 스스로 어쩌지 못하는 비겁함이 한없이 커졌을 때, 생을 마감하는 데로 몰리기도 했을 터이다. 그렇게, 나의 동기 한 명이 자신의 시간을 멈추었다. 1986년 5월 21일이었다.

그로부터 10년이 지난 1996년 5월, 동기와 선후배들이 모여 『꽃이 해마다 피어나듯이』라는 이름의 책자를 마련했다. 몇 장의 사진을 앞에 붙이고, 당시 주어졌던 추모시들을 정리하고, 저 세상으로 넘어간 친구에 대한 우리들의 기억을 모은 뒤, 친구의 유고를 덧붙여 책자를 꾸렸다. 10주기를 맞아 교정에 세운 작은 비석의 비문도 끝에 실었다.

그렇게, 스물두 살의 나이로 이 세상을 떠나, 시간을 멈춰 세우고, '우리 모두 저마다 되짚어 볼 수 있는 움켜잡을 수 있는 과거'를 남겨 둔, 동료이자 우리의 선배 혹은 후배인 한 친구를 기려 보았다. 1996년 그때 이 책의 '여는 글'을 쓰던 서른두 살의 나는, '10년의 세월에 힘입어 얻은 지혜'를 감히 앞세워, 그 친구에 대한 그리움, 과거에 대한 그리움이 우리 모두의 것이라 했다. 그의 이름자 새겨진 추모비 또한 그만을 위한 것이 아니라 우리 모두를 위한 것이라며, 10주기 추도식에의 초대장을 썼다.

다시 찾아온 5월, 그 친구의 33주기 추도식이 가까워 온다. 아마도 열 명 남짓의 지인들이 모일 것이다. 작은 비석 앞에 국화를 놓고, 향을 피우고, 묵념을 한 뒤, 우리는 자리를 옮겨 술자리에 앉아, 흘러간 세월을 더듬을 것이다. 어쩌면 우리는, 4·19로부터 '18년 오랜만'에 '혁명이 두려운 기성세대'가 되었음을 한탄했던 시인김광규, 「희미한 옛사랑의 그림자」을 마음속 한편에서 의식하며, 친구를 기리는 우리의 만남이 한 세대를 넘었음을 자랑스러워할지도 모른다. 실로 그러고 싶다. 정말 그럴 수 있기를 바란다. 김광규 시인의 지적과는 달리, 우리가 '살기 위해 살고 있'는 것은 아니라는 걸, 1986년의 시간을 고정시킨 친구를 기리는 자리에서 만나는 서로를 통해 살짝이나마 확인하고 싶다.

유감스럽게도, 50 중반을 넘기는 오늘에도 그럴 수 없음을 잘 알기에, 나의 이러한 바람은 한층 간절해진다. 이 바람이 바람일 수밖에 없는 현실이 나의, 우리의 간절함을 배가시킨다.

인생을 과거에 사로잡힌 채 살아서는 안 되지만, 그렇다고 과거를 잊고 살아도 된다는 것은 아니다. 과거에 무엇을 했는가가 현재의 행위를 제약해서는 안 되지만, 이것이 누군가의 표리부동을 용인해 주는 것이어서도 안 된다. 굴곡진 역사에 대해 우리가 취할 수 있는 지혜로운 태도가 '용서하되 기억한다'라 할 때, 이 말은 역사의 횡포에 희생당한 사람들과 그를 위해 생의 한 국면을 바친 사람들의 입에서 말해질 수 있는 것이지, 그 반대는 아니다. 용서를 구해야 할 행위를 한 사람들이 그런 말을 입에 담아서는 안 된다. 하물며 그들이 피해자의 말을 내뱉어서는 더더욱 안 된다.

이러한 상황이 벌어지면 말의 질서가 흐려진다. 말과 말이 뜻하는 바, 말과 말이 가리키는 것 사이의 끈이 풀어진다. 거짓된 말이 새된 목소리로 행해지면서 목소리의 톤으로 진실을 가장하게 된다. 여기서 유체이탈 화법이 생긴다. '비정상의 정상화'를 내세우며 국정을 농단했던 지난 정부나, 그렇게 초래된 비정상의 일상화를 바로잡기 위한 노력을 '좌파 독재' 운운하며 매도하는 일부 정치 세력이 여전히 말의 질서를 흐리고 있다.

이러한 상황이, 33년 전 우리를 떠난 친구를 여전히 떠나보낼 수 없게 만든다. 적지 않은 세월이 흘렀음에도 불구하고, 오십대 중반의 나이에 적으나마 우리가 얻은 지혜조차 입에 올리기 어렵게 만든다.

한 가지 더 있다. 세월호다. 우리는 2014년 4월 16일의 참사를 안다고 믿지만, 정작 그 사건에 대해 많은 것을 모르고 있다. 5년여의 시간이 흘렀어도 진상은 여전히 규명되지 못했고, 이제 우리는 그 참사와 그에 따른 우리의 분노까지를 잊는 '기억의 참사'에 직면해 있다. 4·16시민연구소의 세월호 5주기 특별 기고 「우리가 아는 참사의 기억… 우리가 모르는 기억의 참사」『경향신문』, 2019.4.17가 보여주듯이, 이제 우리는 세월호에 대해 우리가 무엇을 모르는지도 잊기 시작하고 있다.

광주와 세월호에 눈길 한 번 주지 않던 자들이 자신들의 정략적 이해에 따라 움직이면서 감히 '독재 타도'와 '민주주의 수호'를 외치는 상황이, 역사에 대한 우리의 망각을 조장하고 있다. 공동체의 상흔을 돌보지 않던 자들이 공동체의 안녕을 보장하는 가치들을 참칭하는 상황이, 옳고 그름에 대한 우리의 판단을 흐리고 있다.

해서 우리는 "부끄럽지 않은가 / 부끄럽지 않은가 / 바람의 속삭임 귓전으로 흘리며",김광규, 「희미한 옛사랑의 그림자」 매일같이 신문지상을 채우는 각종 사건들에 혀를 차고 휘발유 값과 소주 가격 인상에 분개할 뿐이다. "저 왕궁 대신에 왕궁의 음탕 대신에 / 50원짜리 갈비가 기름덩어리만 나왔다고 분개하고 / 옹졸하게 분개하고 설렁탕집 돼지 같은 주인년한테 욕을 하고 / 옹졸하게 욕을 하고" 김수영, 「어느 날 고궁을 나오면서」 말 뿐이다, 김수영의 시대로부터 50년도 더 지났음에도 불구하고 여전히!

이러한 망각, 우리를 왜소하게 만드는 이러한 망각에 사로잡히지 않기 위해 나는 다시 시인에 기댄다. 세월호 추모시집 『언제까지고 우리는 너희를 멀리 보낼 수가 없다』걷는사람, 2019를 편다. 이 시집의 끝에 실린 현택훈의 시 「우리들의 수학여행」을 보며, 아이들이 잃어버린 것을 생각한다.

하루
헤어롤처럼 넘실거리는 파도
용두암에서 손가락으로
브이 자를 그리고
찰칵 사진을 찍고

이틀
한림공원에서 좋아하는 남학생에게
고백하는 쪽지를 건네고
볼이 빨개지고
버스에서 남학생이 그
여학생에게 껌을 건네고

사흘
바위가 미끄러워 넘어질 뻔한 친굴

잡아주려다 그만

발을 헛짚어 넘어져 아픈 엉덩이

폭포 같은 눈물 흘릴 것 같은

정방폭포. (1~3연)

34년 전의 친구가 포기한 것들을 경험하고 누리며 살아온 나는, 6년 전 자식 같은 아이들이 잃어버린 미래에 눈물짓는다. 이 아픔이, 내 가슴속에서 무뎌지는가 싶어 전율한다.

〈꿈꾸는 테레즈〉 사태에서 무엇을 볼 것인가

한때 발튀스Balthus란 화가의 이름이 언론의 한 귀퉁이를 장식했다. 미국 뉴욕의 메트로폴리탄 미술관에 전시된 그의 그림 〈꿈꾸는 테레즈〉1938가 성적인 암시를 주므로 그림을 내려 달라는 청원이 이틀 만에 7천 명의 지지를 얻자, 작품이란 현재뿐 아니라 여러 시대를 반영하는 것이며 전 시대와 문화의 중요 작품을 수집 · 전시하는 것이 자신들의 의무라 밝히면서 미술관 측에서 그림 철거 주장을 반박했다는 내용이다.

전 세계의 박물관, 미술관에 전시된 작품들 중에서 나체나 성애를 소재로 한 경우가 얼마나 많은지를 떠올리며 위의 사건이 의외라는 생각을 했다면, 잠시 인터넷에 접속해서 문제가 된 그림 〈꿈꾸는 테레즈〉를 볼 일이다. 두 손을 머리에 얹고 눈을 감은 채 쿠션에 기대어 긴 의자에 앉아 있는 소녀를 그린 것인데, 한 발을 의자에 올려놓아 속옷이 보이게 되어 있다. 이러한 포즈 때문에 청원자들이 '이 그림의 전시가 아동을 성적으로 대상화하고 관음증을 낭만화하는 것'이라고 비판하는 것이리라.

〈꿈꾸는 테레즈〉의 작품성에 대해 논의하는 것은 이 글의 관심사가 아니다. 그런 이야기는 작품의 존재 의의를 강조하는 데로 이어지게 마련인 까닭이다. 청원자들의 주장을 논리적으로 따져볼 의향도 없다. 이는 예술과 윤리라는 실로 오래된 추상적인 문제로 귀착될 수밖에 없어 그 또한 답이 정해져 있는 까닭이다.

이러한 생각에 따라 여기서는 '이 사건의 결말이 어떻게 되기를 바라는가'라는 질문을 던져 본다. 어떠한 답을 내놓는가에 따라서, 예술과 윤리, 문화에 대한 우리의 태도 우리 사회의 의식 수준이 한 자락 드러나리라고 기대되기 때문이다.

예상 가능한 답은 세 가지 정도다. 미술관의 입장 표명 이후 청원이 흐지부지되어 이 사태가 하나의 해프닝으로 끝나는 것이 첫째고, 청원자들이 늘고 여론이 드세져서 미술관이 그림을 철거하는 것이 둘째다. 셋째는 일종의 타협책으로서 성인들만 관람할 수 있는 제한된 방식으로 그림을 전시하는 것 정도가 되겠다. 예측하기 어려운 것은 다음인데, 예를 들어 여론조사를 통해 우리나라 사람들의 생각을 묻는다면 앞의 세 가지 중에서 어떤 답이 가장 많이 선택될까 하는 문제다.

〈꿈꾸는 테레즈〉는 분명 소녀 성애적인 측면이 있기에 그림을 보면서 선택을 한다면 많은 사람들이 청원자들에게 동조하는 둘째 답을 내놓으리라 추측된다. 잠시 호흡을 가다듬고 그래도 예술의 존재를 존중해야 한다는 데까지 생각이 미치면 아마도 셋째

답안을 선택하지 않을까 싶다. 첫째 답안이 우세할 가능성은 별로 없으리라고 예상된다. 관심을 두지 않고 지나치지 않는 한, 이러한 사태가 해프닝으로 끝나기를 바라는 데는 예술의 역사와 특성 그리고 가치에 대한 이해가 전제되어야 하는데, 우리의 교육이나 문화 풍토가 그러한 것을 마련해 오지 않았기 때문이다.

첫째 경우에 대한 이러한 예상이 우리나라의 문화 수준을 낮게 보는 자민족 폄하의 문제를 띤다고 비판될 수도 있겠다. 그런 혐의의 여지를 잘 알지만, 이 예상을 바꿀 생각은 없다. 우리의 문화예술 교육이 척박한 것이야 명백한 사실이고, 이 분야의 전문가들이 근래 보여 온 행태 또한 문제적이기 때문이다.

과거 9년간 문화예술계를 좌지우지해 왔던 전문가들이 보수 이념에 따라 블랙리스트를 만들어 실행해 온 것이나, 몇 년 전 한국문화예술위원회 위원장 위촉과 관련된 잡음으로까지 이어진 친일문학상 논란 모두, 이념에 근거하여 문화 현상을 평가하고 재단하는 것이다.

전문가들부터가 이러하여 애초에 위와 같은 사태를 낳을 상황 자체가 마련되어 오지 않은 것이 현실이니, 설혹 그런 경우가 생긴다 해도 그것이 해프닝으로 끝나기를 대중이 바라리라고 기대할 수는 없게 된다. 문화의 풍요로운 발전이라는 취지에서 이러한 기대가 실현되기를 희망한다면, 먼저 우리나라의 문화적 풍토를 반성해 볼 일이다.

모마MoMA와 키치Kitsch

뉴욕의 미술관들 중에서 사람들의 사랑을 폭넓게 받는 곳으로는 '모마'라고 불리는 현대미술관MoMA : Museum of Modern Art이 제일 앞에 온다. 매주 금요일 오후 네 시부터는 입장료를 받지 않는데 이때는 대기 줄이 아주 길게 늘어선다. 시카고미술관The Art Institute of Chicago도 무료 일시가 있고 워싱턴의 국립미술관National Gallery of Art은 상시 무료 개방이지만 모마만큼 붐비지 않는다.

유독 모마에 사람들이 많이 몰리는 이유는 무엇일까. 모마는 전시장 규모에 비해 인상파의 작품이 많은 편이고, 고흐나 피카소, 앤디 워홀의 대표작도 전시하고 있다. 그 외에도 서양 현대미술사 책을 통해 볼 수 있는 주요 작품들이 즐비하다. 미술에 관심을 갖게 되면 대부분의 사람들이 화가의 이름과 작품 제목을 챙기고자 노력하게 되는 '정말 유명한' 작품들이 도처에 걸려 있는 것이다. 이렇게 서양 현대미술 안내서 속을 돌아다니는 느낌을 준다고 할 만큼 세계적으로 유명하고 많은 사람들에게 친근한 작품들이 많다는 것, 이것이 모마가 사람들의 발길을 끌어내는 이유라 하겠다.

모마의 작품들이 현대미술의 진수를 보여주는 것은 맞지만, 이것이 모마를 찾는 사람들의 동기와 그들이 갖게 되는 심정의 예술적 가치를 보증해 주지는 않는다. 사정은 반대에 가깝다. 모마의 작품들은, '그 유명한 작품을 나도 보았다'는 사람들의 자부심을 만족시키는 기능을 할 뿐이다.

약간 심하게 말하면 그러한 기능을 하게끔 작품들이 전시되어 있다고 해도 과언이 아니다. 공간의 구성과 작품의 배치가 작품 하나하나를 음미할 수는 없게 되어 있는 까닭이다. 사실 모마에서는 작품을 감상하기가 어렵다! 루브르박물관의 〈모나리자〉가 그 앞에 사람들이 밀집되어 있어서 그림 한 구석이라도 정면에서 보는 것이 쉽지 않은데, 이러한 상황이 모마에서는 아주 흔하다. 고흐의 〈별이 빛나는 밤〉 같은 경우는 혼잡의 정도가 〈모나리자〉와 다르지 않다.

이런 점에서 볼 때 모마의 현대미술은 관람객들 대부분의 예술 취향을 키워 준다거나 심미안을 높여주기보다는 예술에 대한 속물적인 욕망을 부추기는 역할을 한다고 하겠다. 달리 말하자면, 모마를 채우는 사람들 상당수가 바로 그러한 욕망에 이끌린다고 할 만하다.

속물적인 욕망이라 해도 예술에 대한 것이니 괜찮다고 할 것은 아니다. 작품을 감상하는 것이 아니라 작품을 봤다는 사실에서 만족을 느끼는 그런 심정은 턱없는 자부심 혹은 자기 과시의 욕망에 불과하기 때문이다. 이렇게, 작품 자체를 감상하기보다는 그것을 통해 자신의 욕망을 충족시키고 과시하는 행위를 키치Kitsch라고 하는데, 이는 외국 어디를 가 봤다거나, 어떤 음식을 먹어 봤다거나, 유명인 누구를 만나 봤다거나 하는 식의 자기 과시적인 글쓰기 곧 SNS에서 흔히 볼 수 있는 그런 자랑과 다를 것이 없다.

물론 영화나 드라마는 챙겨가면서 보지만 미술관을 찾지는 않는 경우보다는 여행객의 입장에서든 뭐든 미술관에 발을 들여놓는 것이 훨씬 낫다. 앞에서 말했듯이 미술관에 가 봤다는 사실 때문에 낫다는 것은 아니다. 미술관에 들러 작품들을 접해 보는 것이 문화생활의 폭을 넓힐 수 있는 계기가 된다는 딱 그만큼의 의미에서만 바람직한 것이다.

이후는 어떻게 되는가. 공부를 해야 한다. 서양 현대미술사에서 세잔이 중요하고 고흐가 뛰어나며 피카소가 위대하다고 할 때 왜 그런지, 뒤샹이나 워홀, 제프 쿤스, 데미언 허스트가 주목받고 강조되는 이유는 무엇인지를 책이나 강연을 통해 전문가들로부터 배워야 한다. 그럴 때에야 비로소, 그들의 작품을 봤다는 사실 자체를 자랑하는 데서 나아가 그 작품들과 자신 사이에 특유의 관계를 맺으며 풍요로운 문화생활을 영위할 수 있게 된다. 모든 인간사가 그렇듯이, 예술 또한 배운 뒤에야 제대로 즐길 수 있는 법이다.

영화 〈1987〉에 대한 착잡한 단상

장준환 감독의 영화 〈1987〉2017을 두고 한 지인이 '신화화'라 했다. 적절한 지적이다. 전 세계를 놀라게 한 촛불집회를 거쳐 문재인 정부가 들어선 때 대중에 선보임으로써 386세대 민주화 운동에 대한 역사화의 흐름에 하나의 정점을 마련했다는 점에서 그렇다. 애초부터 예견된 것은 아니었겠지만, 이 영화가 대중과 만난 시점의 역사적인 특성이 영화의 신화적인 성격을 한층 강화했다.

영화의 제작에서 개봉 사이에 시대가 바뀌었다는 이러한 외적인 상황을 벗어나도 〈1987〉에는 신화적인 특성이 있는데, 이는 작품이 보여주는 사건의 범위에 의해 마련된다. 이 영화는 박종철 고문치사 및 이를 둘러싼 음모와 그에 맞서는 진실 규명 노력을 다각도로 보여 주다가 이한열의 죽음으로 클라이맥스에 오른 뒤, 신군부에 반대하는 수많은 시민들의 시위, 그 함성이 서울 한복판을 가득 채우는 순간으로 종결된다. 여기에 영화의 주요 스토리라인을 이루는 여주인공의 변신이 더해지기까지 함으로써 〈1987〉의 마지막 장면은 1987년 6월의 정점을 하나의 순간으로 고착시키면서 곧 탈역사화하면서 신화의 색채를 띠는 것이다.

이것이 역사 너머의 신화임은 여러 가지로 증명된다. 이 시민혁명이 끌어낸 최대의 성과인 직선제 대통령 선거에서 야당 후보의 단일화를 이루지 못함에 따라 신군부 정권이 한 차례 더 연장되었다는 저 회한의 역사가 가장 앞에 온다. 여기에 더해서, 1990년대 동구권의 몰락에 따른 사상계의 변화 속에서 그 빛나던 6월의 정신 혹은 염원이 한갓 후일담의 대상이 되기도 한 사실도 빼놓을 수 없다. 이에 더해, IMF 이후의 신자유주의 경제 상황 곧 경제제일주의의 기치 아래 부의 불평등 심화, 비정규직 양산, 실업률 증대 등의 문제가 지속되는 현실을 보면, 1987년의 6월이란 신화로서만 지속될 수 있는 것이 아니었던가 하는 의심이 들기까지 한다.

이러한 사정을 없는 듯이 할 수 없기에, 〈1987〉이 이 모두를 외면하고 그날의 함성으로 끝맺는 방식에 아쉬움을 느끼는 것이다. 이렇게 전후 역사에 대한 성찰이나 현재의 전사로서의 역사적 성격에 대한 탐구를 배제하고 있는 〈1987〉이란, 오늘의 현실과는 거리가 먼 시대착오적인 산물이거나 저 두 젊은 죽음에 대한 때늦은 애도일 뿐이든지, 혹은 그런 것이 아니라면, 민중운동까지 상품화하는 문화 산업의 위용을 입증해 주는 사례에 불과한 것일지도 모른다.

〈1987〉이 보여 주는 종결 방식은 1930년대의 리얼리즘소설이 지주의 탐욕에 맞서는 소작농이나 자본가의 횡포에 저항하는 노동자의 투쟁을 그리면서 즐겨 취하던 방식에 닿아 있다. 리얼리즘 정신에 입각해 있는 이들 작품은, 현실에서는 있기 어려운 농민, 노동자의 승리를 설정하여 리얼리티를 손상시키는 대신에, 그것이 반영하는 실제 현실에서라면 불가피한 패배 직전의 순간에서 작품을 맺으며 주인공의 다짐을 통해 미래 전망을 환기시키곤 했다. 이를 두고 '전망'의 제시라 하는데, 그러한 전망 제시의 형식이 2017~2018년 상황에서 요청되는 것이 아님은 두말할 나위도 없다.

생각이 여기에 미치고 보면, 영화 〈1987〉은 박종철과 이한열에 대한 애도 혹은 1987년 6월혁명의 대중문화화 둘 중의 하나를 겨냥한 것이 아닌가 싶어진다. 꼭 양자택일일 리도 없다. 애도까지도 하나의 요소로 포함하면서 자신을 문화상품으로 내세우는 것은 아닌가 의심될 수도 있는 까닭이다. 그 시대를 살아낸 많은 사람들이 저마다 다른 빛깔의 가슴 벅찬 울림으로 〈1987〉을 대할 수밖에 없고 바로 그러한 수용 과정에서 문화상품적인 특성이 지워지는 듯이 보인다 해도, 어떠한 역사적 반성도 탐구도 없이 6월의 한 순간을 신화화하며 스스로를 맺는 〈1987〉이란 이러한 혐의에서 자유롭기 어려워 보인다. 〈1987〉의 관람이 6월에 대한 개개인의 회상이나 과거에 대한 신화적 이해/오해로 축소되기 십상이게 되어 있기 때문이다.

〈택시 운전사〉를 봐야 하는 이유

이야기의 힘은 놀랍다. 줄거리가 있는 이야기를 만들어서 말을 하게 되면 일상적인 언어 표현에서는 기대할 수 없는 효과를 얻게 된다. 이야기의 배경이 현실을 가리키면 이야기 내용에 현실적이고 실제적인 의미가 부여된다. 이야기의 흐름은 사건들을 인과관계로 연결시켜서 복잡한 사태도 쉽게 파악할 수 있게 한다. 이렇게 되면 사태를 이해하고 기억하는 것도 쉬워진다. 고대 동서양에서 이야기가 효과적인 암기법으로 사용된 것이나, 민간에 떠돌던 여러 이야기들이 구비 전승된 것 모두 이러한 연유에서이다.

이야기의 이러한 힘에서 이야기와 그 가장 발달된 형태인 소설의 주된 기능 하나가 도출된다. 사회역사적인 문제나 공동체 구성원 모두에게 큰 의미를 지니는 사건들을 탐구하고 기억하게 하는 것, 바로 이것이다. 이러한 기능은 그 사건이 비극일 때 더욱 큰 의미를 갖는다. 우리 모두를 짓누르는 슬픔을 끊임없이 새롭게 보고 다시 파악할 때, 비극적인 사건을 다시 그리고 함께 슬퍼함으로써 우리는 스스로 상처를 치유하는 데로 나아가게 된다. 슬픔을 슬펴함으로써 이겨내게 하는 것, 이것이 이야기의 본래적인 힘에서 유래하는 서사의 힘이다.

서사의 치유 능력을 오늘 새삼 말하는 것은 장훈 감독의 영화 〈택시 운전사〉2017 때문이다. 친근하고 소박한 인상의 송강호가 택시 기사 역할을 멋지게 해낸 이 영화는, 1980년 5월 세상으로부터 고립된 저 빛고을 광주에 들어가서 우리 시대에 벌어진 가장 끔찍한 비극을 전 세계에 알린 독일 기자 위르겐 힌츠페터의 실제 행적을 바탕으로 이루어졌다. 힌츠페터나 그의 여정을 가능케 해 준 운전기사 김사복이 없었다면, '5·18 광주민주화운동'의 실상이 세상에 알려지는 데 좀 더 곡절이 있었을 것이다. 이들을 기렸다는 데서, 광주의 서사화에서 〈택시 운전사〉의 몫이 뚜렷해진다.

물론 〈택시 운전사〉의 의의는 여기에 그치지 않는데, 이를 좀 더 밝혀 두자. 이 영화의 가장 큰 특징은 대비와 대조에서 찾아진다. 한편에 서울 운전사와 외국인 기자가 있고 다른 한편에는 광주 시민들과 광주의 운전사들이 있다. 만섭의 경우에서도, 서울의 일상 속에서 학생 시위대에 대해 가졌던 잘못된 생각과 광주의 참상을 목도하면서 보이는 인간적인 행동 사이의 대조가 두드러진다. 물론 이 대조는 시간적인 것이어서, 군인에 의한 민간인 학살에 경악하고 살해 위협에 직면한 후 스스로 나서서 부상자를 구하는 시점에서는 사라져 버린다. 그의 이러한 변화를 낳는 원동력은 인간으로서의 도리, 보편적인 인간애이다. 이 인간적 본성은 딸을 사랑하는 아빠이자 보통의 시민인 그가 자신과 같은 보통 사람인 광주의 학생들이나 택시 기사들과 공유하는 것인데, 바로 이 공분모를 강조한 것이 이 영화의 또 하나의 특징이다.

우리들 또한 그렇게 하지 않을 수 없었으리라는 심정을 자아내는 이야기의 흐름을 통해서 〈택시 운전사〉는, 광주의 비극이 북한군이나 몇몇 시위대의 사주에 의해 벌어진 폭거라면서 '광주 사태'라고 명명했던 5·6공화국의 선전이 말 그대로 날조된 거짓임을 설득력 있게 보여 준다. 우리와 별로 다를 것이 없는 보통사람인 택시 운전사의 눈을 통해 사건의 현장에 동참하면서 자연스레 이루어지는 사태의 본질에 대한 깨달음은, 시청각이 함께 자극되는 영화 장르의 속성에 따라 부각되는 또 하나의 대조 곧 서울에서의 운전 장면이나 광주로 내려가는 과정에서 보이는 일상의 흥겨움, 부산스러움과 무차별 폭행과 살육이 행해지는 광주에서의 경악, 슬픔, 분노가 이루어 내는 대조에 의해 한층 강력해진다.

광주의 비극이란 이렇게 일상의 감각을 송두리째 뒤집는 것이었음을 보통사람들에게 널리 알린 것, 이 점이 광주에 대한 서사의 흐름 속에서 〈택시 운전사〉가 갖는 의의이다. 최윤의 「저기 소리 없이 한 점 꽃잎이 지고」1992와 정찬의 「슬픔의 노래」1995 등을 통해 애도와 탐색이 이루어진 위에, 임철우의 기념비적인 노작 『봄날』1997에서 역사성을 부여받고, 권여선의 『레가토』2012나 한강의 『소년이 온다』2014 등에서 다시 살아나 슬픔의 치유를 겪어 온 광주의 비극이, 이제 이 영화를 통해 보다 많은 사람들의 가슴에 다가서게 된 것이다. 슬픔은 나눌수록 줄어든다는 점을 생각할 때, 영화인 〈택시 운전사〉가 관객을 모으기 위해 사용한 몇몇 과장된 요소들 또한 너그럽게 봐줄 만하다. 오랜 세월이 지나 다시 영화로 되살려진 광주의 슬픔이, 널리 널리 공유되면서 그만큼 옅어지기를 바랄 뿐이다.